자주 흔들리는 당신에게

《人生要经得起诱惑》

作者： 木木

copyright© 2011 by Sino-Culture Press

All rights reserved. Korean Translation Copyright© MUNHAKSEGYESA

Korean edition is published by arrangement with Sino-Culture Press

through EntersKorea Co.,Ltd. Seoul.

* 이 책의 띄어쓰기와 맞춤법은 국립국어원의 기준에 따랐습니다.

자주 흔들리는 당신에게

무무 지음 | 방수진 옮김

문학세계사

지금 삶 속에서 흔들리는 당신이라면

이 책의 저자 무무는 모르는 것 빼고는 다 나온다는 중국 최대의 검색 사이트 바이두를 통해서도 도무지 정체를 알아낼 수 없는, 그야말로 베일에 꽁꽁 싸인 신비주의 작가이다. 대중들은 오로지 그의 작품집을 통해서만 그와 접하고, 소통한다. 하지만 감성과 이성의 균형을 유지하며 담담히 써내려 가는 필체, 마치 흥미로운 영화의 한 장면 한 장면을 보는 듯한 독특한 이야기 구성은 그의 이러한 미스터리함에도 불구하고 독자들을 끊임없이 매료시키고 있다.

그의 책 속에는 일상과 순간에 대한 번뜩이는 깨달음, 인생과 사랑에 대한 남다른 통찰력이 고스란히 녹아 있다. 그것은 무무만이 가진 장점이자, 동시에 그가 작품활동을 시작한 이후 줄곧 젊은 독자층으로부터 변함없는 지지와 응원을 받을 수 있게 한 주된 힘이 아니었나 싶다. 그의 에세이를 단순한 에피소드들의 모음으로 치부할 수 없는 이유도 여기에 있다. 그는 수십 개의 각기 다른 이야기의 퍼즐 조각들을 그만의 방식으로 삼키고 소화해, 다시 자신의 입을 통해 고운 실타래처럼 뽑아내는 재주가 있다. 그가 들려주는 '남의 이야기'는 이러한 그의 입담을 통해 더 이상 '남의 이야기'가 아닌, '우리의 이야기'로 재탄생한다. 시처럼 촉촉하면서도 소설처럼 긴장감 있는 그의 필체는 분명 마음 한 구석을 강하게 울리는 힘이 있다.

우리는 삶이라는 여정 속에서 숱한 유혹에 맞닥뜨리게 된다. 사랑하면서도, 일하면서도, 결혼 생활 중에서도, 우리는 그 어느 순간에도 이 유혹이라는 덫의 주시를 피할 수 없다. 하지만 우리는 이러한 욕망의 부름에 대답해야 할지, 굳건한 의지로 돌아서야 할지 감을 잡을 수 없어 끊임없이 흔들리고 또 방황하곤 한다. 아마도 그냥 포기하기에는 그것이 너무나 강렬하고 화려하기 때문일 것이다. 특히 사랑과 일이라는 숙제를 동시에 마주하며 쉴 새 없이 몰아치는 유혹의 폭풍을 견뎌내고 있는 이 시대의 청춘들이야 말해 무엇할까. 무무 작품의 주된 독자층인 청년에 속해 있는 옮긴이 역시도 이 골치 아프고 무거운 삶의 무게를 짊어진 채 애써 유혹의 달콤함을 참아내느라 진이 다 빠질 지경이었다.

그렇게 모든 것을 다 내동댕이치고, 유혹의 바다에 풍덩 뛰어들고 싶다고 생각하던 시점에, 무무의 원서가 옮긴이의 손에 들어왔다. 옮긴이는 본격적인 번역 작업에 앞서 세 번 정도 원서를 정독했는데, 물론 번역의 수월함을 위해서이기도 했지만, 순수하게 독자의 입장에서 그가 들려주는 이야기가 지금의 옮긴이에게 너무나 필요한 것이라 생각되었기 때문이었다. 자주 흔들리고, 방황하고, 완성된 것 보다 부족한 점이 더 많은 옮긴이에게 사랑과 인생, 그리고 일상에 관한 그의 섬세하면서도 예리한 조언들은 포근한 이불이 되어줌과 동시에 때로는 소중한 각성제가 되어 주었다.

그의 작품을 번역하면서 곳곳에 숨겨놓은 빛나는 메시지를 발견할 때면, 그것을 곱씹고 또 소화해내느라 잠을 설치고, 단 몇 줄의 원고도 써내지 못하기도 했다. 이야기 속에서 옮긴이와 너무나도 닮아 있는 감정들을 마주칠 때면, 번역을 더 이상 진행하기가 어려울 만큼 가슴이 요동쳤다. 하지만 번역이 진행되면 될수록 두 발에 힘이 생기고 마음에도 근육이 붙는 것 같았다. 더 이상 유혹 앞에서 안절부절하지 않으리라는 자신감도 생겼다.

이 책을 받아들 미래의 독자들에게도 그의 애정 어린 일침이 두고두고 펴 보는 인생 교과서가 되어주기를 바란다. 아래는 옮긴이가 개인적으로 마음에 꼭꼭 담아두고 오랫동안 되새기고 싶은 이 책의 구절들이다.

'사랑을 하고 사랑을 받는 과정을 거치며, 당신은 사랑을 배우고, 그것을 통해 비로소 당신이 무엇을 가장 원하는지에 대해 배우게 될 것이다. 그것을 통해서만 우리는 우리에게 가장 맞는, 일생을 함께 걸어갈 동반자를 찾을 수 있다'   ―「사랑하기로 했으면」

　'우리의 삶에서는 단 한 사람의 찬사, 단 한 사람의 관심, 단 한 사람
의 따뜻함, 단 한 사람의 진심, 단 한 사람의 눈물만 있으면 충분하다'
　　　　　　　　　　　　　　　　　　　　　　―「8년의 사랑」

　'큰일을 해내는 사람은 모두 외로움과 사귀고, 고독과 친구가 되고 유
혹을 뿌리칠 줄 아는 사람이다. 이것은 하나의 예술이며, 삶의 높은 경
지이다'   ―「고독이 샤넬을 완성하다」

　그가 차용한 에피소드들은 실지 중국의 독자들이 겪은, 그들의 생
생한 경험담을 바탕으로 한 값진 이야기들이다. 그래서 더욱 생동감
이 넘치고 인상 깊은 것도 사실이지만 두 나라의 문화적 차이로 인해
발생할 수 있는 오독과, 재미를 위하여 불필요한 부분과 에피소드들
은 과감히 삭제하였다.

　마지막으로 부족한 옮긴이를 믿고 끝까지 지지해 주신 문학세계사
관계자분들께 진심으로 감사드린다.

　　　　　　　　　　　　　　　　　　　　　옮긴이 방 수 진

강인한 의지로 유혹을 견뎌라
쓸쓸함은 잠시지만, 행복은 평생일 것이다

우리 인생에는 너무 많은 유혹이 존재한다. 돈, 이성, 맛있는 음식, 명예, 지위 등등. 우리 삶 속에 유혹이 없는 곳은 없어 보인다. 높은 지위도 유혹이며, 잦은 이직도 유혹이며, 행성같이 빛나는 명예도 유혹이며, 기쁨과 환락 역시 유혹이며, 심지어는 아름다운 옷, 맛있는 음식까지도 유혹이다. 이러한 유혹을 마주했을 때, 우리는 과연 어떻게 해야 할까?

불교에 전해지는 이야기를 하나 소개한다. 욕망과 유혹의 무서움에 대해서 말하고 있는 이야기이다.

어느 깊은 가을밤, 한 나그네가 집으로 돌아가는 길에 맹수 한 마리에게 쫓기기 시작했다. 허겁지겁 도망치다가 길을 잘못 들어, 낭떠러지까지 가게 되었다. 이러지도 저러지도 못하고 허둥지둥하던 그 순간, 그는 절벽 끝에 자라고 있는 한 그루 소나무를 보게 되었다. 그는 곧바로 소나무를 타고 위로 올랐다. 그러나 호랑이 역시 맹렬한 기세로 그를 따라붙기 시작했다.

　나그네가 절망에 빠지기 시작했을 때, 그는 순간 축 늘어져 있는 덩굴을 발견하고, 바로 덩굴을 잡아 도망치려고 했다. 하지만 덩굴이 중간에 끊어져 그의 몸은 허공에 매달린 신세가 되었다. 자신의 머리 위엔 배고픔에 굶주린 호랑이, 자신의 다리 아래엔 거세게 파도가 치는 망망대해가, 그리고 바다 한가운데엔 붉은빛, 검은빛, 그리고 남색 빛을 가진 세 마리 용이 헤엄치고 있었다.

　무엇보다 불행한 것은, 덩굴의 뿌리마저도 흰색, 검은색, 두 마리의 쥐에 의해 야금야금 뜯기고 있다는 사실이었다. 하지만 때마침 부드럽고 촉촉한 무엇인가가 그의 이마로 떨어졌다. 핥아보니 꿀이었다. 원래 그 덩굴의 뿌리에는 벌집이 있었던 것이다. 나그네는 이슬과 같은 달콤한 꿀에 순간 취하기 시작했다. 그 때문에 자신이 맹수와 독사에게 쫓기며, 동시에 유일한 희망인 덩굴마저 쥐로 인해 끊어지려고 하는, 이러한 위험천만한 상황에 놓여 있다는 것을 잊고 말았다. 오히려 그는 조금씩 조금씩 그 생명의 끈을 흔들어가며, 그만 자신의 처지도 잊은 채, 달콤한 꿀의 유혹 속에 빠져들기 시작했다.

　이러한 불교의 이야기는, 욕망과 유혹 속에 빠진 인생의 단면을 그대로 보여준다. 죽음을 눈앞에 두고 있는 위험천만의 상황에서도, 꿀을 맛보고자 하는 모습은 우리가 가진 가장 나약하고 불완전한 부분이 무엇인지를 알려주고 있다.

　덩굴은 시간이 지나면서 조금씩 닳기 시작하겠지만, 그럼에도 불구하고 ·우리는 끊임없이 죽음으로부터 벗어나고 싶어 할 것이다. 하지만 아이러니컬하게도 그러한 순간에도 불구하고, 수명 단축과 생명의 위험을 무릅쓰고 달콤한 꿀을 맛보고 싶어 한다. 인간이란 이토록 유혹에 약한 존재인 것이다. 이것이 불교가 우리에게 말하고자 하는 메시지이다. 탐욕이라는 것이 이토록 무서운 존재라는 것을!

어떤 기자가 미국 뉴욕에서 활동하는 한 발레단의 수석무용수를 취재한 적이 있었다. 기자가 그녀에게 "가장 좋아하는 음식이 뭐예요?"라고 물었을 때, 그 수석무용수는 아주 신나는 목소리로 대답했다. "아이스크림이요!" 기자는 아이스크림은 고열량 디저트라, 아주 쉽게 체중이 증가할 수 있기 때문에 이 대답을 듣고 상당히 놀라워했다. 이것은 무용수에게 치명적이지 않은가! 그래서 기자는 다시 물었다. "그럼 당신은 언제 마음껏 음식을 먹죠?" 무용수의 대답은 이러했다. "최소 18년 동안 그런 짜릿함은 맛본 적이 없어요!"

우리는 두 눈을 깨끗이 닦고, 자신의 혜안으로 유혹을 극복해, 스스로를 건강하게 성장시켜야 한다.

일상생활 속에서, 아이스크림 같은 달콤함의 유혹은 삶 곳곳에 숨어 있다. 예를 들어, 더 높은 봉급을 제시하며 당신이 10년간 일했던 직장을 떠나게 만드는 회사라든지, 단지 작은 희생으로 손쉽게 얻을 수 있는 전체의 이윤 같은 것들 말이다. 때때로, 이런 것들이 사람을 너무나 흔들리게 만든다.

그러나 역사의 모든 위대한 인물들은 자신에게 무엇이 가장 중요한지, 무엇을 과감히 포기해야 하는지를 잘 알고 있었다. 마치 아이스크림처럼, 아무리 달콤하다고 해도 반드시 거절해야 하는 유혹 같은 것들 말이다! 그러나 이러한 유혹과 탐욕을 뿌리치는 것은 반드시 크나큰 용기가 필요하다.

단단하지 못한 마음은 공허한 것이며, 현실적이지 못한 것이다. 마치 집을 잃어버린 영혼과 같으며, 뿌리를 잃어버린 나무, 그리고 출발지를 잃어버린 강과 같은 것이다. 단지 타락하고 메마르고 바스러지는 일만이 남았을 뿐이다.

유혹을 마주했을 때, 오히려 어떤 사람은 놀라운 업적을 만들어내지만, 어떤 이는 유혹의 포로가 되어버리고 말며, 또 어떤 사람은 자신의 내적 중심을 끝까지 유지하지만, 어떤 사람은 양심의 배반자가 되어버린다. 유혹과 마주할 때, 어떤 사람은 오히려 삶의 철학을 깨닫지만, 어떤 이는 곤경 속에 빠져 그저 허우적대기만 한다.

그 누군가, 만약 자제력이 없어, 충동과 격정에 지배당한다면 아마도 그는 자신의 도덕적 기준을 버리고, 시류에 휩쓸리는 삶을 살게 되어 끝내는 욕망만을 좇는 노예가 되어버릴 것이다. 그래서 성경에는, 욕망을 추구하고, 끊임없이 타인의 무엇인가를 탐하는 자가 아니라, 자신의 내면을 스스로 컨트롤하는 자에 대한 찬사가 종종 등장한다.

우리의 삶에는 물론 소유가 필요하다. 하지만 유혹으로 인해 우리 스스로 가진 것을 너무나 복잡하게 만들지 않아야 한다. 마음속에 쌓이는 고민과 갈등이 너무 난잡해지거나 어지러워지면, 그것을 얻기 위해 노력하는 것마저도 너무 많은 수단과 방법이 필요해지기 때문이다. 우리는 우리의 삶을 보다 단순화시킬 필요가 있다. 그러기 위해선 선택을 배워야 하고, 포기를 알아야 하며, 자신을 극복하는 방법을 깨달아야 한다. 우리 마음속의 물건들을 과감히 버리고 포기할 줄도 알아야 한다.

예로부터 현명한 사람들, 지혜로운 사람들은 모두 이러한 외로움과 적막, 그리고 유혹을 견뎌낸 사람들이다. 평정심 속에서, 내면의 순수함을 지켜내려는 자들이었다.

유명작가 류융은 '청년들은 잠수함 같은 삶을 경험해봐야 한다. 먼저 잠시 몸을 숨긴 채, 목표를 찾는 것이다. 그리곤, 외로움을 견디고 유혹을 뿌리치면서 에너지를 축적해 나가는 것이다. 무엇도 무섭지 않을 만큼의 에너지로, 물 위를 향해가는 것이다.'라고 말했다.

결연한 의지로 유혹을 견뎌내야 한다. 스스로 인생을 탐구하게 하고, 계획을 세우게 해야 한다. 스스로 하여금, 내면의 안정을 찾을 수 있도록 말이다!

강인함으로 의지를 견딜 수만 있다면, 쓸쓸함은 잠시지만, 행복함은 평생일 것이다.

그 어떤 사랑도 삶보다 길진 않다

Chapter 1

한 시인이 이런 말을 했었다. 사랑은 일종의 순수함이다. 유혹을 견딜 수 없는 사람은, 영원히 진정한 사랑을 얻지 못할 것이다. 이 세상에서, 남자의 가장 소중한 재산은 바로 사랑하는 여자의 마음을 얻는 것이다. 유혹을 마주했을 때, 남자는 반드시 결연한 마음을 가져야 한다. 사랑하는 여인에게 성스러운 사랑을 주기 위해, 남자는 일체의 유혹을 뿌리치고 외로움을 견뎌낼 줄 아는 사람이 되어야 한다.

이혼식당

행복한 가정은, 사실, 부지런한 노력으로 키워 나가는 것이다. 무조건적인 희생으로 길러 나가는 것이다. 그래야만 봄의 풀같이 튼튼하게 클 수 있다. 일단 사랑이란 자양분을 잃게 되면, 그렇게 튼튼했던 가정도 순식간에 풍화되고 만다.

그와 그녀의 결혼생활은 벌써 11년을 맞았다. 이 부부 사이에서 서로에 대한 갈구나 격정은 이미 사라진 지 오래되었다. 그는 가면 갈수록 자신의 부인에 대한 태도가 일종의 의무나 형식 같은 것이라 느껴졌다. 특히 회사 부서 이동으로 인해 발랄하고 상큼한 여대생이 들어온 이후엔 점점 아내가 싫증나기 시작했다. 그 여학생은 그에게 저돌적으로 다가왔고, 그 역시도 그 여대생으로 인해 자신의 두 번째 봄날이 시작되리라는 느낌을 받게 되었다. 오랜 고민 끝에 그는 그녀와 이혼을 결심하게 되었다. 그녀 역시도 지친 듯, 아주 담담한 태도로 이혼 요구를 승낙했다. 두 사람은 함께 가정법원에 들어갔다.

이혼 수속이 무난히 끝나자, 두 사람은 정말로 남남이 되었다. 왜인지 모르겠지만, 그의 마음속에 알 수 없는 허전함과 공허함이 밀려왔다. 그는 그녀를 한참 처다보다 이렇게 말했다. "늦었는데, 밥이나 같이 먹자."

그녀도 그를 힐끔힐끔 처다보며 말했다. "좋아, 소문에, 이혼식당이라는 곳이 생겼데. 이혼한 부부의 마지막 만찬만을 전문으로 제공하는 곳이라는데. 거기 가보지 않을래?"

그는 고개를 끄덕였다. 두 사람은 말없이 이혼식당으로 들어갔다.

그가 그녀를 보며 말했다. "당신이 주문해."

"죄송합니다만, 저희 이혼식당에서는 반드시 아내분께서 남편이 평소에 가장 좋아했던 음식을, 남편분께서는 아내분께서 평소 가장 좋아했던 음식을 골라 주셔야 합니다. '마지막 추억'이라는 메뉴에요.

"알겠어요." 그녀가 메뉴판을 한참 들여다보더니 말했다. "찐 생선과 버섯 탕수, 목이버섯무침 주세요. 아 그리고 파, 마늘, 생강 넣지 마시구요, 제 남편은 …. 아니 이 분이 그런 거 못 드시거든요."

"어떻게 주문하시겠어요?" 종업원이 그를 처다보며 물었다.

그는 멈칫했다. 함께 11년을 살았으면서도 그는 자신의 아내가 무엇을 좋아하는지도 모르고 있었다. 그는 입을 벌린 채 그저 어색하게 그자리를 지키고 있었다.

"그냥 이렇게 주세요. 사실 이거 저희 둘 다 좋아하는 것들이에요." 그녀가 다급히 상황을 수습했다.

종업원이 웃으며 말했다. "사실, 저희 가게에 오신 분들께서는, 다들 입맛이 없어 하세요. 그러니 저희 '마지막 추억'은 그냥 드시지 않는 걸로 하시죠. 대신 저희 이혼식당에서 특별히 손님들을 위해 준비한 음료를 마셔보는 게 어떠세요? 다들 이건 마다치 않으시거든요."

그녀와 그는 모두 고개를 끄덕였다. "그게 좋겠네요." 아주 빠른 속도로 종업원은 두 잔의 음료를 가지고 왔다. 한 음료 속엔 푸른빛이 살짝 돌았다. 조각난 얼음들로 가득했다. 한 음료는 붉은빛으로 가득했는데, 그 위로 김이 모락모락 나고 있었다.

"이 음료의 이름은 '절반은 불꽃, 절반은 바다'라고 합니다. 맛있게 드세요." 종업원은 메뉴 소개를 끝내고 자리로 돌아갔다.

방 안엔 정적이 흘렀다. 두 사람은 마주 앉아 있었지만, 무슨 말을 해야 할지를 몰랐다.

"똑똑똑" 노크 소리와 함께 종업원이 들어왔다. 쟁반 위에 한 송이 장미꽃이 놓여 있었다. "남성분, 맨 처음 여성분께 꽃을 드리던 그 날을 기억하십니까? 이제 다 끝났으니, 부부가 될 수 없다면 친구라도 되는 게 어떨까요. 친구는 편하게 만났다가 편하게 헤어지는 것이죠. 마지막으로 여성분에게 꽃을 선물해 보세요."

그녀의 몸이 파르르 떨렸다. 순간 그녀의 눈앞에 연애 초 그가 그녀에게 꽃을 선물하던 순간이 떠올랐다. 그때, 그들은 아는 사람 하나 없는 이곳으로 단둘이 이사를 왔다. 그들은 빈손으로 모든 것을 새로 시작해야 했다. 낮에는 사방팔방 일거리를 찾아다녔고, 밤에는 수입을 늘리기 위해 여자는 야시장에 나가 일을 했고, 남자는 다른 집의 설거지를 해주고 다녔다. 어두컴컴한 밤이 되어서야 그들은 10평방미터도 채 되지 않는 셋방으로 돌아올 수 있었다. 삶은 힘들었지만, 누구보다 행복했다. 이사 온 뒤 처음으로 맞이하는 밸런타인데이, 그는 그녀에게 한 송이 장미꽃을 선물했다. 그 장미꽃 하나에 그녀는 행복해서 눈물을 흘렸었다. 그리고 11년이 흘렀다. 모든 것이 예전보다 나아졌지만, 두 사람은 이제 각자의 길을 걸어가게 되었다. 눈물이 눈가에 가득 차올랐다. 그녀는 손사래를 치며 말했다. "아뇨, 됐어요."

그 역시 지난 11년을 뒤돌아봤다. 그리고 그제야 자신이 최근 5, 6년간 아내에게 장미꽃 한 송이도 사다 준 적 없다는 사실을 떠올렸다. 그 역시 손사래를 치며 말했다. "안 살래요."

종업원은 장미꽃을 들더니 두 조각으로 찢어 각각 두 사람의 음료 잔에 넣어주었다. 장미는 음료 속에 이내 사르르 녹아버렸다.

"이것은 우리 식당이 특별히 찹쌀을 이용해 만든 장미였어요. 역시 여러분께 드리는 세 번째 요리였습니다. 이름은 '그림자로 비치는 아름다움'이에요. 고객님 맛있게 드세요. 필요한 거 있으시면 언제든 절 부르시고요." 종업원은 말을 마친 뒤 몸을 돌려 나갔다.

"저기…" 그는 그녀의 손을 잡고선 무슨 말을 하고 싶었지만, 입 밖으로 말이 나오질 않았다.

"팍!" 갑자기 불이 꺼졌다. 방 안은 칠흑같이 어두워졌다. 바깥의 경보음이 거세게 울렸다. 뭔가 타는 냄새가 방 안으로 들어왔다.

"뭐야?" 두 사람은 놀라 자리에서 일어났다.

"불이 났어요! 모두 빨리 안전통로로 이동하세요, 얼른요!" 밖에서 어떤 사람이 힘을 다해 외치고 있었다. "여보." 그녀가 그의 품으로 안기며 말했다.

"나 무서워."

"괜찮아." 그가 그녀를 꼭 안은 채 말했다. "내가 있잖아. 가자, 밖으로 어서!"

그러나 방 밖에는 환한 불빛이 가득한 채 아무 일도 없었다는 듯 모든 것이 질서정연했다.

종업원이 다가와 말했다. "죄송합니다. 고객님, 많이 놀라셨죠. 저희 음식점에 불은 나지 않았어요. 연기 냄새는 주방에서 일부러 만든 것이고요. 이것은 저희 식당의 네 번째 음식인 '속마음'이라는 메뉴였어요. 방으로 들어가 주시기 바랍니다."

그와 그녀는 방으로 돌아갔다. 아무 일 없다는 듯 등이 켜져 있었다. 그는 그녀를 붙잡고 말했다. "여보, 종업원이 말한 게 맞는 것 같아. 금방 그 모습이 내 진짜 속마음이야. 사실 우리 둘은 서로를 절대 떠날 수 없는 것 같아. 내일 우리 재혼하자 응?" 그녀는 입술을 깨물며 말했다. "진심이야?"

"진심이지, 나 이제 다 알았어. 내일 아침 일어나자마자 재혼 신청하러 가자. 저기요. 계산할게요." 그가 소리쳤다.

종업원이 들어와 두 사람에게 각자 한 장씩의 붉은색 계산서를 주었다. "고객님, 이것이 두 분의 계산서예요. 저희 식당의 마지막 선물이기도 하고요, '영원한 계산서'라는 메뉴인데요. 두 분께서 각자 한 장씩 가지시면 됩니다."

명세서를 본 그의 눈에서 눈물이 흐르기 시작했다.

"무슨 일이야?" 그녀가 놀라 물었다.

그는 명세서를 그녀에게 주며 말했다. "여보, 내가 잘못했어. 정말 미안해."

그녀는 명세서를 열어 맨 위에 쓰인 한 줄의 글귀를 보았다.

"따뜻한 가정, 열심히 일하는 두 손, 당신이 올 때까지 꺼지지 않던 불, 사계절 당신을 걱정하는 목소리, 사소한 것까지 배려하는 마음씨, 예순 시어머니의 미소, 아이를 향한 끝없는 사랑, 팔방으로 당신의 위신을 지키는, 당신을 위해 온 주방을 뛰어다니는 사람, 10년을 당신을 위해 청춘을 쓴 사람… 바로 당신의 아내였습니다."

"여보, 당신도 수고했어. 요 몇 년간 나 역시도 당신에게 잘못한 것 같아." 그녀가 자신의 명세서를 남편에게 건네주었다.

그 역시도 명세서 맨 윗줄의 문구를 보았다. "남자라는 책임, 두 어깨에 가득한 기대, 늦은 밤까지 쉬지 않는 몸, 사방팔방 분주한 마음, 기댈 곳 없는 서러움, 얼굴 곳곳에 남겨진 풍파의 흔적, 친척에 대한 의무, 말할 수 없는 우여곡절들, 실수도 하는 평범한 사람, 가정과 아이를 향한 진정한 사랑, 이것이 당신의 남편이었습니다."

두 사람은 서로를 끌어안고, 소리 내어 펑펑 울었다.

사랑의 힘이란 때때로 매우 강력하다. 어떨 때는 매우 연약하지만, 그것 역시 당신이 어떻게 노력해 보완하느냐에 따라 달려 있을 것이다. 만약 당신이 자신과 타인 모두를 사랑할 능력이 없다면, 가정을 꾸릴 생각도 하지 마라. 아름다운 생화는 세상을 아름답게 꾸미지만, 행복한 가정은 한 사람의 일생을 따뜻하게 만들어준다.

어떤 사람에겐, 어떤 사랑을 놓친 것이 곧 일생을 놓친 것과 같다.

권태기

사랑에 빠지기는 쉬우나, 사랑하는 것은 어렵다. 마치 어떤 친구가 말한 것처럼 말이다. "나는 내가 하고 있는 것들 중에 무엇이 맞는 것인지, 그리고 무엇이 틀린 것인지 모르겠다. 아마 그것은 내가 죽음을 맞이할 때 즈음 알 수 있을지 모른다. 그래서 내가 지금 할 수 있는 것은 그저 매 순간에 최선을 다해 임하는 것밖에 없다. 그리고 천천히 죽음을 기다리는 것이다."

사랑한다는 것은 너무나 행복한 것이라서, 우리는 사랑이 무덤덤해지면, 계속해서 또 다른 운명 같은 사랑을 찾아 떠나곤 한다. 남자는 결혼생활 7년이면 염증을 느끼고, 여자는 삶의 지루함에 몰래 담을 넘는다. 7년이 지나고 나면, 하늘은 이미 깜깜해져 버려, 예전의 흥분과 기쁨은 온데간데 없어진다. 깜짝 놀랄 기쁨도, 순간적인 짜릿함도 없어지는 것이다. 7년이 지나고 나면, 상대는 당신에게 재미를 느끼지 못하고, 다시는 당신을 자신의 사랑스러운 존재로 여기지 않을 것이다.

당신이 더 이상 없어서는 안 될 존재가 아닌 것이다. 이렇듯 불타오르는 사랑이 지나고 나면 그토록 잔인하게 식는다. 하지만 바깥은 여전히 그치지 않는 수많은 유혹과 변화가 도사리고 있다.

그들 사이엔 문자를 주고받는 경우가 드물었다. 그녀의 휴대전화엔 많은 문자가 있었지만, 그의 문자는 한 통도 없었다. 어떤 부부가 용건도 없는데 시시콜콜 문자를 보내겠나? 결혼 7년 차, 신혼 때의 신선함과 설렘은 지나간 지 오래였다. 게다가 공대 출신의 그는 매사에 융통성이 없었다. 천성에다 하는 일의 특성까지 더해지니, 정말이지 그녀에게 그는 재미없고 낭만도 없는, 지루하고 대화가 안 통하는 남자일 수밖에 없었다.

평소 용건이 있을 때만 그는 전화를 하곤 했다. 예를 들어, 오늘 거래처 접대가 있는 날이라면 그는 전화를 걸어 이렇게 말하는 것이다. "오늘 밤엔 밖에서 먹고 들어갈게." 그녀 역시 고작 덧붙인다는 말이 "술 조금만 먹어."였다. 그것으로 전화 통화는 끝이 났다.

상대를 부를 때에도, 이름을 부르지 않았다. '어이' 혹은 '있잖아'로 대화를 시작하는 식이었다. '있잖아'가 상대의 이름이 되면, 무슨 할 말이 있다는 뜻이었다. 별 볼일 없는 그런 말들 말이다. 삶은 그렇게 아주 평범하게 흘러갔다. 이것은 그녀의 성격과 너무나 맞지 않는 것이었다. 그녀는 줄곧 하늘을 달리는 말처럼, 자유로운 삶을 갈망했다.

그녀는 남자 하나를 알게 되었다. 인터넷에서 만난 사람이었다. 잘생기고, 자신감 넘치고, 똑똑한데다 유머러스하기까지 했다. '연합대항'이라는 게임에서 만났다. 그들은 함께 경기에 참여했고, 서로 호감이 생겼다. 비록 그가 그녀보다 3살 연하였지만.

잘생기고 멋진 그 남자를 알게 된 이후, 그녀는 매우 어려 보이는 옷을 입기 시작했다. 한국드라마 광팬들이나 입는 그런 옷들을 말이다. 심지어 최근 가장 핫하다는 폭탄머리 파마도 했다. 바지 곳곳에 주머니가 붙은 옷을 함께 입으니 둘은 영락없는 커플처럼 보였다.

그들은 함께 바닷가에 놀러 가기로 했다. 같이 자전거를 타고 말이다. 그녀는 너무나 설레었다. 출발하기 전, 이 여행을 위해 그녀는 유행하는 새 옷을 여러 벌이나 사두는 등 꼼꼼한 준비를 잊지 않았다.

남자는 줄곧 여자의 앞에서 자전거를 타고 있었다. 신상 MP4를 귀에 꽂고 자전거를 타면서 음악을 듣고 있었다. 그녀가 수야간의 노래를 아느냐고 묻자, 그는 그녀를 비웃듯 이렇게 말했다. "진짜 촌스럽다. 너"

가던 도중에, 그녀의 자전거 바퀴에 구멍이 나고 말았다. 하지만 남자는 상황을 모른 채 여전히 앞에서 자전거 페달을 밟고 있었다. 앞만 보고 달리다 보니, 그녀가 따라오고 있는지조차도 몰랐던 것이다. 만약에 그녀의 남편이었다면, 그는 분명 자신을 앞세웠을 것이다. 아니라면 그녀를 안쪽에 두고 그가 바깥에서 자전거를 탔을 것이다. 그는 항상 그녀 대신 자신이 위험을 감수하려고 했으니까. 밥을 먹을 때, 남편은 가장 맛있는 음식을 그녀에게 주었다. 그녀가 생선을 좋아한다는 것을 알고 있는 그는 비록 그녀가 이틀간 집을 비우더라도 그녀가 집으로 돌아왔을 때, 그녀를 위해 생선을 남겨두던 사람이었다. 그녀가 별 뜻 없이 거울 보는 것을 좋아한다고 말했더니 집 안 곳곳에 거울을 달아주었다. 그녀가 달리기를 좋아한다고 하자, 집 안엔 러닝머신이 생겼다. 그러나 그녀는 이 모든 것의 고마움을 이전엔 느끼지 못했다. 단지 남편이라면 당연히 해야 하는 것이라 생각했다. 집안의 가장이라면 이 정도는 당연한 거 아니야?

그녀가 남자의 뒤에서 달리기를 반나절, 이제 남자의 자전거는 찾을래야 찾아 볼 수도 없었다. 다행히도, 멀지 않은 곳에 자전거 수리점이 있었다. 30분 뒤, 남자는 돌아왔다. 그러나 미안하단 말도 한 마디 없이 입을 열자마자 이렇게 소리쳤다. "대체 어떻게 탔길래 자전거가 이 모양이야?"

이 억울한 마음을 누구에게 하소연해야 좋을지 몰랐다. 눈물이 핑 돌았다. 하지만 꾹 참고 눈물을 보이지 않았다. 바닷가에 도착했을 때, 그녀는 핸드백 속에서 봉지 하나를 발견했다. 남편이 자신을 위해 싸준 약이었다. 그녀는 평소 위가 좋지 않아 많은 약을 먹어야 했기 때문이다. 약은 아주 꼼꼼히 싸여 있었다. 그 안에 휴지도 들어있었다. 그녀가 출발하기 이틀 전부터 그에게 배가 아프다고 말했기 때문이다.

순간 그녀의 마음이 뜨거워졌다. 이미 이 남자와 여행 온 것이 조금씩 후회되기 시작했다. 그러나 이어서 벌어진 상황이 마침내 그녀의 정신을 번쩍 들게 했다. 그녀와 이 남자 사이에는 그저 한순간의 격정과 충동만이 존재하는 것이었다. 격정은 쉽게 깨지는 유리와 같고 충동은 하나의 병과 같다. 반드시 그에 따르는 벌을 받게 되어 있는 법.

그들은 얕은 바다에서 수영을 했다. 수영 중에, 한번은 거센 파도가 크게 몰려왔다. 모든 사람이 놀라 육지로 달아났다. 그녀는 무의식적으로 남자의 손을 잡았다. 그가 수영을 잘한다는 것을 알고 있었기 때문이었다. 하지만 그녀가 그의 손을 잡으려고 하자, 그는 그녀의 손을 뿌리치고 자신만 살겠다고 밖으로 뛰쳐나가고 말았다.

그나마 불행 중 다행인 것은, 그녀가 가까스로 구조 튜브를 잡아, 튜브에 의지한 채 안전하게 뭍으로 나올 수 있었다는 것이다. 육지에 도착하자 남자는 해명을 하듯 말했다. "나도 너무 급해서 어쩔 수 없었어, 내 탓 안 할 거지?" "응" 그녀는 웃으며 말했다. 그러나 그녀의 속마음은 이 상황의 의미를 너무나 분명하게 알고 있었다. 그녀는 너무나 아프다. 그 격정의 조각들이 그녀를 마구 찔러 댔기 때문이다. 어떤 그 무엇도 남지 않을 정도로 말이다. 그녀는 정말이지 땅을 치고 후회하는 마음으로 육지로 걸어 나왔다.

저녁을 먹을 때, 휴대전화 문자 알람이 울렸다. 열어서 보니, 역시나 남편이 보낸 것이었다. 남편은 평소 문자를 잘 하지 않는 사람이었다. 그런데 이번엔 남편이 먼저 보낸 것이었다. "피곤하지? 처음으로 자전거를 타고 그렇게 먼 길을 갔으니… 많이 걱정된다… 잠도 잘 안 오네… 보고 싶다."

언제나 표현에 인색했던 남편이 이렇게 말한 것이다. "보고 싶다."

'보고 싶다' 이 네 글자가 순간 그녀를 울고 싶게 만들었다. 그러나 남자는 여자의 변화를 눈치채지 못하고 자신에게 온 문자에 하나씩 하나씩 답을 해주고 있었다. 그녀는 그에게 많은 이성친구가 있다는 것을 알고 있었다. 노는 것을 좋아하는 여자, 싸우기를 즐기는 여자, 로맨틱한 여자 등등. 그리고 그녀는 단지 그런 여자들 중 하나였을 뿐이었다. 하지만 남편에겐 그녀는 그의 모든 것이었다.

그녀는 일어나 구석에서 남편에게 전화를 걸었다. 그의 목소리는 여전히 그렇게 조곤조곤했다.

"잊지 마, 약은 제때 세 번 먹어야 해. 정신없이 굴다가 약 빼먹지 말고. 술은 절대 먹으면 안 돼." 그녀는 그저 듣고만 있었다. 눈물이 왈칵 쏟아져 나올 것만 같아서였다. 사실 그녀는 남편에게 거짓말을 하고 나왔다. 자전거 동호회에서 사람들과 함께 바닷가로 놀러 간다고 말한 것이다. 그러나 그의 문자 하나하나가 그녀를 깨닫게 했다. 그가 말하지 않는 것은 사랑하지 않아서가 아니라는 것을. 그의 사랑은 우리 삶 속의 씨줄과 날줄 같아서, 마치 작은 계곡처럼 힘차진 않아도 그녀의 마음 곳곳에서 항상 잔잔히 흐르고 있었다고 말이다.

남편은 그녀에게 물었다. "언제 와?"

"지금." 그녀가 말했다. "지금 바로 갈게."

이후, 그녀는 그 남자와 인사한 뒤, 뒤도 돌아보지 않고 자전거를 타고 집으로 돌아왔다.

사랑은 하나의 등불과 같다. 어둠 속에서도 먼 곳을 비춰준다. 사랑은 여름날의 시원한 바람과 같다. 겨울의 따뜻한 햇볕과 같다. 봄의 가랑비와 같고, 가을의 석류와 같다. 그 누구도 사랑이 얼마나 오래갈 수 있는지, 사랑 속의 바다가 얼마나 깊은지, 알 수 없다. 오로지 시간만이, 시간이라는 눈만이 사랑의 앞 뒤, 사방을 주시하고 있을 뿐이다. 그것만이 사랑의 발자취를 명확히 보고, 사랑하는 사람들을 따라가며, 사랑이라는 이야기를 기록한다. 그래서 당신은 사랑하다 절망에 부딪혔다고 느꼈을 때, 다음의 우화를 되새길 필요가 있다.

이전에 어떤 작은 섬에, 즐거움, 슬픔, 지식, 사랑 그리고 여러 다양한 감정이 살고 있었다. 감정들은 어느 날 하루, 이 섬이 곧 가라앉을 것이라는 소식을 듣게 되었다. 그래서 모두 배를 타고 섬을 떠날 준비를 하였다. 하지만 단지 사랑만이 떠나지 않고 남아, 섬의 마지막 순간을 지키고자 했다.

며칠이 지나고, 작은 섬은 정말로 가라앉게 되었다. 사랑은 도움을 요청하고 싶었다. 이때, 부유함이 탄 큰 배 하나가 작은 섬 곁을 지나갔다.

"부유함이여, 저를 데리고 가 줄 수 있나요?"

부유함이 웃으며 말했다. "안 돼요. 나의 배에는 이미 너무 많은 금은보화가 있어요. 당신 자리가 없는 걸요."

사랑은 허영이 탄 화려한 작은 배가 지나가는 것을 보고는 말했다. "허영심이여, 저를 도와주세요."

"저는 도와드릴 수 없어요. 당신은 홀딱 젖었는걸요. 제 아름다운 배를 더럽힐 수 없어요."

슬픔이 왔다. 사랑이 슬픔을 향해 애원했다. "슬픔이여, 저를 데리고 가 주세요."

"아, 사랑이여, 저는 지금 너무나 슬프답니다. 저 혼자 좀 있고 싶어요." 슬픔이 대답했다.

기쁨이 사랑 옆에 지나갔지만, 그것은 기쁨에 젖은 나머지, 사랑의 절규를 듣질 못했다.

갑자기 한 목소리가 들려왔다. "여기로 와요, 사랑이여, 내가 당신을 데리고 가 줄게요."

그것은 어떤 한 장자였다. 사랑은 너무 신난 바람에 그의 이름을 물어보는 것을 잊고 말았다. 육지에 도달했을 때, 장자는 혼자 떠나 버렸다.

사랑은 감개무량한 마음에 다른 장자에게 이렇게 물었다. "저를 도와준 저분은 누구십니까?"

"그는 시간입니다." "시간이요?" 사랑이 되물었다. "그는 왜 저를 도와준 거죠?" 노인은 웃으며 말했다. "시간만이 사랑이 얼마나 위대한지 알고 있으니까요."

살아 보니

결혼 7년 차는 큰 고비이다. 많은 결혼생활이 속박과 방종을 겪는 과정에 해체의 길로 들어선다. 그래서 많은 사람이 상대에게 자신만의 공간을 가질 수 있도록 요구한다. 하지만 사실 당신 스스로 먼저 자신의 공간을 만들어주어야 한다. 결혼 이후에도 자신의 친구와 정상적으로 관계를 유지하고, 결혼을 자신의 유일한 낙으로 만들지 않아야 할 것이다.

사랑하기로 했으면

사랑하기로 약속했으면, 평생을 걸어라. 물론 말처럼 쉬운 일은 아니다. 하지만 해내는 사람들도 분명 어딘가엔 있다. 물론 평생 해내지 못하는 사람도 있겠지만 말이다.

그해, 그녀와 그는 일생에서 가장 아름다운 시절을 보내고 있었다. 둘은 갓 대학에 입학한 신입생이었다. 그는 외지고 가난한 시골에서 온 아이였으며, 그녀 역시 그랬다.

그들이 번화하고 시끄러운 대도시에 왔을 때, 그들 눈엔 보이는 모든 것이 신기하고 놀라울 따름이었다. 심지어 고층빌딩은 쳐다보기만 해도 어지러울 지경이었다. 도시에서 자란 친구들이 말하는 유창한 영어를 듣고 있자면, 조금 비참함을 느낄 때도 있었다. 사람들에게 시골에서 왔다고 웃음거리가 되었을 때, 그들은 항상 서로를 위로해줬다. 이렇게 둘은 점점 의지하며 가까워지게 되었다.

다른 학생 커플들처럼, 그들은 함께 밥을 먹고, 공원을 산책하며 시간을 보냈기 때문에, 데이트 비용도 많이 들지 않았다. 대개의 경우, 그들은 도서관에서 책에 파묻혀 지냈고, 서로 많은 쪽지를 주고받았다. 비록 경제적으로는 여유롭지 않았지만, 여전히 찬란하고 다채롭고 아름다웠다. 그들은 그렇게 뜨겁게 서로를 사랑했다.

둘은 모두 가난했기에, 다른 커플들처럼 커피와 와인 등을 마시며 로맨틱한 분위기를 누리는 데이트는 하지 못했다. 당연히 그가 그녀에게 물건을 사주는 경우도 거의 없었다. 하루는 그녀가 붉은색 장갑을 마음에 들어 한 적 있었다. 모양도 예뻤고, 가격도 10위안밖에 하지 않았다. 하지만 그가 자신의 주머니 속을 뒤졌을 때, 단 7위안밖에 없었다. 그는 어쩔 수 없다는 듯 곤란한 웃음을 지어 보일 수밖에 없었다. 그 후, 그녀는 직접 실을 사서 붉은색 장갑 두 짝을 만들었다. 그녀, 그리고 그의 것이었다. 그녀는 말했다. "5위안밖에 안 들었어. 할 만하지?" 그는 그녀를 품에 안았다. 그리고 그녀에게 평생 최선을 다하겠다고 맹세했다.

대학교 3학년이 되었을 때, 그들은 아르바이트를 나갈 수 있게 되었고, 형편도 조금씩 나아졌다. 수학, 화학 등의 과외교습을 할 수 있었기 때문에 남자 수중에도 조금씩 여윳돈이 생기게 된 것이다. 이때, 그는 자신의 2달간 과외비를 탈탈 털어 그녀에게 목걸이를 선물했다. 언젠가 쇼핑을 할 때, 그녀가 목걸이 하나를 뚫어져라 쳐다본 적이 있었기 때문이었다. 직접 여러 번 해보기도 했었다, 그는 말했었다. 돈 생기면 꼭 사 줄게. 그것은 은으로 만든 목걸이였다. 아주 정교하고 아름다웠다.

얼마 지나지 않아 때마침 그녀의 생일이어서, 그는 생일선물로 그녀에게 그 목걸이를 사주었다. 그때 그녀가 말했다. "나도 너에게 줄 선물이 있어."

그녀가 말한 선물은 그와의 첫날밤이었다.

그날, 그렇게 그들은 작고 허름한 지하 여관방에서 잊지 못할 밤을 보냈다. 그가 말했다. "평생 너를 행복하게 해 줄게. 아무리 힘들고 어렵더라도 다 견딜게. 알았지? 우리는 평생 헤어지지 않을 거야."

그녀는 그의 품속으로 쑥 들어갔다. 눈물이 가득 고인 채였다.

두 달 뒤, 그녀는 헛구역질과 토사가 반복되는 이상증세를 겪기 시작했다. 임신이었다.

너무나 두려워 그녀는 그를 찾아가 상의했다. "어떡하지?"

"지우자." 그가 말했다. "우리는 아직 학생이잖아. 학교에서 알면 퇴학당할 것이 분명해. 우리 내년에 졸업인데, 굳이 그런 위험을 감수할 필요는 없어."

"싫어." 그녀가 완강히 거부했다. "나, 이 아이 낳을래. 나와 너의 아이니까. 나는 이 아이를 사랑해. 사랑해야만 해."

한 달 후, 그녀는 학교에 병가를 낸 채, 부른 배를 안고 고향으로 돌아갔다. 그는 매일 편지로 그녀의 안부를 물었다. 그가 졸업할 때 즈음, 아기가 태어났다. 남자아이였다.

그녀는 다시 학교로 돌아오지 않았다. 그리고 그는 대도시 광저우에 남기로 마음먹었다. 본래 그는 졸업 후 고향으로 돌아가기로 했었다. 그녀가 기다리고 있었기 때문이다. 그녀는 혼자 아이를 돌보며 작은 회사에서 아르바이트를 하고 있었다. 번 돈으로 가까스로 생계를 유지하며 그가 졸업하고 돌아와 행복한 날을 함께 보내길 기다리고 있었다.

하지만 그는 돌아오지 않았다. 그는 말했다. "남쪽에 기회가 많아. 돈 모으면, 너랑 아이랑 데리러 갈게. 조금만 기다려." 하지만 이 약속도 결국엔 지켜지지 않았다.

사실은 그녀를 보러 고향으로 한번 간 적이 있었다. 하지만 그녀의 모습은 너무나 엉망이 된 채였다. 머리는 산발이었고, 얼굴은 누렇게 떠 있었으며, 야위어 있었다. 아이는 쉴 새 없이 울고 있었다. 멋지게 차려입은 그와 달리, 그녀는 너무 초라했다. 그는 조금씩 두려워지기 시작했다. "어떻게 저렇게 사람이 변할 수 있지? 저 사람과 내가 한평생 지낼 수 있을까?"

하지만 그녀는 그에게 한결같았다. 광저우에서 지내는 것이 어떠냐고 물었다. 그가 말했다. "아직 적응 중이야. 조금만 더 기다려. 조금만 더 기다려줘." 분명 그는 거짓말을 하고 있었다. 그때 이미 그는 회사의 팀장이 되어 있었다. 월급도 10,000위안 가까이 받고 있었다. 반대로 그녀는 월수입이 500위안이 채 되지 않았다. 하지만 그녀는 심지어 헤어질 때 그에게 1,000위안을 쥐어주며 "광저우 생활비 많이 들잖아. 가서 보태."라고 말했다. 그는 그만 눈물이 났다. 스스로도 잘 알고 있었다. 자신은 이 가엾은 여자를 속이고 있다고… 기차에 탄 뒤, 그는 돈을 꺼내 창밖으로 던져 버렸다. 그것은 그녀가 몇 달간 힘들게 모은 돈이었을 것이다. 그녀를 줄곧 속이고 있던 그는, 돈으로 마음의 빚을 갚기로 결정했다.

광저우에 도착한 지 얼마 되지 않아, 그는 그녀에게 20,000위안 가량의 돈을 부쳤다. 그녀를 향한 마음의 빚을 청산하기 위해서였다. 편지도 함께 썼지만, 그는 그저, 지금은 너무 바빠 결혼할 수 없다고만 말했다. 차마 헤어지자고 통보할 수는 없었다.

그러나 얼마 되지 않아 20,000위안은 그에게 되돌아왔다. 그녀는 이렇게 말하고 있었다. "미안해, 더는 못 기다릴 것 같아. 나 결혼했어. 평생 기다리기로 했었는데, 나 먼저 결혼해버렸어."

그녀의 깊은 배려심에 그는 울음을 터트렸다. 그를 위해, 결혼까지 결심하다니. 이것은 그녀 스스로 마음을 접기 위함이기도 했을 것이다. 그녀는 이로써 그에게 자유와 그리고 사랑을 되돌려 주었다. 사실, 그는 고향에 돌아가 다시 그녀를 마주할 자신이 없었다. 그는 생각했다. 지금부터라도 각자의 길을 가자. 어쩌면 지금의 남편이 자신보다 훨씬 그녀에게 잘 어울릴지 모른다.

그때 마침, 아주 세련되고 아름다운 한 여자가 그에게 호감을 표시하기 시작했다. 그녀가 떠났기 때문에 그 역시도 새롭게 사랑을 시작하리라 마음먹고 있던 참이었다. 게다가 이 여자의 집도 광저우였고, 또한 여자는 돈과 명예를 모두를 갖추고 있었다. 그에게 너무나 필요한 조건의 사람이었다.

얼마 지나지 않아, 그와 그 여자는 먼 곳으로 유학을 함께 떠나게 되었다. 그는 순식간에 엄청난 부자가 되었다. 별장과 개인차도 가지게 되었다. 그와 그녀가 함께 꿈꾸던 것이 그에겐 모두 다 생겼다. 단지 그에겐 그녀만 없었다. 그는 자신이 얼마나 나쁜 남자인지 잘 알고 있었다. 그래서 그는 5년 뒤에 고국으로 돌아와 그녀의 고향에 회사 하나를 차려 그녀를 도와주고자 마음먹었다.

그러나 이때 그녀는 이미 고향에서 중학교 선생님으로 근무하고 있을 때였다. 곧 마흔을 바라보고 있었다. 백발이 성성하고, 몸에 살집도 붙었다. 눈은 과로로 인해 붓고 더욱 희미해 보였다. 그와 그녀가 재회한 그 순간, 둘은 서로의 모습에 얼어붙고 말았다. 그는 그녀가 이토록 많이 변했을지 상상도 하지 못했다. 그녀의 어리고 생기 넘치던 모습은 온데간데없이 사라지고, 반대로 그는 더욱 세련되고 멋있어진 모습이었다. 마치 스무 살의 그 모습 그대로 매혹적이었다. 그는 폭스바겐을 몰고, 값비싼 정장을 입고 그녀를 만나러 온 것이다!

그들은 한참을 멍하니 서 있었다. 세월은 흐르는 물처럼 빨랐다. 수십 년이 흘러 그녀는 이미 중년의 여인이 되었고, 그는 성공한 남성 CEO가 되었다. 세월은 그녀를 이토록 초라하게 만들었지만, 반대로 그에게는 이처럼 무한한 매력을 가져다준 것이다.

그는 그들의 아들을 만났다. 17살 소년이 되어 있었다. 그를 닮아 공부도 잘해 이미 베이징으로 대학 진학이 보장되어 있는 상태였다. 그는 그녀에게 감사의 인사를 전하고 싶었지만, 입 밖으로 나온 말은 너무나 보잘것없었다. 그녀는 그녀에게 미안하다고 말하고 싶었지만, 스스로 이런 말을 할 자격조차 없게 느껴졌다.

그녀의 작고 낡은 사무실에서 그는 한참을 망설이다 간신히 용기를 내어 입을 뗐다.

"당신 남편은 뭐하는 사람이야?"

그녀가 웃었다. 입가의 주름이 잠시 들썩였다 가라앉았다. "나?, 나 아직 결혼 안 했어."

그 말을 듣자마자, 그는 의자에서 벌떡 일어났다. 눈물이 거침없이 쏟아져 나왔다. 마치 마음속 홍수가 방파제를 뚫고 나오듯, 하늘과 땅 사이에 어떤 물건이 찢겨 튀어나오듯 그렇게 말이다. 그녀는 이렇게 멍청하고, 미련하게 계속 그를 기다려 온 것이다.

"너 진짜 바보구나." 그는 그녀를 나무랐다.

그녀의 눈가에 눈물이 가득했다. 몸도 조금 떨리고 있었다. "네가 그랬잖아, 평생 사랑할 거라고, 나는 진짠 줄 알았지, 네가 그랬었잖아."

그는 자신의 얼굴을 가린 채 천천히 무릎을 꿇었다. 적어도 이것은, 그의 마음에서 우러나온 것이다. 사랑에 있어 그는 이 여자보다 못났다. 그는 약속이 이토록 중요한 것인지 몰랐다.

하지만 이때는 이미 그가 이혼할 수 없는 상태였다. 여우 같은 아내와 강아지 같은 딸, 자신의 사업과 가정, 그가 가진 이 모든 것이, 다시는 이 여자를 받아들일 수 없게 했다. 그러나 그는 알고 있었다. 그녀는 그의 마음속의 한 알의 진주라는 것을. 값을 따질 수 없을 만큼 소중한 진주라는 것을 말이다.

우연히, 그는 그녀의 목에 걸린 목걸이를 보고 놀라움을 금치 못했다. 이미 퇴색되어 검게 변해버린 그것은 다름 아닌 자신이 사준 그 목걸이였던 것이다. 한때 가장 아름답고 빛났던 목걸이가 이렇게 변해버리다니. 마치 다시는 되돌릴 수 없는 그와 그녀의 사랑처럼 말이다.

그는 그녀에게 원하는 것이 있느냐고 물었다. 이미 돈으로는 이 모든 것을 갚을 길 없음을, 게다가 그녀에게 돈은 더더욱 중요한 것이 아님을 알고 있었기에. 당시 그가 준 20,000위안도 그냥 돌려준 그녀가 아니었나.

그녀는 웃었다. "만약 당신이 나를 도와주고자 한다면, 희망 학교 하나만 세워줘. 이렇게 낙후된 환경 속에서는 아이들이 공부할 곳이 없어."

그것은 그가 그녀에게 해 줄 수 있는 유일한 일이었다. 그리고 그녀와는 어떠한 상관도 없는 유일한 일이었다. 그녀의 눈빛은 담담함과 차분함으로 가득 차 있었다. 모든 것은 이렇게 막을 내리고 있었다. 그녀는 이렇게 말했다. "이 모든 건 내 개인적인 사랑과 믿음 때문에 그랬던 거야. 당신과는 아무 관계없어." 그녀의 순수한 눈빛은 어렸을 때와 변함이 없었다. 한평생 사랑하겠다는 말을 내뱉었던 그때처럼, 사람 마음을 흔드는 구석이 있었다.

때론 별생각 없이 내뱉은 한 마디를 우리는 일생을 통해 지켜야 할 때가 있다. 자신의 온 마음과 사랑을 다 해서 말이다. 하지만 안타깝게도 그는 그 약속을 지켜내지 못했다. 그는 알고 있었다. 남은 삶 동안 그는 그녀가 아니라 이 사랑에 대해 속죄해야 할 것이다.

살아 보니

세상에서 영원불변한 것은 사랑이다. 사랑은 그렇게 우리를 굳건한 믿음으로 이끈다. 사랑은 우리의 삶을 영원히 기억되게 한다. 사랑하고 사랑을 받는 과정을 거치며, 당신은 사랑을 배우고, 그것을 통해 비로소 당신이 무엇을 가장 원하는지에 대해 배우게 될 것이다. 그것을 통해서만 우리는 우리에게 가장 맞는, 일생을 함께 걸어갈 동반자를 찾을 수 있다.

사랑의 화려함 뒤에는 항상 실망이 존재할 수밖에 없다. 화려함은 다시 오지 않는다. 같은 사람과 같은 사랑을 하면서, 첫 화려함이 지나간 자리에 두 번째 화려함을 다시 느낄 수는 없는 일이다. 물론 있을 수도 있다. 하지만 그것은 이미 평탄한 시작일 뿐이며, 의미 없는 사랑일 따름이다.

방종의 대가

평소 어떤 사람이 제아무리 청렴결백한 이미지를 가지고 있다 해도, 그것이 반드시 그가 돈과 미색의 유혹을 이겨낼 수 있다는 뜻을 의미하는 것은 아니다. 지사의 높은 뜻은 나라가 어지러울 때 알게 된다는 말이 있듯, 유혹도 직접 마주해 보지 않고서는 그 위험을 감히 짐작할 수 없다. 안타까운 사실은, 대다수 사람이 이 유혹의 시험을 통과하지 못한다는 것이다.

남자에게 있어, 외로움을 이기고, 유혹을 견뎌내는 일은, 절대 쉬운일이 아니다.

"감정, 이런 얘기는 말아요. 돈으로 얘기해요." 미국 스포츠 스타 타이거 우즈의 이 말이 의미심장하게 들리는 이유다. 언론에 따르면, 우즈와 혼외 관계를 맺은 여인은 18명에 달한다. 절망에 빠진 부인 아이린은 그에게 이러한 세 가지 요구를 제시했다. 이혼할 것, 자녀 부양권과 우즈 재산의 절반을 줄 것.

요즘 사람들 사이에서도 자신의 방종의 대가를 톡톡히 치르는 사람이 적지 않다.

강쯔는 평범한 공무원이었다. 그는 큰 맘 먹고 사람 한 명을 실제로 만나기로 했다. 그녀는 인터넷상에서 알게 된 친구였다. 좀 더 자세히 말하자면, 아주 예쁜 인터넷 친구. 영상통화를 한 적 있기 때문에 얼굴을 본 적은 있었다.

어느 날 갑자기, 자신을 줄곧 '모태숙녀'라 칭하던 인터넷 친구가 강쯔에게 이렇게 말했다. "나 이미 난징에 도착했어. 너랑 만나고 싶어." 당연히 장난이라고 생각했던 강쯔는 자신 있는 말투로 말했다. "좋아, 내가 아주 기가 막히게 가이드 해 줄게." 자신을 '모태숙녀'라 부르던 그녀가 진짜 난징에 도착했다는 것을 안 순간, 그는 비로소 그녀가 시종일관 그에게 매우 진지했다는 것을 알아차릴 수 있었다.

그녀를 만나야 할까 말아야 할까? 강쯔는 오랫동안 고민에 빠졌다. 속마음으론, 그녀를 만나고 싶었지만, 현실을 고려하지 않을 수 없었다. 그가 있는 곳은 난징까지 100킬로미터 가량 떨어져 있는 데다, 때마침 회사에 연말 조직평가가 있어 각종 시찰과 검사가 맞물려 있는 상황이었기 때문이다. 물론, 돈 문제도 고려하지 않을 수 없었다. 이렇게 예쁘고 귀여운 그녀가 먼 곳에서 자신을 만나러 오는데, 그녀에게 연신 손을 벌릴 수는 없는 노릇이었다. 심사숙고한 끝에, 그는 모든 위험을 감수하고 그녀를 만나기로 결심했다. 그녀라는 유혹을 막아낼 수 없었던 것이다.

강쯔는 사장에게 아이가 아프다고 거짓말을 했다. 사장이 강쯔에게 말했다. "얼른 갔다가 빨리 돌아와야 해, 중요한 시기야, 이때 진급을 놓치면 언제 다시 기회가 올지 몰라."

그래서, 강쯔는 신용카드를 들고 난징으로 향했다.

전설 속의 '모태숙녀'의 실제 모습은 영상으로 보던 것보다 훨씬 더 아름다웠다. 강쯔를 만난 그녀는 마치 남자친구를 만나듯 애교를 부리며 말했다. "나 여기선 너 말고는 아는 사람 아무도 없어. 그러니까 지금부터 나 완전히 너에게 맡길 게. 나 잘 챙겨줘야 해!" 그러곤 심지어 강쯔 얼굴에 진한 뽀뽀도 해주었다. 강쯔는 이 말에 크게 감동 받았다. 그는 휴대전화 전원도 꺼버렸다. 일체 외부의 간섭을 받지 않기 위해서였다.

난징에서의 첫째 날 밤, 그들은 4성급 호텔에 묵게 되었다. 그들은 부부가 아니었기 때문에 방 하나를 잡을 수는 없었다. 밤 12시쯤 강쯔는 그녀에게 전화상으로 자신이 짠 스케줄에 대해 알려주었다. 그녀는 아주 기뻐하며 말했다. "그럼 여기로 와서 얘기해." 이 말의 뜻을 강쯔는 잘 알고 있었다.

둘째 날, 강쯔는 그녀를 데리고 난징의 유명 관광지인 부자묘에 갔다. 하루 종일 걸어 다니느라, 두 사람은 피곤함에 녹초가 되었다. 그녀는 더 이상 걸을 수 없다며 길거리에 그만 주저앉아 버렸다. 할 수 없이 강쯔는 그녀를 안고 산을 내려와야 했다. 호텔에 돌아온 그들은 침대에 누워 미동조차 할 수 없었다. 셋째 날이 되었고, 날이 채 밝기도 전에 그들은 서둘러 중산릉으로 향했다. 그날도 전날과 똑같이 온몸에 힘이 없을 만큼 지쳐버렸다. 그들은 난징에서만 6일을 놀았다. 그녀는 가져온 돈을 다 쓴 듯했지만, 한편으로 마음은 편안해 보였다. 강쯔 역시도 자신의 여행 경비를 모두 써버렸다. 물론 아깝긴 했지만, 그만한 가치는 있다고 여겼다.

하지만, 즐거운 시간들은 항상 빨리 지나가기 마련, 그녀가 돌아가야 할 시간이 왔다. 새벽 4시에 떠나는 기차표를 샀기에, 그들은 기차역 근처의 민박집에서 하루를 묵기로 했다. 때마침 그들이 사랑의 절정을 나누고 있었을 때, 두 명의 경찰이 민박집을 급습해 그들을 덮쳤다. 강쯔는 어쩔 수 없이 수중에 남은 전 재산 2,000위안을 공손하게 경찰에게 건네고 머리 아픈 상황을 모면해야 했다. 두 명의 경찰이 가고 난 후 비로소 그들이 가짜 경찰이라는 것을 깨달았지만, 감히 따질 수도 없는 노릇이었다.

강쯔가 돌아온 뒤, 그의 집과 회사엔 커다란 변화가 일어났다.

강쯔가 '모태숙녀'와의 데이트에 여념 없던 셋째 날, 아들이 급작스레 고열에 시달린 것이다. 아내는 회사에 전화해 강쯔를 찾았지만, 사장에게서 돌아온 대답은, "아이가 아프다며 집으로 돌아갔는데요?"라는 것이었다. 아내는 강쯔가 집으로 돌아오기만을 기다렸지만, 끝내 오지 않자 혼자 아이를 병원에 데리고 갈 수밖에 없었다. 하지만 병원에 너무 늦게 도착한 나머지, 아들은 그만 목숨을 잃고 말았다.

아내는 강쯔를 만나고 마치 미친 사람처럼 울었다. 강쯔가 가까스로 아내를 위로하고 회사로 돌아갔을 때, 회사 사장도 그를 호되게 나무랐다. 사장은 너무나 애석한 표정으로 말했다. 아주 중요한 시기에 그가 자리에 없어 정말 좋은 승진 기회를 날렸다고 말이다.

살아 보니

우리의 삶 속엔 너무나 많은 유혹이 존재한다. 돈, 이성, 명예, 지위, 욕심 등 유혹은 없는 곳이 없다. 우리는 우리의 눈을 말끔히 닦고 자신의 혜안과 굳건한 마음으로 유혹을 이겨내야 한다. 그렇게 자신을 건강하게 성장시키고, 행복하게 살아가야 한다.

과거를 가지고 삶의 행복과 불행을 속단하지 마라! 모든 순간의 감정은 아름다운 것이다. 당신이 소중하게 여길 줄 안다면 말이다.

사랑에는 등불이 필요해

진정한 사랑은 밤하늘을 가로지르는 유성과 같은 것이 아니다. 그것은 사람들에게 깊은 인상을 남기지만 결국엔 너무나 짧은, 찰나의 순간만 빛날 뿐이다. 돌이켜 생각해 보면, 그것만큼 허망하고 부질없는 것이 없다.

진정한 사랑은 은근하고 오래 지속되는 것이다. 진심만 있다면, 주위의 고난과 역경들은 그저 스쳐 지나가는 손님에 불과하다. 그렇기에 당신의 마음에 깊은 상처를 남기지는 않는다. 사랑은 그 어떤 풍파도 이겨낼 수 있는 것이다. 물론 상대가 먼저 변심하는 경우를 제외하곤 말이다.

그때 그들은 매우 가난했다. 저축해 놓은 돈도 없었고, 길거리에서 종일 채소를 파는 일이 유일한 수단이었다. 집으로 돌아오면 녹초가 되어 쓰러지기 일보 직전이었다. 그러나 등 하나만 있으면, 이 허름한 집도 금방 밝아지는 듯했다. 비록 10와트짜리 절전용 등에 불과했지만 말이다.

그녀는 등 아래에서 팔고 남은 채소를 정리하곤 했다. 그는 하루 수입을 셈해 보았다. 그리고 둘은 같이 앉아 밥을 먹었다. 한편으로 밥을 먹으면서 한편으로는 다음 날 아침엔 어떤 채소를 사야 할지 고민하는 식이었다. 밥을 다 먹고 나면, 그가 설거지하고 그녀는 빨래를 했다. 그렇게 그들은 열 시가 넘어서야 한숨을 돌릴 수 있었다.

5, 6년이 지나 형편은 점점 나아졌고 작은 가판대에서 채소를 팔던 그는 의류회사의 사장이 되었고 그녀는 자연스럽게 전업주부가 되었다. 그들은 도시에서 큰 집도 사게 되었다. 인테리어를 할 때, 그는 한사코 등을 많이 달아야 한다고 우겼다. 어쩔 수 없이 거실에 10개의 등을 달게 되었다. 그녀가 말했다. "이렇게나 많이 필요해? 낭비 같아." 그가 말했다. "우리 이제 돈 생겼잖아. 앞으로 이렇게 밝은 날만 있을 거라고." 이렇게 말하면서 거실의 모든 등을 켰다. 너무 밝아 그녀가 눈을 뜰 수 없을 정도였다.

그렇지만, 그녀는 언제나 하나의 등만을 켜곤 했다. 여자의 직감으로 알 수 있었다. 그에게 다른 여자가 생긴 것이다.

한밤중에, 그녀는 혼자 조용히 눈물을 흘렸다. 하지만 낮엔 아무 일도 없었다는 듯 평소와 다름없이 지냈다.

하루는, 그가 아주 늦게 집으로 돌아왔다. 술에 취해 인사불성이 된 채였다. 그는 습관적으로 손을 뻗어 거실 등 스위치를 찾았다. '탁탁탁' 그런데 아무리 눌러도 켜지는 등은 단 하나뿐이었다.

"어떻게 된 거야?" 그가 짜증을 냈다. 그 때문에 잠이 깬 그녀가 차분히 말했다. "등 하나가 뭐 어때서 그래? 돈도 절약할 수 있고, 그것만으로도 집은 충분히 밝아. 그리고 다른 등은 이미 다 고장 났어."

등들이 그렇게 많이 고장 났었지만, 그는 모르고 있었다. 그러면서도 애인에게는 얼마나 섬세하고 자상했던지, 심지어 각종 생활용품조차도 애인를 위해 사다 주고 있었다. 그리고 아이러니컬하게도, 그의 사업상에 문제가 생겨 회사가 가장 어려운 시기에 빠졌을 때, 그의 애인은 다른 남자와 바람이 나 그를 떠나버렸다.

아내는 비상금을 꺼내어 그에게 건네주며 말했다. "들고 가서 써." 그는 두 눈으로 보고도, 통장에 써진 숫자를 믿을 수 없었다. 그것은 하루 이틀 모은 금액이 아니었다. 매번 2,500위안씩, 그리고 매달 3일에 저축한 것이었다. 물론, 그 날은 그가 그녀에게 생활비를 주던 날이었다. 매달 3,000위안의 생활비에서 그녀는 2,500위안을 저금한 것이다. 그는 상상할 수조차 없었다. 그가 다른 여자에게 물쓰듯 돈을 쓰고 있을 때, 그녀는 혹시 모를 위험에 대비해 이렇게 큰돈을 모아 둔 것이었다.

그는 원래, 그렇게 말 한 마디 없이 떠난 애인이 자신의 삶에 화려한 등불 같은 것이라 생각했었다. 평생 그를 다채롭고 아름답게 비춰줄 것이라 믿었다. 하지만 마침내 깨달았다. 아내야말로 그의 삶 속의 등불이라는 것을. 그리고 이 등불은 하나만으로도 충분히 그의 일생을 따뜻하게 해줄 것이라는 것을 말이다.

사실, 진실된 사랑은 형식이 아니라, 누추함마저도 귀하게 여기는 마음에 있다.

어떤 여성작가가 이런 이야기를 쓴 적 있다.

하루는, 아들이 잡지 한 권을 가지고 와 나에게 물었다. "만약, 세 명의 남자가 엄마에게 구애를 한다고 쳐요. 첫 번째 남자는, 엄마에게 밥을 잘 사주고요, 두 번째 남자는 엄마에게 꽃을 선물하는 것을 좋아해요. 세 번째 남자는 엄마를 사랑하는 마음을 시로 써주는 것을 좋아해요. 그렇다면 엄마는 어떤 사람과 결혼하고 싶어요?"

"다 별로야."

"만약 이 세 사람을 하나로 합치면요?"

"그럼, 한번 생각해 보지 뭐."

"좋아요, 이제 이 사람은 엄마의 남자가 되었어요. 그리고 두 사람은 10년을 같이 살았어요. 그렇다면 저는 이러한 질문을 하고 싶어요. 결혼한 지 십 년이 되었어요. 이 남자도 이제 귀찮고 싫증이 나기 시작해요. 피곤한 거죠. 꽃을 선물하고, 밥을 사주거나 하는 일이 말이에요. 시를 써 주는 것도 힘들고 귀찮아졌어요. 하나를 줄이고 싶은데, 엄마라면 뭘 그만하라고 할 거예요?"

원래는 대충 대답하고 넘어가려고 했었다. 하지만 예상외로 아들의 반응은 진지했다. 그래서 나는 바로 책을 내려놓고는, 장난스러우면서도 진지한 태도의 아들을 바라보며 말했다. "정말 알고 싶어? 그럼 밥을 버리라고 할게."

"좋아요. 그리고 또 10년이 지났어요. 이 남자는 꽃 선물을 하거나 엄마를 칭찬하는 것에 질려 버렸어요. 그래서 또 하나를 버리고 싶어요. 자, 그렇다면 이젠 엄마는 뭘 버리라고 할 거예요?

"꼭 이 대답을 들어야 속이 시원하겠니? 그럼 시를 쓰지 말라고 해."

"엄마, 원래 두 번째 남자에게 시집가고 싶었던 거군요."

원래, 나는 누구에게도 시집가고 싶지 않았지만, 결국엔 꽃을 선물하는 사람을 선택한 꼴이 된 것이다.

만약, 아들이 계속 물어봤다면, 나에게 하나씩 조건들을 버리라고 했다면, 나는 어쩔 수 없이 꽃도 선물하지 않고, 밥도 사주지 않고, 시도 써주지 않는 남자를 선택하지 않았을까? 아주 일반적인 순서로 물어봤다면, 나는 동의하지 않았을 것이다. 하지만 반대로, 뒤에서부터 앞으로 물어보는 순간 나는 무조건적인 동의를 할 수밖에 없었다.

이 문제는 물론, 약간의 궤변적인 구석이 있다. 그 후에 나는 아들의 잡지를 가지고 와서 계속 읽어봤다. 그리고 그것이 사랑 때문에 생긴 결과란 것을 알게 되었다. 사랑이 없었을 때, 당신은 상대에게 까다롭게 굴 수 있지만, 일단 상대를 사랑하게 되면, 당신은 그 무엇도 상대에게 요구할 수 없게 된다. 우리는 모두 이러한 경험을 한 바 있다. 갓 연애를 시작했을 때엔 상대가 자신보다 일찍 도착하길 바라고, 비가 오면 우산을 들고 자신을 회사 앞에서 기다리길 원하고, 생일에는 무슨 일이 있어도 챙겨 주기를 바란다. 하지만 진짜 상대를 사랑하기 시작하면, 이러한 것들은 있어도 그만, 없어도 그만인 요구사항으로 바뀌는 것이다.

누가 말했는지는 모르겠지만, '사랑은 때론 물 한잔을 따라주는 것만큼 간단한 것이다'라는 말을 들은 적 있다. 지금 생각해 보면, 사랑은 사실 정말 간단한 의미를 가지고 있는 것이다. 사랑만 있다면, 어느 누가 외부적 조건을 따지겠는가?

진정한 사랑이 없을 때, 우리는 많은 조건과 요구사항 그리고 외적인 것들을 따지게 된다. 하지만 사랑이 깊어지기 시작하면, 우리 삶 속에 스며들기 시작하면, 그 모든 것이 있으면 좋지만, 없어도 상관없는 것이 되는 것이다.

살아 보니

행복한 결혼 생활은 정과 사랑의 교향악과 같다. 한 철학자의 이 말은 가슴깊이 새겨들을 만하다. '인생에서, 아내는 청년기의 애인이며, 중년기의 단짝이며, 노년기의 보호자이다.'

친구들이여, 부디 자신의 아내를 아끼고 사랑하라. 더 많은 시간을 아내에게 쏟고 그녀가 당신에게 해 준 모든 것을 홀대하지 마라. 아내는, 세상에서 가장 당신을 가장 사랑하고 잘 이해하는, 당신을 위해 모든 것을 바칠 준비가 되어 있는 여자이다.

평행선에서 사랑을 기다리다

많은 사람이 일생의 반려자를 찾을 때, 쉽게 혼란에 빠지거나, 어찌할 바를 모르곤 한다. 단 한 번의 실수로 평생의 후회를 남기는 것이 두려워서 일 것이다.

그는 학생 때부터 줄곧, 그녀를 짝사랑해왔다. 하지만 그녀는 줄곧 그의 마음을 받아들이지 않았다. 그때, 그는 집안 사정이 좋지 않았고, 일찍 철이 든 그는 줄곧 오히려 그녀가 자신을 허락하지 않는 것이 다행이라 여겼다. 그가 진실로 그녀에게 행복을 줄 수 없을 거라고 생각했기 때문이다. 이후에, 집안 사정으로 인해 그는 일찍 학교를 떠나 사회생활에 임하게 되었다. 혼자 표류하기 시작한 것이다. 그는 줄곧 이렇게 생각했다. 돈을 많이 버는 것만이 자신이 원하는 사랑을 얻을 수 있는 방법이라고 말이다. 이후 그녀도 역시 졸업을 했다. 그리하여 두 사람은 아주 멀리 떨어진 두 곳에서 각자 자신의 일과 삶을 일구어 가게 되었다.

3년 후의 어느 날, 그는 인터넷 채팅을 통해 그녀가 고향으로 돌아가 선을 본다는 말을 듣게 되었다. 당시 그는 말로 표현할 수 없는 기쁨과 흥분을 느꼈다. 그리고 한편으로는 계속해서 자신이 기차역으로 마중 나가 그녀와 재회하는 순간을 상상하게 되었다. 하지만 무슨 하늘의 장난처럼 회사의 한 프로젝트 업무로 인해 때마침 그가 출장을 가게 된 것이다. 그가 급하게 회사로 돌아왔을 때, 그녀는 떠난 지 며칠이 된 후였다. 그리고 그는 며칠 동안의 출장과 과중한 업무로 인해 몹시 피곤한 상태였다. 하지만 그는 잠도 이루지 못하면서도 오로지 그녀와의 만남만을 생각했다. '만약에 그녀와 이번에도 만나지 못한다면, 너는 평생 후회할 거야.' 그는 자신의 마음이 말해주는 충고를 들었다.

사실 이리저리 타지에서 표류하던 그에겐 이미 여자친구가 있었다. 여자친구는 그가 외롭고 힘들 때 그의 뒤에서 묵묵히 그를 지지해주 고 응원해준 사람이었다. 그 역시 자신이 사랑하는 것은 현재의 여자 친구라고 여겼다. 그녀와 만난 후, 그의 마음은 물처럼 평온해졌고, 오래된 친구를 만난 것처럼 그녀를 대했다. 하지만 그는 그녀를 만난 그 순간, 마음 한구석이 여전히 허전함을 느낄 수 있었다. 그녀는 분명 예전보다 더욱 아름다워졌다. 몸은 예전처럼 여전히 마르고 연약했지만, 그 모습이 오히려 그에게 보호본능을 일으켰다. 그는 줄곧 영업 업무 를 맡아왔기에, 누구보다도 표정관리에 능숙했다. 비록 그의 마음은 파도가 치듯 흔들렸을지라도, 만면엔 부드러운 미소를 잃지 않았다.

그의 한 동창이 결혼해 곧 아이를 출산할 예정이었다. 그 동창이 결 혼했을 때에는, 일이 바쁜 관계로 그와 그녀 모두 결혼식에 참석하지 못했다. 그래서 둘은 멀리 시집간 그 동창을 함께 만나러 가기로 약속했다. 그 동창의 집으로 가기 위해 그들은 3시간 가까이 가는 버스를 타야 했다. 그리고 첩첩산중의 험한 길을 거쳐야 했다. 그 사이 그와 그녀는 서로 자신의 최근 변화를 이야기했다. 그는 줄곧 그녀의 활짝 웃는 모습을 몰래 훔쳐보았다. 어느새, 밤은 깊어 갔고, 석양의 노란 빛으로 물든 대지가 마음을 요동치게 했다. 그는 그녀가 긴장하고 있다는 사실을 발견했다. 그는 날이 어두워지지 않기를 바랐다. 학창시절부터, 그는 그녀가 어둠을 무서워한다는 것을 알고 있었다. 그는 더 이상 시간이 가지 않고 영원히 이 황혼 속에 멈춰 있기를 바랐다. 하지만 얼마 지나지 않아 그들의 시야에 마중 나온 동창의 얼굴이 보였다.

이틀간의 친구네 집들이는 순식간에 지나갔다. 셋째 날이 되자, 그들은 집으로 돌아가야 했다. 즉, 둘의 짧은 만남도 마지막을 고해야 한다는 뜻이었다. 돌아오는 그 날 밤, 그는 침대에 누워 잠을 이루지 못했다. 마음속에는 어떻게 하면 그녀를 보내지 않을 수 있을까, 떠나지 않게 할 수 있을까라는 생각뿐이었다. 그래서 밤새도록 그는 그녀를 머무르게 할 수 있는 각종 이유와 온갖 변명거리를 떠올렸다.

다음날 그는 아침 일찍 일어났다. 그는 기쁜 얼굴로 그녀가 얼굴을 씻고 이를 닦는 모습을 바라보았다. 그리곤 함께 돌아가는 버스에 올라탔다. 하지만 운명은 다시 한 번 장난을 친 듯했다. 그가 산 표의 좌석이 각기 떨어져 있었던 것이다. 어렵사리 함께 앉긴 했지만, 두 좌석 사이의 거리는 너무나 멀었다. 이렇게 떨어져 있음이 그를 슬프게 만들었다. 사실, 다른 이유가 아니었다. '단지 이것이 우리 일생에서 같이 떠나는 마지막 여행일 것 같아서 그래. 이후 우리는 각자의 가정을 꾸리고 살겠지. 그럼 다시는 이런 기회가 없을 거야.' 그는 줄곧 그녀에게 이렇게 말하고 있었다. 사실, 그는 그녀와 조금이라도 더 가까워지고 싶었다. 그녀와 함께 보내는 일 분 일 초를 소중히 여기고 싶었다. 그러나 그녀는 그의 이런 생각을 전혀 알지 못했다. 지난밤, 잠을 제대로 이루지 못한 탓인지, 차에 올라타자마자 그녀는 곧바로 잠이 들었다. 그도 졸음이 몰려왔지만 애써 참으며, 그녀가 눈을 감자 조용히 그녀를 바라보았다. 말도 자연스레 나오지 않았다. 어젯밤 열심히 고민했던 말들도 목이 메어 나오지 않았다.

그녀는 부단히 누군가에게 문자를 보내는 것 같았다. 답장을 받은 그녀의 표정은 너무나 행복해 보였다. 그는 알고 있었다. 여자를 이토록 가슴 떨리게 하는 사람은, 분명 그녀가 진심으로 사랑하는 남자일 것이다. 이미 이렇게 그녀가 기쁨과 행복 속에서 살고 있는데 굳이 내가 나쁜 사람이 될 필요가 있을까. 다른 사람의 행복을 감히 방해할 순 없다. 결국, 그는 이전의 모든 생각을 마음 깊숙한 곳에 그냥 묻어 두기로 마음먹었다. 마치 영화 〈화양연화〉 속에서 저우무윈이 슈똥에게 자신의 비밀을 털어놓듯이.

차는 빨리 도착했고, 그들은 헤어져야 했다. 차에서 내릴 때, 그녀는 뒤도 돌아보지 않고 떠났다. 그 순간 그는 문득 아주 후련하면서도 피곤하다고 느꼈다. 서둘러 회사로 돌아가 자료를 정리하고 푹 잠이 들었다. 아무것도 생각할 필요가 없었다. 그에게 있어 최고로 행복한 순간이었다. 그가 일어났을 땐, 이미 밤 9시가 넘은 시각이었다. 컴퓨터엔 비록 오래되었지만, 여전히 그가 좋아하는 바이올린 곡 〈이천 영월〉이 들어 있었다.

그는 순간 가슴이 숨을 쉴 수 없을 정도로 아픔을 느꼈다. 난장판이 된 업무를 보고 있자니, 얼른 그녀를 벗어나고 싶다는 마음이 들었다. 자신이 그녀에게 사랑을 줄 수 없음을 생각하니, 그녀에게 빚진 3년간의 눈물이 순간 6월의 비처럼 떨어져 그의 얼굴을 적셔왔다. 담배 한 개비를 피워 물고 소파에 앉았다. 창밖을 보며 그는 조용히 가을밤이 가져오는 서늘함을 느껴 보았다.

만약, 이번 생에 그들이 함께하지 못한다 하더라도, 그는 영원히 그녀를 사랑할 것이다!

많은 사람들이 남자들의 감정은 믿을 만한 것이 못 된다고 말하지만, 그는 스스로에게 말하고 있었다. 그는 자신의 마음을 거역하지 않을 것이라고. 사랑이라는 것은 너무 신비한 것이라, 내가 쓴 만큼 되돌려 받는 것이 아님을 알고 있기 때문이었다. 그가 얼마나 그녀를 사랑하는지 증명하기 위함이 아니었다. 사랑은 그저 조용히 희생하고, 사랑하는 이에게 기여하는 것이다. 상대가 필요할 때, 상대와 함께 있어주고, 멀리서 묵묵히 상대를 위해 기도하는 것이리라!

그는 그녀에게 알려주었다. 그는 멀리서 그녀를 위해 기도할 것이라고, 모든 일이 잘되기를 빌어줄 것이라고. 또한, 평행선에서 다시 만날 그날을 바라며, 그는 먼 곳에서 조용히 그녀를 기다릴 것이라고. 그는 정말 그녀를 사랑한다고, 그녀가 매일 즐겁고 신나기를 기도한다고.

살아 보니

어떤 이는 말한다. 적합한 시기에, 부적합한 사람을 만나게 되는 것은 탄식할 일이다. 부적합한 시기에 적합한 사람을 만나는 것은 슬픈 일이다. 나는 이렇게 생각한다. 부적합한 시기에 적합한 사람을 알게 되는 것은 두렵지 않다. 내가 두려운 것은 부적합한 시기에 적합한 사람을 알게 되었지만, 그 상대를 놓쳤을 경우이다. 그것은 일생의 회한으로 남을 것이다. 어떤 인연은 한번 놓치면, 다시는 돌아오지 않기 때문이다.

중고 남자의 깨끗한 사랑

사랑이란 것은 지극히 순수하며, 지극히 아름다운 감정이다. 그것은 세월의 흐름과 고난과 역경 속에서도 천천히 우리의 뼈와 살 속으로 스며들어와, 생명의 기운이 된다. 홍망성쇠의 우열, 이해득실의 많고 적음, 헤어짐과 만남의 기쁨과 슬픔을 떠나, 결국에는 아름다운 빛을 내며 영원불변할 것이다.

그때, 그녀는 한 신문사에서 편집기자로 일하고 있었다. 그의 회사에 취재하러 갔을 때, 그가 그녀를 마중 나왔다.

30살 정도 되었을까. 이십 대의 풋풋함과 들뜸은 보이지 않았다. 말하는 속도도 안정적이었고 걷는 모양새도 무게감이 있으면서 힘이 느껴졌다. 심지어 웃는 모습까지 제 나이에 딱 맞아 보였다. 이렇게 멋진 남자와 운 좋게도 여생을 함께 보내게 될 여자는 대체 누구일까.

천천히 몸을 돌렸을 때, 그녀는 그의 책상을 힐끗 한 번 쳐다보게 되었다. 깨끗한 유리액자 속에 젊은 여자 하나가 보였다. 아이보리색 패딩 점퍼를 입고 있었다. 눈동자는 반짝거렸고 재기발랄해 보이는 모습이었다. 책상 위에 여자의 사진을 올려놓을 수 있다는 것은, 아내가 있거나, 결혼을 약속한 여자가 있다는 뜻일 것이다. 게다가 분명 서로 너무나 사랑하고 있겠지….

"혹시, 이혼하셨나요?" 말을 뱉자마자, 그녀 스스로도 자신이 너무 당돌하다고 생각했다.

하지만 그는 별다른 신경을 쓰지 않고 담담히 책상 위의 사진을 바라보며 말했다. "2년 전에 세상을 떠났어요. 뜻밖의 사고였어요."

자연스럽게, 그들은 연락을 주고받았고, 연인 관계로 발전하게 되었다. 연애라는 것은 정말이지 꿈만 같았다.

그에게 시집가겠다고 마음먹었을 때, 주위 사람들은 하나같이 모두 반대했다. 그녀는 자신이 두 눈을 감은 채, 단지 사랑하는 사람만을 위해 드레스를 입고서 불구덩이로 뛰어드는 사람이 된 것 같았다. 사람들은 마치 그녀를 말리지 않는 것이 그녀에게 죄를 짓는 것이라는 듯 굴었다. 그녀의 부모는 말했다. "우린 어떻게 얼굴을 들고 다니라는 거니? 다른 사람들은 네가 시집을 못 가서 어쩔 수 없이 이혼남을 구했다고 생각할 거야." 친구들은 이렇게 말했다. "결혼하려거든 마음의 준비를 단단히 해. 돌싱은 어쩔 수 없이 전처와 너를 비교하게 된다더라. 어쨌든 넌 약자로 시작하는 거니까, 열악한 위치에 있을 수밖에 없어. 잃어버린 것은 기억 속에 항상 아름답게 기억되는 법이거든."

수많은 충고와 권고도 그녀의 결심을 꺾을 수는 없었다. 청춘시절, 그녀는 차라리 짝이 없어도 함부로 사람을 고르지 않겠다는 자신과의 약속을 꾸준히 지켜왔다. 그리고 그렇게 힘들게 기다리고 찾아 헤맨 끝에, 빠르지도, 느리지도 않게 그 사람을 만났다. 그 사람은 단지 결혼했고, 아내를 잃은 사람이었을 뿐이었다.

결혼한 후에, 그녀는 몇 번 핑계를 대고 그의 사무실에 간 적이 있었다. 사무실 책상 위의 액자에 담긴 사진이 바뀌었는지 궁금해서였다.

하지만 사진을 본 그녀는 어리둥절할 수밖에 없었다. 사진 속의 사람은 여전히 그의 전처였기 때문이다. 진짜 친구의 말처럼 그의 마음속엔 여전히 잃어버린 그녀가 가장 아름답게 남아있는 것일까? 그러나 예전과 다른 점은, 전처의 사진 옆에 작은 액자 하나가 더 생겼다는 것이었다. 바로 그와 그녀의 신혼여행 사진이었다. 그녀의 왼팔이 그의 허리를 감싸고 있었고, 그의 오른팔은 그녀의 어깨 위에 올려져 있었다. 그들은 너무나 달콤하고 행복해 보였다. 배경은 휘황찬란한 도시의 야경이었다.

그때, 답답한 그녀가 참지 못하고 그에게 이렇게 물었다. "당신 마음속에선 여전히 그녀를 놓을 수 없는 거죠? 그런 거죠?" 그는 신중히 고개를 끄덕였다. 통쾌하고도 거리낌 없는 인정이었다. 이것이 그녀의 마음을 더욱 아프게 만들었다. 이어서, 그는 이렇게 설명했다. "내 마음속에 그녀는 항상 나의 아내야. 만약 그때 그녀가 미친 듯이 핸들을 왼쪽으로 꺾지 않았다면, 오늘 이 세상에 없을 사람은 나였을지 모르니까. 솔직히, 당신은 내가 양심이 없는 사람이길 원해? 당신은 내가 새로운 사람이 생겼다고 지난 일은 몽땅 다 잊는 그런 매정한 사람이길 바라? 만약 내가 그런 사람이라면 당신은 나를 사랑했을 것 같아? 그게 내가 우리들의 사진을 그녀 사진 옆에 둔 이유야. 그녀는 분명 내가 이 세상에서 가장 행복하길, 그리고 우리가 행복하길 바라는 사람일 테니까."

그는 오랫동안 그녀를 말없이 바라보았다. 그녀의 눈물이 조용히 떨어지고 있었다. 그녀가 그에게 머리를 기대려고 할 때, 한 잡지에서 본 말이 생각났다. 어떤 이혼남은 한번 타오르고 난 후, 산소 부족으로 목탄이 된다. 그러나 그에게 조금의 불씨를 붙여준다면 그의 열정과 따뜻함은 다시 살아날 것이다. 이러한 남자는 소중함과 사랑이 무엇인지 아는 사람이다. 물론, 한번 불타오르고 목탄이 된 뒤, 다시는 열정이 되살아나지 않는 남자도 있지만, 그녀는 다행히 운이 좋았다. 전자에 해당하는 목탄을 찾았고, 소중한 사랑까지 얻었으니 말이다.

살아 보니

당신이 어떤 이를 아끼게 된다면, 그 사랑은 당신의 마음속에 사랑으로 자리 잡을 것이다. 사랑이란, 그 사람이 추울지 더울지 배고플지를 신경 쓰게 하고, 그 사람이 어떤 행동을 하고, 무엇이 필요한지를 염두에 두게 만든다. 그것은 너무나 소중하고도 아낌없는 사랑이다. 부부간에 만약 서로를 아끼지 않는다면, 장래의 어느 날 결혼생활의 과정과 그 결과는 안개인지 비인지 가늠할 수 없을 정도로 복잡하게 얽혀버릴 것이다. 사랑을 소중히 하라. 사랑은 분명 그럴 만한 가치가 있다.

지킬 수 없는 약속

사랑은 우리 삶의 영원한 주제이다. 우리가 어디에 있든, 어떤 상황에 있든, 현실적이든 아니든, 사랑이라는 아름다운 환상을 가지기엔 충분하다.

수많은 상처와 이별을 만난 후, 너무 많은 후회와 무력함을 겪은 후, 사람들은 종종 우울감에 빠지곤 한다. 어떤 사람들은 너무나도 예민해서 가을날 떨어지는 낙엽에도 수많은 생각에 잠기게 된다. 사랑을 마주했다면, 아무리 우유부단한 사람일지라도, 나는 당신이 조금의 강인함과 주관은 가지기를 바란다.

마오얼은 아름다운 대학생이었다. 아름답고 고상했고, 우아하고 매혹적인 자태를 가졌다. 충청에는 마오얼 마라탕이라는 곳이 있다. 충청사람들은 샤브샤브 먹는 것을 좋아한다. 마오얼 역시도 마라탕 먹는 것을 좋아했다. 특히, 후끈후끈한 여름날에, 온몸에 흐르는 땀을 닦으면서 먹는 것을 좋아했다. 마라탕이 툭툭 소리를 내며 끓어오를 때,

육수도 함께 튀어 먀오얼의 몸에, 팔뚝에 튀기도 했다. 그럴 때면 먀오얼은 기뻐서 소리를 치며 환호했다. 대나무 막대에 꽂혀 있는 각종 음식을 끓는 냄비 속에 넣어 한 번 흔든 뒤, 입안에 쏙 집어넣었다. 먹자마자 먀오얼은 매워서 눈물을 쏟았고, 헛바닥을 내밀며 쉬지 않고 휘휘 소리를 내곤 했다. 먀오얼은 땀을 한번 쓱 닦고 선 다시 마라탕과의 전투에 임했다. 매워서 숨을 내쉬는 소리가 커지기 시작하면, 입술과 혀는 모두 붉게 달아 올랐다. 손과 발을 동동 구를 정도로 매웠지만, 절대 포기하고 도망가는 일은 없었다.

이때 이렇게 귀엽고 천진난만한 먀오얼의 모습이 한 남자의 눈 속에 그윽히 담기고 있었다. 그 남자는 당연히 먀오얼의 연인이었다.

둘은 대학 동창이었다. 그는 먀오얼과 마주앉아 만족스러운 웃음을 지으며 먀오얼이 음식 먹는 모습을 지켜보는 것을 좋아했다. 그 역시 함께 먹고는 있었지만 그저 먹는 시늉만 할 뿐, 마음은 음식에 있질 않았다. 그의 눈은 오로지 먀오얼에게 빠져 있었고, 입은 그저 무의식적으로 움직이고 있을 뿐이었다. 대부분 먀오얼의 아름다움을 감탄하느라 정신이 없었다.

마라탕을 먹을 때의 먀오얼에게선 여성스러운 구석이라고는 찾아볼 수 없었지만, 도리어 이러한 모습이 그의 사랑과 설렘을 증폭시키곤 했다. 그는 먀오얼을 그의 삶과 동일시하고 있었다. 그는 대학 졸업 후 먀오얼과 함께 행복한 삶을 시작하는 모습을 고대하고 있었다.

그러나 그의 계획은 다소 이른 모양이었다. 대학 졸업 후, 먀오얼이 부모님의 말씀을 듣지 않고 미국으로 유학을 떠나기로 마음먹은 것이다. 먀오얼의 언니가 미국에서 살고 있다고 했다. 그들은 이별하기 전 마지막으로 함께 마라탕을 먹으러 갔다. 탕은 여전히 부글부글 끓고 있었고, 각종 맛있는 재료가 준비되어 있었다. 그는 그녀가 손을 들어 탕 속의 음식을 흔들었다가 소스에 찍어 먹는 모습을 기다렸지만, 웬일인지 그녀는 그러지 않았다. 대신 그녀는 펑펑 울었다. 그녀의 눈물이 앞에 놓인 기름장 속으로 떨어졌다.

그도 눈물이 그렁그렁 맺혔다.

"나 꼭 돌아올 거야. 너와 함께 꼭 다시 마라탕을 먹으러 올 거야." 그녀는 훌쩍이며 말했다.

"응, 기다릴게." 그는 울컥했다. 그는 알고 있었다. 이렇게 떠나고 나면 먀오얼은 다시 돌아오지 않을 것이다. 하지만 그럼에도 불구하고 먀오얼의 말을 믿고 싶었다. 그는 미친 듯이 먀오얼의 하얀 손가락에 입을 맞추었다. 눈물이 손가락 사이로 떨어지고 있었다.

먀오얼이 떠난 후, 그의 세계는 완전히 텅 비어 버린 듯했다. 그는 한시도 먀오얼을 그리워하지 않은 적이 없었다. 그의 마음은 온통 먀오얼을 향해 있었다. 그의 그리움은 결국 병이 되어버렸다.

그는 아예 돈을 빌려 그들이 자주 가던 마라탕 가게를 사버렸다. 이름도 먀오얼 마라탕이라고 바꾸어 버렸다. 벽의 중간쯤 그는 손으로 자신들의 가슴 아픈 사랑 이야기를 써 놓았다. '내 삶의 매 순간, 먀오얼, 당신을 기다릴게!' 그의 얼굴은 눈물로 뒤범벅이 되었다. 꼭 깨문 입술엔 피가 고였지만, 정작 아픈 곳은 저 깊은 곳의 심장이었다.

이후, 그는 한결같은 마음으로 이 마라탕 가게를 지켜오며 먀오얼이 돌아오기를 기다렸다. 그는 미련하게도 믿고 있었다. 어느 날 먀오얼이 반드시 돌아올 것이라고 말이다. 먀오얼의 소식은 시간이 흐르며 점점 멀어져 가는 것 같았다.

그의 장사는 날로 번창했다. 많은 사람이 오랜 시간 동안 운전해서라도 충칭의 이 마라탕집을 오고 싶어 했다. 손님들은 그처럼 벽 앞에서 탄식을 했고, 먀오얼이 했던 것처럼 탕 속에 음식을 익혀 먹었다. 그리고 이 뜨겁고도 뜨거웠던 둘의 사랑 이야기에 감명을 받곤 했다.

매일 일에 몰두하면서 그는 많이 밝아졌다. 점점 그도 먀오얼을 가슴 깊은 곳에 묻어 둔 채, 그가 피곤할 때마다 찾는 비타민처럼, 그녀를 회상할 수 있게 되었다.

사람들은 그를 말렸다. "지킬 수 없는 약속에 왜 미련하게 구는 거야." 사실, 수년간의 기다림 속에 그 역시도 이미 마음을 비웠다. 그도 잘 알고 있었다. 하지만 사랑은 영원히 늙지 않을 것이다. 그는 한때 먀오얼을 가진 적 있고, 사랑한 적이 있다. 먀오얼의 사랑을 받아본 적도 있다. 그것은 그의 마음을 영원히 적셔줄 것이다. 어두운 밤, 그렇게 그는 먀오얼이 다시는 돌아오지 않게 해달라고 빈 적도 있었다. 그는 자신에게 말했다. 먀오얼을 아름다운 기억으로 간직해 두자. 그의 기다림 역시도 그저 먀오얼처럼 아름다운 사랑일 뿐일 테니까. 어쩌면 기다리고 기다리면 또 다른 먀오얼을 만날 수도 있을 거야. 또 다른 먀오얼과 이 마라탕집에서 결혼을 하고 아이를 낳을 수도 있겠지. 그는 확신하고 있었다. 마음속에 사랑이 가득할 때 비로소 사랑을 가질 수 있다는 걸. 그는 아무런 여한이 없었다. 그에게 있어 기다림은 부담이 아니었다. 오히려 위안이었다. 미래의 사랑을 위해 과거의 빚을 갚는 과정이었다.

살아 보니

생각해 보자. 어렸을 때, 우리는 사랑을 믿었었지만, 세월이 흐르고 난 뒤 어느 순간 교활해져 버렸다. 스스로 성숙하다, 이성적이다 여기며 더욱 쉽사리 사랑을 약속하지 않게 되었다. 그리고 사랑을 가지고 게임을 하기 시작한다. 사랑은 삶의 색이요, 삶은 그저 사랑의 바탕일 뿐이라고. 무채색인 세상은 어둡고 암담할 뿐이고, 방향 없는 생명은 맹목적일 뿐이니.

사랑은 일종의 신앙이다

Chapter 2

사랑은 우리 마음속에 자라나는 덩굴과 같다. 사랑은 또한 마치 나비와 같다. 그것이 좋아하는 곳에 기쁨도 함께 날라 준다. 사랑은 외투보다 더 추위를 잘 몰아내는 존재이다. 삶은 꽃과 같다. 사랑은 꿈과 같다. 사랑이 있는 곳에 희망이 있다. 사랑은 영원한 것이다. 외형은 바뀔 수 있으나 본질은 영원히 변치 않는다. 시간만이 진정한 사랑의 가치를 증명해 줄 것이다. 사랑이라는 힘은 사랑에 대한 믿음으로부터 시작한다.

일생을 건 약속

많은 일은, 대개 겪고 난 이후에 그 깨달음을 얻는다. 사랑 역시도 그렇다. 놓치고 나서야 아쉬워지고, 비로소 깨닫는다. 삶에는 원래 그렇게 많은 집착이 필요 없다는 것을.

어렸을 적, 따뜻한 오후가 되면 그녀는 그의 집 창문 아래에서 높은 목소리로 그의 별명을 부르곤 했다. 그는 창문 틈 사이로 머리를 내밀고서 대답했다. "기다려, 딱 3분 만이야."

그러나 그녀는 항상 5분 이상을 기다려야 했다. 그가 커튼 뒤편에 숨어, 그녀가 활짝 핀 꽃 속에서 한 송이, 한 송이 복숭아꽃을 세는 모습을 몰래 바라보고 있었기 때문이었다. 그녀는 그를 보고 이렇게 말했다. "또 늦었어." 그들은 역할극 놀이를 하곤 했다. 그녀는 엄마, 그는 아빠를 맡았다. 아이는 없었다.

그녀는 떨어진 꽃을 잘게 찢어 가는 띠처럼 만들어 그에게 음식을 만들어 주었다. 중학생이 되었을 때, 그와 그녀는 매일 아침 7시, 항구 부근의 작은 식당에서 만나기로 약속했다. 그녀는 항상 제시간에 맞춰 도착해 가장 안쪽 자리를 차지했고, 튀긴 꽈배기 두 개를 주문해 놓았다. 7시 10분이 넘어서야 도착했다. 그는 아직 잠에 취해 있는 듯했다. 얼굴엔 양치질한 흔적이 덕지덕지 묻어 있었다. 그녀는 그를 보며 말했다. "너 또 늦었어." 그는 자리에 앉아 아침밥을 먹었다. 그녀는 무겁고 더러운 그의 책가방을 자신의 다리 위로 올려 두었다.

그녀는 튀긴 꽈배기를 잘고 가늘게 찢어 김이 모락모락 나는 그의 두유 위에다 얹어주었다.

고등학교 졸업식 날, 그들은 웨딩드레스 샵을 지나치게 되었다. 그녀는 웨딩드레스 하나를 콕 집어 그에게 말했다. "나 저 드레스 정말 맘에 들어." 그가 본 웨딩드레스는 흰색이 아닌 남색이었다. 그것도 조금 이상하게 느껴질 만큼 짙은 남색이었다. 약간 우울해 보이기도 했다. 마치 신부 혼자 교회에 남겨졌을 때, 햇빛이 꽃 같은 그녀의 얼굴을 비추자, 툭 하고 떨어지는 눈물 같았다.

그는 조용한 목소리로 그녀에게 말했다. "네가 나에게 시집오는 그날에, 내가 사 줄게."

그들은 각기 다른 대학교에 합격했다. 한 곳은 남쪽, 한 곳은 북쪽에 있는 학교였다. 그녀가 그에게 전화를 걸어 언제쯤 그의 편지가 도착하냐고 물었을 때, 그는 항상 3일 이후라고 답했다. 그러나 그녀가 편지를 받았을 때에는 이미 일주일이 지난 뒤였다. 그래서 그녀는 편지지 속에 갓 딴 장미꽃을 넣고 이러한 답장을 쓰곤 했다. "너 또 늦었어." 그녀는 자신이 쓴 일기를 가늘게 찢어 편지 속에 넣어 부쳤다. 만약 그가 꼼꼼하게 이것을 이어 붙인다면, 그를 향한 그녀의 깊은 마음을 읽어낼 수 있을 것이다.

졸업 후에, 그들은 각자 자기 일을 하며 바쁘게 지냈다. 하루는 그가 그녀를 보러 오겠다고 하자, 그녀는 태어나서 처음 화장을 하고 기차역으로 달려갔다. 그녀는 텅 비어 횡한 기차역을 바라보았다. 마치 기찻길이 외로움의 길 같다는 생각이 들었다. 열차가 그녀의 곁을 지나갈 때, 그것이 내는 것은 절망의 울음소리처럼 들렸다.

기차는 예상 시간보다 한 시간 연착되었다. 그녀는 예전보다 더 멋지고 세련되어진 그를 발견했다. 단지 이전의 게으름이 많이 없어진 듯 보였다. 이어 그녀는 그의 곁에 서 있는 매우 아름다운 한 여인을 발견했다. 그는 여자가 자신의 예비신부라고 소개했다.

"너 또 늦었구나." 그녀는 그저 차분히 이렇게 말할 뿐이었다.

그날 밤, 그녀는 그가 써주었던 일기를 가늘게 찢어 불 속에 넣어 태워 버렸다.

그는 자신의 결혼식에 그녀도 초대했다. 그녀는 너무나 아름다운 신부가 백옥같이 깨끗한 웨딩드레스를 입고 있는 것을 보았다. 눈부실 만큼 하얀 웨딩드레스는 그녀의 기다림을 조롱하는 듯 보였다. 그녀가 어지러워 비틀거리는 것을 누구도 발견하지 못했다.

그녀는 다음 날 다른 고장으로 이사했다. 누구도 그녀가 어디로 갔는지 알지 못했다. 그녀는 이 세상에서 자신이 사라지길, 또 그의 삶에서도 스스로 사라지길 원했다.

그는 대도시에서 자수성가한 일반 남성들처럼, 사업상의 성공과 실패, 그리고 이혼과 재혼을 수없이 반복했다. 그의 삶 속에서 수많은 여인이 스쳐 지나갔다. 어떤 여자는 그를 사랑했고, 어떤 여자는 그에게 사랑을 받았다. 어떤 여자는 그에게 큰 상처를 받고 떠나갔다. 봄이 가고 또 봄이 오듯, 일 년 그리고 일 년이 그렇게 지나갔다. 그가 어렴풋하게 싱그러운 꽃들 속에서 한 송이, 한 송이씩 복숭아꽃을 세던 그 여자아이를 기억해 냈을 즈음엔, 그가 이미 칠순의 노인이 다된 이후였다.

그는 그녀의 소식을 백방 알아보러 다녔다. 너무 오랫동안 보지 못했기 때문에 선물 하나쯤은 사가야 한다고 생각했다. 이후 누군가가 알려주었다. 그녀는 평생 결혼하지 않았다고 했다. 마치 어떤 중요한 약속을 기다리고 있지만, 이 약속의 유효기간이 언제까지인지 모르는 사람처럼. 그는 자신이 무엇을 사야 할지 직감적으로 알 수 있었다.

그는 오랜 시간을 들여 남색 웨딩드레스를 찾았다. 사실 여러 벌 찾아내긴 했지만, 당시의 그 웨딩드레스와 꼭 맞는 것은 도무지 찾을 수가 없었다. 고독한 신부가 햇빛 아래에서 눈물 한 방울을 흘리는 듯한 그 남색의 드레스 말이다. 백방으로 수소문한 끝에, 그는 홍콩에 한 웨딩드레스 여성 수집가가 그 웨딩드레스를 가지고 있다는 소식을 접할 수 있었다.

그 수집가는 그들의 이야기를 듣고는 한사코 돈 받기를 거부했다. 하지만 그는 그녀에게 50위안을 주었다. 그녀에게 웨딩드레스를 사주겠다고 약속한 날로부터 이미 50년이나 흐른 뒤였기 때문이었다.

그는 남색의 웨딩드레스를 가지고 황급하게 병원으로 뛰어갔다. 칠십 넘은 자신이 이렇게 빨리 뛸 수 있다는 것도 그날 처음 알았다. 하지만 운명의 장난은 너무나 야속했다. 그가 남색 웨딩드레스를 안고 병실로 들어가던 그 순간, 그녀의 숨이 멈추고 만 것이다.

그는 이 상황이 왠지 너무나 익숙했다. 단지 조금 다른 점은, "너 또 늦었어."라고 말하는 그녀가 더는 이 세상에 없다는 것이다.

그녀는 줄곧 이 약속의 끝을 기다렸다. 그가 항상 늦더라도 말이다. 하지만 그녀도 미처 상상하지 못했다. 마지막 약속의 끝이 그녀의 삶에 마지막이 될 줄은.

살아 보니

만약, 삶에서 당신을 이토록 미련하게 기다리게 할 누군가를 만났다면, 당신 역시도 그녀처럼 일생을 바쳐 기다릴 수 있을까? 수십 년의 긴 외로움과 기다림을 견뎌낼 수 있는 사람은 과연 몇 명이나 될까? 만약에 사랑한다면, 흠뻑 취해 사랑하라. 포기하고 싶다면, 미련 없이 버려라. 기다리게 하는 것은 원래 잘못된 것이다.

8년의 사랑

만약, 한 남자를 깊이 사랑하게 되었다면, 여자는 구차해질 수밖에 없다. 마치 소설가 장아이링이 후란청을 사랑한 것처럼, 여자는 먼지처럼 보잘것없어지는 것이다. 그렇게 되면 여자는 남자의 말을 고분고분 따르게 되고, 조건 없는 순종을 한다. 남자가 하라는 대로 시키는 대로 다 하는 것이다. 남자가 죽음을 요구하면, 그것을 따를 기세로 말이다.

요즘 사람들은 사랑의 영원함을 믿지 않는다. 한때 그러했음을 추억할 뿐. 다음 펼쳐질 이야기의 주인공과 비교해 봤을 때, 과연 우리는 부끄러워지지 않을 수 있을까.

그에겐 단지 한 장의 사진일 뿐인 이 기억이, 그녀에게 있어선 8년의 사랑이 되었다.

그녀가 그를 사랑하게 된 것은, 단 1분 만에 벌어진 일이었다. 그러나 그가 그녀를 사랑하게 된 것은 8년이 지나서였다.

그때 그녀의 부모는 모두 군부대에서 중요한 보직을 맡고 있었다. 그녀는 어려서부터 귀하게 자랐다. 그는 다른 곳에서 차출된 문예 병사였다. 출신 성분이 좋지 않았던 그는 가는 곳곳마다 환영받지 못했다. 가까스로 자신의 방 안에 쉬게 될 때면, 그는 그림 그리기에 집중하곤 했다. 그녀가 아무 생각 없이 그의 창밖을 지나갈 때였다. 그저 슬쩍 한번 들여다보았을 뿐인데, 순간 완전히 그에게 매료되고 말았다. 그의 텅 빈 방 안에는 북적거리는 인파들, 미소짓는 사람들, 우는 사람들, 고통스러워하는 사람들, 즐거워하는 사람들, 분노하는 사람들의 모습을 너무나 생생하게 그려낸 인물화들이 한 장 한 장 벽에 걸려 있었다. 겨울의 차고 날카로운 빛 속에서도 이상하게 사람의 마음을 끄는 아름다움이 방 안을 배회하고 있었다. 그녀가 분위기에 점점 빠져들기 시작할 때 즈음, 그는 살며시 눈을 감고, 춤을 추기 시작했다. 그것은 그녀가 본 것 중에 가장 불가사의하고도 낭만적인 춤이었다. 음악도 없고, 관중도 없고, 박수도 없었지만, 그녀는 살아 움직이는 마음을 들을 수 있었다. 자유로운 움직임을 가르는 그 호흡을 말이다.

그 순간, 그녀는 그를 사랑하게 되었다. 아마 첫눈에 반했다고 하는 것이 맞을 것이다. 단 한 번 같은 무대에 섰을 때, 그녀는 그와 어깨를 나란히 한 채 함께 춤을 출 수 있는 기회가 있었다. 그의 손은 너무나 따뜻했다. 시간이 이대로 멈춘 것만 같았다. 그러나 이러한 달콤함도 그녀에겐 사치였던 것일까. 그녀가 그 따뜻함을 음미해보기도 전에 이 꿈은 산산조각이 나고 말았다.

그녀의 아버지가 그녀의 이상한 낌새를 알아채고서, 뒷조사를 하기 시작한 것이다. 그리고 곧 자신의 딸이 출신이 미천한 남자를 사랑하고 있다는 것을 알게 되었다. 괜한 골칫거리를 만들지 마라. 그렇지 않으면 그 남자 집안사람까지 모두 연루되어 고통을 받게 될 거야. 아버지는 그녀에게 아주 엄중하게 경고했다. 물론 그녀가 그 사실을 모르는 것은 아니었다. 하지만 사랑은 모래폭풍처럼 사방으로 휘몰아쳐, 도깨비처럼 순식간에 그녀의 마음을 파고들었다. 심지어 그가 아주 외진 산골짜기로 파견 간다는 소식을 듣고 나서도, 그녀가 가장 먼저 생각한 것은 어찌 됐건, 그와 함께 가겠다는 마음이었다.

당연하게도, 그는 혼자 떠나야 했다. 하지만 그녀는 사람들을 속이고 기차의 승무원처럼 꾸미고 역으로 나갔다. 그가 기차에 막 올라타려던 순간, 그녀는 자신의 사진과 주소를 넣은 편지를 북적거리는 사람들을 헤치고 그의 손 안에 넣어주었다. 어리둥절하던 그가 그녀의 표정을 읽기도 전에, 쏟아지는 사람들이 그를 차 칸으로 밀어 넣고 말았다.

그녀는 그가 가게 될 작고 외진 산골마을을 똑똑히 기억하고 있었다. 1년 뒤, 그녀는 마침내 기회 하나를 잡게 되었다. 칭하이로 파견 갈 문예병 모집 소식을 듣게 된 것이다. 면접관이 그녀에게 왜 하필 그렇게 먼 곳으로 가려고 하는지 물었을 때, 그녀는 이렇게 대답했다. "그곳은 제가 아는 어떤 한 사람과 가장 가까운 곳이거든요." 그녀는 굳건히 믿었다. 그로 향하는 유일한 통로는, 그가 있는 방향을 향해 지치지 않고 묵묵히 걸어가는 것, 그것뿐이라고. 이렇게 떠났던 것이 8년이란 시간이 흘렀다. 문화대혁명이 끝나고 나서야 그는 비로소 오랜 시간 동안 떠나 있었던 고향으로 돌아올 수 있었다. 그리고 그녀는 이런 저런 소문을 통해 그가 근처 지역을 떠났다는 소식을 들었다. 그녀는 1초의 망설임도 없이, 캐리어를 끌고 기차역으로 떠났다.

그녀는 마침내 그가 선을 보러 떠나던 길을 성공적으로 막을 수 있었다. 그에게 그녀는 단지 한 장의 사진 속 기억일 뿐이었지만, 그녀에게 그는 8년간의 사랑이었다. 그를 만난 그 순간에, 그녀는 안도의 한숨을 내쉬며 말했다. "사진 속의 그 여자가 8년을 헤매다, 결국 이렇게 당신을 만나게 되었네요." 그렇게 그는 8년 1초 만에 그녀에게 사로잡히게 된 것이다.

그들은 이후 행복하게 살았다. 삶은 많은 것을 바꾸게 하였지만, 그들이 서로를 바라보는 방식을 변하게 하진 못했다. 손에 손을 잡고, 어깨와 어깨를 나란히 하고, 잠시 쉬어 갈 때면 살며시 서로에게 기댔다. 마치 한 송이 부드러운 꽃을 안고 있듯.

그렇다. 이것은 그들만이 이해할 수 있다. 다른 사람의 눈에는 그저 아름다워만 보이는 이 순간이 사실은, 시간이란 맷돌 위에서 얼마나 어렵고 힘들게 갈고 닦인 후에야 얻은 것인지를, 비로소 오늘날의 이 순수하고 아름다운 자태를 가질 수 있었는지를 말이다.

마찬가지로, 나는 당신이 다음의 이야기를 읽고 난 뒤에, 상대방을 한평생 아낄 수 있을 것이라 믿는다.

"원하는 사람은 손을 드세요." 결혼식 날, 사회자가 100위안 지폐 한 장을 꺼내 들고 하객들에게 말했다. 사람들은 분명 사회자가 무슨 장난을 친다고 생각했기에, 그 누구도 대답하지 않았다. 그러자 사회자는 다시 한 번 물었다. "진짜 드립니다. 원하시는 분은 손을 드세요."

이번엔, 어떤 사람이 진짜 손을 들었다. 그러자 손을 드는 사람이 우후죽순 늘어났다. 사회자는 하객들을 쓱 한 번 둘러보더니, 낡은 100위안 지폐를 꺼내 들었다. 그랬더니 손을 드는 사람이 확연히 줄어들었다. 사회자는 웃음을 짓더니 더욱 우글쭈글하고 심지어 군데군데 찢어진 헌 지폐를 꺼내 들었다. 손을 들고 있는 사람은 더욱 확연히 줄어들었다. 사회자는 남자아이 한 명을 무대 위로 올라오게 한 뒤, 헌 지폐를 소년의 손 위에 쥐여주며 말했다. "계속 끝까지 손들고 있었으니 줄게." 하객들은 배를 잡고 웃었다. 소년의 얼굴이 조금 붉어졌다. 사회자는 손을 흔들어 하객들에게 주의를 준 뒤, 새 지폐를 꺼내며 말했다. "새 지폐랑 헌 지폐랑 바꾸자, 어때?" 소년이 말했다. "괜찮아요. 고마워요, 아저씨. 새것이나 헌 것이나 마찬가지인걸요."

사회자는 고개를 끄덕이더니, 소년에게 돈을 들고 내려가라고 말했다. 사회자는 신랑신부에게 서로 손을 잡고 무대 위로 올라오게 한 다음 이렇게 말했다. "아무리 아름다운 얼굴도, 언젠가는 늙습니다. 아무리 낭만적인 사랑도 세월이 지나면 변합니다. 제 손의 지폐처럼, 시간이 지나면 이렇게 주름지고 쭈글쭈글해집니다. 하지만 금방 저 소년의 말처럼, 새것이나 헌것이나 마찬가지인 걸요. 그것의 가치는 주름으로 인해 변하지 않습니다. 그렇지 않습니까? 진정한 사랑이 무엇인지 그 가치와 의미를 부부가 이해할 수 있기를 바랍니다. 백발이 성성할 때까지 기다리지 말고, 열정이 무덤덤해질 때까지 미루지 말고, 스스로 말했던 '한평생 사랑하겠습니다.'라는 맹세를 잊지 말고, 상대방을 평생 아끼고 소중하게 여길 수 있기를 바랍니다."

부부는 서로를 바라보며 묵묵히 고개를 끄덕였다. 하객들의 열화와 같은 박수가 터져 나왔다. 대다수의 사람이 일생동안 끊임없이 욕망하고, 부단히 무엇인가를 쫓고, 구하려고 한다. 하지만 그러면서도 정작 자기 손 안의 행복을 소중히 여길 줄은 모른다. 잃고 난 후에 그 소중함을 깨닫는다면 아무 소용이 없을 것이다. 즐거움은 바람과 같아 한순간에 왔다가 단숨에 사라진다. 고통은 의심과 추측에서 오는 것이며, 그로 인해 받는 상처는 말할 수 없이 아플 것이다. 진심은 상대를 명확하게 이해하는 데에서 오며, 상대방의 사랑을 느낄 수 있어야 비로소 드러난다. 상대방에게 즐거운 마음만을 주고자 노력하길. 우리의 삶에서는 단 한 사람의 찬사, 단 한 사람의 관심, 단 한 사람의 따뜻함, 단 한 사람의 진심, 단 한 사람의 눈물만 있으면 충분하다.

손에 손을 잡고, 헤어지지 마라. 한평생이란 말은 길다고 해도 길지 않고, 짧다고 해도 짧지 않다. 잃고 나서야 소중함을 깨닫는 어리석은 짓을 범하지 말길 바란다.

살아 보니

심리학자 프롬은 자신의 저서 『사랑의 기술』에서 이렇게 말했다. "바람직한 사랑이란 '주는 것'이지, '받는 것'에 있지 않다. 왜냐하면 '주는 것'이 '받는 것'보다 훨씬 즐거운 일이기 때문이다. '주는 것'은 희생이 아닌, 삶을 풍요롭고 생동감 있게 만들어주는 것이다."

온 마음을 다해 사랑하고 싶다면, 먼저 당신이 사랑할 이를 선택하라, 그리고 그 선택을 사랑하라.

사랑하기로 마음먹었으면, 기다릴 줄도 알아야지

또다시 외로운 금요일이 다가왔다. 신쟈는 혼자서 소파 끄트머리에 몸을 웅크린 채 적막함과 허탈함을 견디고 있었다. 궁하이는 언제나 그랬던 것처럼 항상 바빴고, 매일 야근을 했다. 홀로 남겨진 것은 쓸쓸하고 고독한 그녀뿐이었다. 무료한 TV 프로그램만이 그녀의 무료한 시간을 달래 주고 있었다. 참다못한 신쟈는 자신의 불만을 터트리기로 결심했다. "난 진짜 너랑 만나면서도, 내가 솔로일 때와 뭐가 다른지 모르겠어!" 궁하이는 빛의 속도로 답장을 보냈다. "자기, 미안해, 최근 몇 주가 진짜 더 바쁘네. 이것만 넘기고 나랑 매일 재미있게 놀자." 궁하이의 답장을 본 신쟈의 눈에 눈물이 맺혔다. 하지만 소리 내어 울진 않았다.

그들은 교제한 지 2년이 되어가지만, 단 한 번도 여유로운 주말 한 번 보낸 적이 없었다. 네온사인 밑에서 유유자적 걸어본 적도, 분위기 좋은 레스토랑에서 낭만적인 식사를 한 적도 없었다. 2년을 채운 것은 그의 셀 수도 없는 변명 문자였다. "자기야 미안해, 나 또 야근이야. 밥 잘 챙겨 먹어~" "자기야, 나 오늘 못 데리러 가겠다. 일찍 푹 쉬어~" 그의 일은 갈수록 많아졌고, 심지어는 한 주에 한 번 얼굴 보는 것도 힘들어졌다. 그가 야근이 끝난 후 그녀가 보고 싶어 아파트로 데리러 갔을 땐, 이미 새벽 12시 반이 지나 있었다. 수많은 새벽을 신쟈는 그의 오토바이 뒤에 탄 채 보냈다. 온몸을 다해 그의 등을 꼭 껴안은 채. 마치 금방이라도 없어질 사람처럼 말이다.

'징…징…' 궁하이의 휴대전화 수신음이 신쟈의 잠을 깨웠다. 새벽 3시였다. 분명히 그 여상사의 말도 안 되는 수작일 것이다. 신쟈가 매서운 눈초리로 궁하이를 쳐다봤다. 아니나다를까. 불혹을 앞둔 미혼 여상사가 새로운 도전장을 내밀고 있었다. 그녀의 문자는 정말 지긋지긋한 수준이었다. "신경 꺼, 그 여자 또 헛소리하는 거야" 궁하이는 언제나 그랬듯 웃으며 넘겼다. 그러나 신쟈는 그렇게 아무렇지 않게 넘어갈 수가 없었다. 그녀의 변태적인 집착을 견디고 있는 것도 이미 수개월째였다. 아무리 그들이 무신경하게 대해도, 그녀는 굴하지 않고 꿋꿋하게 밤마다 그들을 괴롭혔다. "나도 여자야, 그런데 어떻게 그녀가 날이면 날마다 당신을 괴롭히는 걸 그냥 두고 보고만 있을 수 있겠어? 당신과 그녀는 게다가 매일 열 시간 넘게 함께 붙어 일하잖아. 밤이 될 때까지도 당신을 못 놓고 있고…" 신쟈가 분통을 터트리듯 말했다.

"당신은 그 상사와 함께 있는 시간이 나와 있는 시간보다 더 많아! 그녀는 분명히 일부러 당신을 야근시키는 거라고!" 신쟈는 멈추지 않고, 끊임없이 마음속에 있는 불만과 분노를 터트렸다. 어느새 그녀는 그의 곁에서 날마다 원망하는 여자로 변해 있었다.

"자기야, 그 여자랑 당신을 비교하지 마. 당신은 그저 나를 못 믿는 것뿐이야. 그래도 적어도 내 여자 보는 기준은 믿어야 하잖아?"

"남자는 오는 여자 절대 안 막는다고 했어!" 신쟈는 지지 않고 맞받아쳤다.

"신쟈, 내 마음속엔 당신뿐이야. 왜 당신은 나를 믿지 못하는 거야? 그렇다고 당신 주변에 이성친구가 없는 것도 아니잖아." "궁하이는 슬슬 짜증이 나기 시작했다. 말투는 시비조로 바뀌었고, 서로 공격적인 태도로 변하기 시작했다. 사랑이라는 것은 서로 이해하고 양보하며 신뢰하는 것이라는 것을 잊은 채 말이다. 사랑에 관해서 만큼은 너무도 무지한 듯 보였다.

궁하이가 자주 야근을 하며 자신을 외롭게 했다는 것에 대한 복수로 신쟈도 휴가를 냈다. 신쟈의 직장 상사 리화핑은 그녀보다 4살이 많은, 홍콩 본부에서 파견 온 사람이었다. 그들 사이의 교류는 많지 않았지만, 매번 신쟈가 궁하이와 싸워 사무실에서 혼자 몰래 눈물을 흘리고 있을 때, 리화핑은 그 모습을 모두 지켜보고 있었다.

주말 저녁, 궁하이는 결국 신쟈에게 다음날 남방으로 출장 간다는 소식을 말했다. 이번에 신쟈의 분노는 머리끝까지 터져 나왔다. "당신 왜 나한테 말 안 했어? 출장 간다는 거 일찌감치 알고 있었으면서 숨긴 거네, 그 여상사랑 또 같이 가는 건가 보지?"

"일찍 가르쳐 줬음, 자기는 분명 화냈을 거잖아. 나 일하러 가는 거야. 난 그 여자한테 일말의 관심도 없어. 제발 나 좀 믿어."

궁하이는 더 이상 말이 없었다. 계속 변명하고 싶지도 않았다. 신쟈는 허탈했고, 그저 마음이 아플 뿐이었다. 모두들 상대방의 이해를 바라면서도, 왜 상대방의 입장에서 생각할 줄은 모르는 것일까. 신쟈는 감정이란 건 부서지는 것이라 믿었다. 빈자리가 생기기만 하면, 곧 다른 사람이 그곳을 차지해버릴 것이라 믿었었다. 하지만 궁하이는 그들의 감정에 문제가 생긴 건 서로 간의 불신 때문이라 믿었다. 갈등은 계속 불어만 갔고, 점점 더 심해졌다.

신쟈 역시도 야근에 익숙해지기 시작했다. 누가 시킨 것도 아니었고, 순전히 무의식적인 것이었다. 밤 10시, 여전히 궁하이에게서 전화는 걸려오지 않았고, 신쟈는 사무실에서 그저 그들의 이야기를 끄적거리고 있었다. 맞은편에 앉은 리화핑이 줄곧 그녀를 지켜보고 있었다. 그는 밀크티 한 잔을 가져다주었다. 신쟈의 마음이 조금이나마 가라앉는 듯했다.

리화핑은 신쟈에게 휴지를 건네주었다. 곧바로 신쟈의 눈물이 휴지를 적셨다.

궁하이는 금방 왔다 다시 또 사라졌다. 야근을 밥 먹듯이 하고 있었다. 신쟈의 인내심은 바닥이 나기 시작했다. 사실, 혼자도 나쁜 건 아니었다. 적어도 의지할 필요 없으니 기대할 필요도 없고, 실망할 일도 없을 테니까.

"신쟈야, 나 다음 주에 …. 미국에 세미나 참석하러 가야 해. 좀처럼 얻기 힘든 기회라서 포기하고 싶지 않아… 아마도 빨라야 두 달 뒤에나 돌아올 거야." 궁하이가 얼버무리듯 이 소식을 신쟈에게 선포했을 때, 신쟈는 비로소 이 남자는, 이미 그녀의 삶에서 점점 멀어지고 있다는 것을 깨달았다.

그날 밤, 신쟈는 대학 친구에게 이끌려 술집에 가게 되었다. 인사불성이 될 때까지 마신 그녀는 결국 친구의 등에 업힌 채 집으로 돌아왔다. 어렴풋이 그녀는 16개의 부재중 전화 기록, 10개가 넘는 문자 알림을 보게 되었다. 궁하이가 미친 듯이 그녀를 찾아 헤맨 것이다. 하지만 이때, 신쟈는 리화핑에게 전화를 걸었다. 신쟈는 취해서 제멋대로 굴기 시작했다. 마음의 안정을 찾기 위해 일주일 내내 신쟈는 궁하이의 전화를 받지 않았고, 그 어떤 문자도 답하지 않았다. 그녀는 거짓으로 쓴 병가 신청서, 월차 신청서 등을 리화핑 앞에 내놓고는 궁하이의 시선을 피해 회사 뒷문으로 도망쳤다. 그리고 술집에서 미친 듯 놀다가 친구 집에 신세 지기를 반복했다.

궁하이가 미국으로 떠나던 날 새벽, 그는 결국 신쟈의 회사에서 그녀를 찾을 수 있었다. 하지만 신쟈는 묵묵히 컴퓨터만 쳐다보며 그에게 그 어떤 변명과 사과의 기회도 주지 않았다. "신쟈야, 내 눈 한 번만 봐주면 안 돼? 네가 이렇게 하는 데 내가 어떻게 미국을 가… 2달 금방이야, 돌아오면 우리 바로 결혼하자. 조금만 기다려줘." "기다리라고? 또 그 말이네. 곧 2년이야, 2년으로도 아직 모자라? 기다려서 내가 얻은 게 대체 뭔데?" 순간 쌓였던 억울함은 분노로 바뀌었다. 그녀는 아주 세게 키보드를 두드리기 시작했다. 키보드를 탁탁 두드리는 소리가 온 사무실에 울렸다. 신쟈는 궁하이에게 그 어떤 화해의 여지를 주지 않으려는 듯 보였다. 하지만 그녀의 울먹거리는 소리는 또렷하게 들렸다.

궁하이는 떠났다. 그녀의 곁을 지키는 여상사에게로 말이다. 신쟈의 남자 상사인 리화핑은 그때까지도 그녀가 갈수록 우울해져 가는 것을 그저 지켜보고만 있었다.

인정할 수밖에 없었다. 신쟈의 고집도 딱 거기까지였다. 그녀는 매일 궁하이를 그리워했다. 일부러 냉정하게 대했던 그녀의 태도가 도리어 그녀의 마음을 상처 내고 아프게 만들었던 것이다. 신쟈는 궁하이에게 사과하고 싶었지만, 이제 더 이상 기회가 없었다.

궁하이가 없는 나날 동안, 리화핑은 자신만의 열정으로 신쟈의 고독한 영혼에 촛불을 밝히기 시작했다. 리화핑 앞에만 서면 신쟈는 이내 소녀가 되었다. 천하의 신쟈가 타협할 줄도 배우게 되었다. 신쟈는 리화핑이 타주는 밀크티를 마시는 것이 습관이 되었고, 이내 그가 그녀를 물끄러미 바라보는 것을 즐기게 되었다. 그녀의 저녁 시간엔 웃음소리가 많아졌고, 리화핑의 차에 앉아 있으면, 신쟈는 알 수 없는 편안함을 느끼게 되었다. 마치 더 이상 위험이란 건 존재하지 않을 것 같았다.

신쟈는 리화핑이 자신을 위해 쏟는 감동을 조금씩 받아들이게 되었다. 미국 시애틀에서 궁하이가 보낸 편지가 날아왔을 때가 되어서야 비로소 그녀는 궁하이를 떠올리게 되었다. 그녀의 기억 속에서 그가 아직 완전히 사라지지는 않았던 것이다.

예상과 다르게, 2개월은 순식간에 흘러갔다. 궁하이가 돌아올 때가 되었다. 하지만 신쟈는 그를 맞이할 준비가 되어 있지 않았다. 그녀는 비로소 자신 앞에 놓인 이 상황이 두려워지기 시작했다. 마음 깊숙한 곳의 부끄러움이 그녀를 당혹스럽고 두렵게 만들었다.

"자기야, 나 회사 밑에서 퇴근할 때까지 기다릴게." 궁하이가 신쟈에게 전화를 걸어왔다. 이 번호는 신쟈의 삶에서 사라졌었던 번호였다. 그런데 2달 후인 지금, 다시금 그녀의 삶에 모습을 드러내려 하는 것이었다. 신쟈는 몰래 리화핑의 눈치를 살폈다. 어떻게 그와의 데이트를 거절해야 할지 방법이 떠오르지 않았다.

퇴근하고, 신쟈는 퇴근하기 싫어 뭉그적대고 있었다. 이번엔, 그녀가 궁하이를 거절했다. "당신 정말 이기적이라고 생각하지 않아? 당신이 날 보고 싶으면 무조건 봐야 해? 내가 당신을 보고 싶은지 아닌지 내가 시간이 있는지 없는지는 고려조차 하지 않네. 일 때문에 당신은 수없이 내 곁을 맘대로 떠났어. 그리고 내가 가장 힘들고 외로울 땐, 리화핑이 내 곁에 있어 줬어. 당신은 정말 내 기다림이 그 무엇도 바라지 않고, 끝도 없는 것이라고 생각해?"

리화핑의 차가 궁하이의 곁을 지나갔다. 처음으로, 신쟈는 궁하이의 쓸쓸한 미소를 보았다. 그날 이후, 신쟈는 궁하이의 그 어떤 전화나 문자도 받을 수 없었다. 신쟈와 리화핑은 평온한 저녁을 먹었지만, 서로 뭔가 먹먹한 구석이 있었다.

다음날 아침, 신쟈가 회사에 들어섰을 때, 그녀는 회사 로비에 궁하이가 앉아 있는 것을 보았다. "오늘부터, 내가 매일 회사에 와서 자기를 기다릴게. 자기가 날 1년 기다린 것처럼, 나도 자기를 기다리는 법을 배울 거야."

신쟈는 다시금 이런 일로 감동하고 싶지 않았다. 모든 것은 너무 늦어버렸다. 신쟈의 마음속엔 이미 다른 남자를 받아들일 준비를 하고 있었다. 그런데 그는 죽을힘을 다해서 이 안을 비집고 들어오려 하고 있는 것이다. 그는 비로소 신쟈의 소중함을 알았지만, 신쟈는 이제 이 관계를 포기하고 싶어졌다.

궁하이는 몇 날 며칠을 그것도 같은 시각에 신쟈의 회사 로비에 도착해 그녀가 퇴근하는 것을 기다렸다.

"그에게 돌아가!" 리화핑이 신쟈의 고민을 알아채곤 말했다. "사랑하려면 기다림을 배워야 해. 그는 비록 이제서야 그걸 깨달았지만, 당신을 위해 바뀌려고 노력한다면, 그것도 늦지 않았어."

살아 보니

기다림은 달콤한 것이다. 기다릴 줄 모르는 사람에게 기다림은 괴롭고 쓸지라도. 기다림은 아름다운 것이다. 그러니 기다릴 땐, 초조해하지 말라. 목표를 너무 높게 잡지도 말라. 쉽게 포기하려 하지도 말라. 기다릴 땐 굳건히 자리를 지켜라. 차분하게 진심으로 대하라.

사랑의 끝은 포용이다

여자에게 딴 남자가 생겼다. 남편에게 이혼을 요구하기 시작했다. 남편은 동의하지 않았다. 둘은 매일 밤 싸웠다. 어쩔 수 없이, 남편은 아내의 요구를 들어주기로 마음먹었다. 하지만 이혼하기 전에 그는 아내의 남자친구라는 자를 한번 만나보고 싶었다. 아내는 흔쾌히 동의했다. 다음 날 아침, 여자는 키 크고 덩치 좋은, 매우 세련되고 멋진 남자를 집으로 데리고 왔다.

여자는 본래 남편이 자신의 남자친구를 보자마자 한 번에 기를 눌러 버리려 할 거라 생각했다. 하지만 남편은 예상과 다르게, 아주 신사답게 남자에게 악수를 청하였다. 그리곤, 남편은 남자친구와 따로 할 말이 있으니, 여자가 잠시 자리를 비켜 주기를 원했다. 여자는 남자의 요구를 받아 들였다. 그녀는 문밖에서 기다리며, 두 남자가 혹시 싸우진 않을까 가슴을 졸이고 있었다. 하지만 그녀의 걱정은 정말 쓸데없는 것이었다. 몇 분 후, 두 남자는 아무 일 없었다는 듯 문밖으로 나왔다.

남자친구를 배웅하던 길에, 여자가 궁금함을 참지 못하고 물었다. "내 남편이 당신에게 무슨 말 했어? 혹시 내 험담을 하진 않았어?" 남자친구는 여자의 말을 듣더니, 걸음을 멈추고 조용히 고개를 흔들며 말했다. "넌 네 남편을 너무나도 몰라, 마치 내가 너를 모르는 것처럼." 여자는 곧바로 다시 물었다. "왜 내가 그를 몰라? 말주변 없고, 재미도 없고, 그냥 마치 가정주부 같은 사람이야. 그 사람은 남자도 아냐."

"너는 그렇게 그를 잘 아니까 그 사람이 나에게 뭐라고 했는지도 잘 알겠네."

"뭐라고 했는데?" 여자는 남편의 말이 더 궁금해졌다.

"그 사람이 그러더라. 너 심장이 안 좋아서 툭하면 화내고 흥분한다고. 그러니까 웬만하면 너에게 져주라고. 위도 안 좋은데 고추를 좋아하니까 꼭 고추 조금만 먹게 하라고 말하던데?"

"그냥 그 말 만했어?" 여자는 조금 놀란 기색이었다.

"딱 이 말만 했어. 다른 말은 없었고."

남자의 말을 듣고 난 이후, 여자는 천천히 고개를 숙였다. 남자가 앞으로 걸어가 여자의 머리를 만지며 의미심장하게 말했다. "네 남편은 좋은 사람이야. 나보다 마음도 넓더라. 돌아가. 그가 진짜 네가 의지해야 할 사람이야. 나보다, 그 어떤 사람보다 더욱 너를 어떻게 사랑해야 할지 아는 사람이야."

이 사건 이후, 여자는 다시는 이혼이라는 말을 꺼내지 않았다. 그녀는 자신이 가진 이 사랑이 가장 좋은 사랑이라는 걸 마침내 알게 되었다.

살아 보니

포용이란 것은 일종의 기품과 같고, 넓은 마음과 같은 것이며, 또한 일종의 교양 같은 것이다. 삶에는 너무나 복잡하고 셀 수 없는 고난이 가득하다. 인생은 험난한 여정이다. 완벽한 순금이 없듯, 완벽한 사람도 없다. 하물며 우리 같은 보통 사람은 말한들 무엇할까. 영화 〈장난사절〉에 이런 대사가 나온다. "결혼은 어떻게 선택한들 다 틀리게 되어 있다. 오랜 결혼생활은 그저 어쩔 수 없이 밀고 나가는 것일 뿐."

한평생의 결혼은 지켜나가는 것이다

Chapter 3

사랑은 그저 세월만 보내는 것이 아니다. 그것은 우리의 매일매일을 더욱 가치 있게 만들어 준다. 진정한 사랑이 있다는 것은, 곧 그곳에 기적이 있음을 뜻한다. 사랑에 있어서는 그 누구의 잘잘못도 없다. 그저 누가 사랑을 더욱 소중히 여길 줄 아느냐 그 여부만이 있을 뿐이다. 사랑은 영원히 꺼지지 않는 밝은 등불과 같다. 눈부시게 아름다운 사랑은 결혼 생활 중 얼마나 지속할 수 있을까? 대부분의 결혼 생활에 사랑이 사라진 이후 남겨지는 것은 외로움이다. 애초에 [일생을 사랑하겠다.]는 이 한마디가 있었기 때문이리라. 하지만 한평생 결혼은 사랑으로만 만들어지는 것이 아니다. 그것은 지켜나가야 하는 것이다.

무엇이 우리의 결혼을 망쳐버린 걸까?

우린 항상 싸우기 바빴다. 그렇지 않을 땐, 서로 아무 말이 없었다. 그는 종종 창문 앞에 앉아 깊은 생각에 빠지곤 했고, 나는 침대에 누워 TV를 보곤 했다. 어느 날 아침에 일어났을 때, 그는 이미 보이지 않았다. 테이블 위에 쪽지 한 장만이 놓여 있었다. "나, 내 삶의 두 번째 여자를 찾았어."

용은 나의 남편이다. 적어도 예전엔 그랬다. 그는 나의 세 번째 남자친구였지만, 그에겐 나는 첫사랑이었다. 그리고 나는 그가 마지막에 고향으로 데리고 가게 된 신부이기도 했다. 용이 처음 나에게 입맞춤을 했을 때, 그는 상당히 서툴렀다. 심지어 마음 저 깊숙한 곳에선 이토록 충직한 남자에게 나의 마음을 줄 수 있다는 사실이 자랑스럽게 느껴질 정도였다. 어찌 되었든 간에, 이런 내가 그에게 버림받고, 단지 그의 연애사의 한 페이지를 장식하는 존재가 되어버릴 줄은 꿈에도 상상하지 못했었다.

우리는 결혼한 지 3년이 되었다. 우리들의 갈등도 갈수록 많아지기 시작했다. 나는 억울했다. 아무도 나에게 관심을 두지 않는 것 같았다. 분통했다. 아무도 나를 이해해주지 않는 것 같았다. 그리고 결국엔 그는 딴 여자와 사라졌다. 원난으로 도망간 것이다.

그가 떠난 이후에, 나는 혼자 이런저런 생각에 잠겼다. 갑자기 대단한 무엇인가를 깨닫게 된 기분이었다. 그 여자가 대단하면 얼마나 대단할 것인가. 내가 얼마나 좋은 여자인지 그에게 알게 하려면, 그에게 먼저 넓은 화원의 다양한 꽃들을 구경하고 오라고 함이 당연할 것이다.

지금의 나는 그를 조금도 원망하지 않는다. 결혼생활 속에서 발생하는 많은 사건이 말로는 형용하기 어려울 때가 많으니까 옳고 그름의 구분도 어쩌면 그다지 중요하지 않을지 모른다. 아직 우리 결혼이 법적으로는 끝난 것도 아니고 말이다. 나는 그가 돌아오기를 기다리고 있다. 만약 오늘날 이렇게 될지 진작 알았다면, 나는 아무런 망설임 없이 그를 보내줬을 것이다. 그가 만약 돌아온다면 내가 그만큼 가치 있는 여자임이 다시금 증명된 것일 테고, 그가 돌아오지 않는다면, 좀 더 노력해서 더 좋은 여자가 되면 될 테니까.

단순하고 순진한 남자를 고르는 것이 무엇이 나쁜 일이겠는가. 문제는 그들 역시도 언젠가는 더는 '단순'해지지 않을 것이고, 그때 그의 눈에 비치는 나는 더는 따뜻하고 귀여운 여자가 아닐지도 모른다는 것이다. 어쩌면 내일 아침 그가 나를 보는 눈빛 하나가 나의 남은 인생을 결정하게 될지도 모른다. 우리 이혼하자. 아침을 먹고 난 후 그는 쿨하게 당신에게 말한다. 마치 식탁의 남은 음식을 대신 좀 치워 달라고 부탁하듯 말이다. 그때 여자는 어떻게 해야 할까? 울어야 할까? 아니면 큰소리치며 화를 내야 할까? 사실, 모두 부질없는 짓이다. 남자의 마음은 한 번 떠나면 돌아오지 않는다는 말, 나는 지금부터 그 말이 진짜임을 믿기로 했다.

8월 초의 어느 날 밤, 그는 나에게 말했다. "이혼하자."

"왜?" 나는 물었다.

"바깥 세상이 내가 생각했던 것보다 너무 재밌어."

나는 고통스럽게 울며 물었다. "그럼 내 지나간 청춘은 무엇으로 보상받아?"

그는 바로 이렇게 되물었다. "그럼, 내 잃어버린 청춘은 누굴 찾아야 하니?"

결혼하던 그 날, 나와 용의 헤어짐이 우리의 만남보다 쉬울 것이라고는 누구도 생각하지 못했다. 우리는 단지 양쪽 부모님들과 함께 밥을 먹었던 것뿐이었을지라도, 서로의 마음속엔 언제나 함께할 것이란 확신이 있었는데.

결혼한 후에, 그가 하루는 이렇게 물은 적 있었다. "여자는 어때야 한다고 생각해?"

"나 같아야지. 젊고 예쁘고, 두루두루 사랑을 받는."

그는 고개를 흔들며 말했다. "진정한 여자는 만인의 연인이 아니야, 딱 한 명, 그의 남편한테만 사랑받는 사람이지. 그 여자도 그 남편만 사랑하고." 나는 당시 그 말을 대수롭지 않게 넘겼다. 물론 그의 말에

뼈가 있음도 알아채지 못했다.

나는 외동딸이라, 어려서부터 뭔가 제멋대로인 구석이 있었다. 매사에 덤벙거리기 일쑤였고, 이러한 천성과 주변 환경은 나를 더욱 선머슴같이 만들었다. 그러나 그는 반대로 마치 가정주부 같은 성격이었다. 내가 그를 과소평가한 것이 원망스러웠다. 비록 그는 그 어떤 원망의 말도 한 적 없지만 어떻게 그의 감정 따위는 신경도 쓰지 않고 살아올 수 있었던 것일까?

문제는 항상 풀리고 난 뒤엔 쉽게 느껴지는 법이다. 원래는 머리를 쥐어뜯어도 이해할 수 없던 것들이, 생각할 필요도 없이 자연스레 받아들여지게 되는 것이다. 만약 처음부터 그에게 바깥 세상을 접촉할 기회와 여유가 많이 주어졌더라면, 문제의 싹을 자르기도 쉬웠을 것이다. 하지만 정반대로, 내가 그의 중요성을 깨닫기 시작한 시점이 되었을 때, 그는 이미 이 사랑에서 기권할 준비를 하고 있었다.

대학 시절, 나를 쫓아다니던 남학생은 많았다. 그는 그 중에서도 나의 춤추는 모습을 보러 하루도 거르지 않고 찾아왔던 유일한 남학생이었다. 그는 전혀 잘 생기지 않았고, 말 수도 적었고, 그렇다고 공부를 썩 잘하는 편도 아니었다. 그래서 내가 이런 그와 사귄다고 말했을 때, 주변에선 미쳤다고 생각했다. 하지만 나는 그의 진중함이 좋았다. 그가 나에게 헤어짐을 통보하던 그 날, 그는 처음이자 유일하게 나에게 이렇게 되물은 것이다. "그럼, 내 잃어버린 청춘은 누굴 찾아야 하니?" 당시에 나는 열 받아 미쳐버릴 것 같았다.

이혼 당일, 그는 운전을 해서 왔다. 평범해 보이는 여자 한 명과 같이 차 문 앞에서 서 있는 그의 모습이 보였다. 이상하게 하나도 화가 나지 않았다. 나는 차분하게 그들이 포옹하는 모습을 보았고, 함께 사라지는 모습을 바라봤다. 마음이 텅 빈 것 같았지만, 단지 일종의 실망감 같은 것이었다.

내가 집으로 돌아갔을 때, 용은 음식을 다 하고서 나를 기다리고 있었다. 그는 말했다. "당신도 억지로라도 좀 먹어. 나도 밥 먹을 기분은 아니야." 이 말을 듣는 순간 갑자기 이상하리만큼 슬픔이 차올랐다. 울음을 참을 수 없었다. 여자로 산다는 것이 힘들다고 누구나 얘기하지만, 사실 결혼에서의 불행은 그 누구도 탓할 수 없다. 다들 잃기 전에는 그 소중함을 모른다.

최근, 나는 8살 연상의 남자와 재혼을 했다. 한때, 그에 관한 각종 소문 때문에 그와의 교제를 포기할 뻔도 했었다. 하지만 우연히 나간 한 모임에서 마주한 그의 진실한 눈빛과 고백은 나의 마음을 흔들기에 충분했다. 그는 올해 40살이고, 두 번의 결혼 경험이 있으며, 꽤 긴밀한 관계를 유지하는 여자도 적지 않다고 했다. 하지만 그는 최근 일련의 경험들이 스스로를 좋은 여자와 나쁜 여자를 구분할 수 있게 만들었고, 진정으로 착한 여자의 마음도 이해할 수 있게 해주었다고 했다. 나는 정말로 그의 말을 믿었고, 전 남편 용이 그가 하는 말을 들을 수 있기를 진심으로 바랐다.

나는 정말 괜찮은 여자인데 말이다. 정말 진심으로 용을 사랑했었는데. 만약 우리가 조금 늦게 결혼했더라면, 혹은 용이 일찌감치 외부 세계의 유혹을 많이 접할 수 있었더라면, 우리의 행복한 결혼 생활은 영원할 수 있지 않았을까. 하지만 운명은 나에게 두 번의 기회를 주지 않았다.

이혼 다음 해 여름, 용은 나를 찾아와 말했다. "우리 다시 시작하자." 나는 거절했다. 다음날 그는 다시 찾아와 말했다. "다시 시작하고 싶어." 나는 그에게 다음 날 다시 오라고 했다. 하지만 그는 그 다음 날이나 되어 찾아왔다. 게다가 꽃다발을 들고 친구들과 함께 말이다. 그는 다시는 '재결합'에 대한 이야기를 꺼내지 않았다. 대신, 조용히 이렇게 말했다. "이제야 누가 진짜 좋은 여자인지 알게 되었어."

나는 남자들이 살면서 많은 이성과 교제한 것이 나쁘다고는 생각하지 않는다. 하지만 먼저 줄을 제대로 서는 것이 좋을 것이다.

살아 보니

행복한 결혼은 다들 비슷비슷하다. 하지만 불행한 결혼은 천태만상이다. 그러니, 이혼한 이유에 대해서는 알려고도 묻지도 말길. 그것은 고통이며, 실수이기 때문이다. 게다가 고통과 실수란 사람들이 가장 대면하기 싫어하는 것들이 아닌가. 그러니 주위에 이혼한 친구가 있다면 그의 결혼을 섣불리 판단하거나 평가하거나, 결혼이 실패한 이유를 알려고 하지 마라. 만약 그(그녀)가 말하길 원한다면, 그저 묵묵히 들어 주기만 해라.

행복은 어디에 있을까?

만약에 어떤 두 사람이 오래오래 행복하게 살았다면, 아마도 그것은 사랑의 힘으로만 이루어 낸 것은 아닐 것이다.

어쩌면 남자가 자신의 사랑과 결혼을 분리해서 생각하는 것은 당연한 일인지도 모른다. 하지만 여자는, 사랑과 결혼이 서로 자연스레 이어질 때, 비로소 행복하다고 느낀다. 그러나 남녀 불문하고, 자신의 사랑하고, 또 사랑받을 권리를 쉽게 포기하지 않기를 바란다. 결혼 후에도 자신을 가꾸는데 소홀하지 않고, 자신의 말투와 행동을 주의하길 바란다.

습관적으로 상대를 트집 잡거나, 상황을 모면하기 위해 변명하거나, 습관적으로 책임을 회피하지 말길 바란다. 그것은 단지 자신의 이익과 즐거움만을 취하려는 이기적인 행동일 뿐이다.

8년 전, 그녀는 젊고 에너지 가득하고, 활발하고 귀여웠다. 그러나 너무 일찍 사랑으로 인해 가슴 깊숙한 상처를 입고 말았다. 그 남자아이는 키가 크고, 덩치가 좋았으며, 잘 생겼고, 아주 똑바른 콧대와 바다처럼 깊고 아늑한 눈망울을 가지고 있었다. 그녀는 조금씩 그를 사랑하게 되었다. 그와 함께 수업을 빼먹고 그의 자전거를 함께 탄 채 도시의 이곳저곳 골목골목을 누비고 다녔다. 밤에는 몰래 학교 담을 넘어 도망가 밤새 심야영화를 봤고, 가장 높은 산에 올라가 함께 석양을 바라보기도 했다.

그녀는 행복이란 이런 것이 아닐까 생각했다. 단순하고, 낭만적이고, 세상의 때가 묻지 않은 그런 것 말이다. 그러나 이 연애도 한 철의 꽃이 시들 듯, 연기처럼 홀연히 사라져버렸다. 사람이 오고 가는 길목에 서서, 여자는 남자가 뒤 한 번 돌아보지 않고 떠나는 모습을 바라만 봐야 했다. 여자는 그 자리에서 펑펑 울고 말았다.

6년 전, 그녀는 고향에서 사무원으로 일하고 있었다. 남는 시간엔 글을 끄적거리며 외로움을 달랬다. 종종 석간신문에 작품을 발표하기도 했다. 그는 그녀의 책임편집자였다. 준수한 외모에 기품이 느껴졌다. 그녀가 매번 신문사에 원고를 제출하러 갔을 때, 그는 미리 모리화차 한 잔을 타 놓고 그녀가 오기를 기다렸다. 그들은 자연스레 연인이 되었다. 그는 그녀에게 글쓰기를 가르쳐 주었고, 그녀를 위해 맛있는 음식을 사주었다. 주말엔, 바닷가로 그녀를 데리고 가, 모래사장 위에 큰 글씨 세 개를 써주었다. "사랑해!"

순수한 사랑은 마치 봄에 피는 첫 번째 복숭아꽃과 같았다. 부드럽고 충만했다. 이 흘러넘치는 행복이 꿈처럼 생생하게 느껴졌다. 그녀는 종종 그의 손을 잡고 천연덕스럽게 물었다. "날 얼마나 사랑할 수 있어?" 그는 그녀의 손에 자신의 손을 얹으며 말했다. "평생, 다음 한평생, 아니 그다음 한평생까지."

그러나 그들의 사랑도 그리 오래가진 못했다. 반 년 후 그가 먼저 헤어짐을 고한 것이다. 그는 말했다. 피곤하고 힘들어. 새로운 출구를 찾아야겠어. 그녀는 울면서 그를 붙잡았다. 그가 이전에 그녀에게 써주었던 숱한 러브레터들을 울먹이는 목소리로 그에게 들려주기까지 했다. 하지만 그는 변함없이 단호했다.

4년 전, 그녀는 몇 년간 지속했던 일을 그만두고 집에서 전업작가의 길을 걷기로 결심했다. 그녀의 부모님은 그녀가 빨리 결혼하기를 바랐다. 사실 그녀 역시 자신이 의지할 수 있는 사람을 찾고 싶긴 했다. 마침 친구가 그녀에게 남자 한 명을 소개해 주었다. 4살 된 딸이 있는 이혼남이었다. 그는 자신의 사업을 운영하고 있었으며, 이미 집과 차를 소유하고 있었다. 남자는 그녀의 재능을 높이 샀다. 그녀에게 진주와 다이아몬드를 선물해 주었고, 휴일엔 그녀를 데리고 조용한 시골마을로 낚시를 하러 가기도 했다. 그는 그녀에게 어울리는, 가장 비싸고 세련된 노트북을 선물하며 그녀에게 행복하고 안정적인 미래를 약속했다. 그녀는 이 상황이 만족스러웠다. "그래, 나쁘지 않아. 이렇게 따뜻하고 성숙한 남자는 세상에 그리 많지 않잖아." 방황하던 그녀의 마음이 비로소 정착할 곳을 찾은 듯 보였다.

예상치 못한 것은, 그는 그녀에게만 따뜻한 사람이 아니었다는 것이다. 그녀를 제외하고, 그에겐 다른 여자가 또 있었다.

그녀는 과감히 그 남자를 떠나 또다시 새로운 항해를 시작하고자 했다. 그녀는 다시 안정적이고 평안한 생활을 시작했고, 동시에 굳게 믿었다. 좋은 남자는 절대 사랑하는 여자를 힘들게 하지 않을 것이라고. 그렇게 생각하며 그녀는 다음에 놓일 행복을 찾기 위해 다시금 길을 떠났다.

2년 전에, 그녀는 그를 만나게 되었다. 그때, 그녀의 하던 일은 자리를 잡아가고 있었고, 그는 막 자신의 집을 마련했다. 두 사람은 모두 혼기가 꽉 찬 미혼인 상태였고, 두 사람 다 적지 않은 연애 경험을 가지고 있었다. 둘은 모두 주더룽의 만화, 황멍의 책을 좋아했고, 완짜이 부두에서 파는 해삼, 죽순, 버섯 등이 들어간 교자를 즐겨 먹었다. 둘은 모두 수많은 인연을 흘려보내고 나서야, 비로소 서로를 마주하게 되었다. 그렇게 그들은 물 흐르듯 자연스럽게 결혼이란 문턱을 넘게 되었다.

길고 긴 인생의 기로 속에서, 특히 사랑을 찾아 헤매는 과정은 가장 아름다운 순간인 동시에 가장 고통스러운 순간이기도 하다. 어떤 사람은 운이 좋아 별다른 예행연습 없이도 금방 행복을 찾아낸다. 하지만 우리 같은 대다수 사람은, 반드시 사랑이 가져오는 끊임없는 고통과 충격을 견뎌내야 한다. 수없이 많은 사랑을 놓치고 난 뒤에도, 계속해서 다음 놓일 행복을 찾아가야 하는 것이다.

지나간 인연을 탓하거나 원망할 필요는 없다. 믿어라. 당신이 지금 경험하는 모든 사랑은, 모두 이 다음에 놓일 진정한 행복을 위한 단단한 기초를 만들어 두는 과정일 뿐이다. 너의 수많은 후진과 전진의 반복들이 이후에 진정한 행복으로 당신을 이끌어 줄 것이다.

아픈 사랑에 감사하라. 한때 나를 사랑했던 이들에게 감사하라. 그들이 떠나주었기에, 우리에게 비로소 다음 행복을 찾을 기회가 있는 것이니까.

살아 보니

예전에 한 친구가 이런 말을 한 적 있었다. "가슴 아파본 적 없는 네가 무슨 수로 내 슬픔을 이해하겠느냐, 취해본 적 없는 네가 어떻게 내 눈물을 볼 수 있겠느냐, 나처럼 최선을 다해 보지 않고서 어떻게 한 사람을 사랑하는 아픔을 알겠느냐. 한 사람을 사랑하는 슬픔은 한 사람을 기다리는 서글픔 같은 것이다. 미친 듯이 사랑해보지 않은 사람이 포기를 어떻게 알겠는가? 정말 어려울 것이다." 지혜로운 여자는 행복을 기다리는 현명한 방법을 가지고 있다. 그녀는 자신의 행복을 스스로 만들어낼 줄 안다. 그녀는 용감하게 사랑을 쟁취할 줄 안다. 바보처럼 멍청하게 기다리고만 있지 않을 것이다.

어떤 친절한 적

샤오시와 차오핑은 결혼한 지 3년 차 된 부부이다. 샤오시는 한 번도 차오핑의 자신에 대한 사랑을 의심해본 적 없었다. 샤오시는 예쁘고 상냥했으며 지혜로웠다. 샤오시 같은 아내를 구할 수 있다는 것은 그의 일생에 있어 더할 나위 없는 큰 복이었다.

하루는, 회사의 몇몇 기혼 여성들이 어떻게 남성의 마음을 사로잡을 수 있는지에 대해 열띤 토론을 하고 있었다. 그들이 샤오시의 생각을 물었을 때, 샤오시는 이렇게 말했다. "정말 쓸데없는 생각들이야. 정말로 바람을 필 수 있다면 내가 남편보다 만 배는 가능성이 높을 걸?"

그러나 뜻밖에도, 결혼에 대해 자신이 있었던 샤오시가 소리 소문도 없이 시작된 사랑의 전쟁에서 패하고 말았다. 그것도 너무나 처참하게 말이다.

사무실 토론이 끝나고 1개월 뒤, 차오핑은 다른 지역으로 출장을 가게 되었고, 그날 밤, 하루 일을 마무리한 샤오시는 아무 생각 없이 인터넷 서핑을 하고 있었다. 아마도 호기심 반, 혹은 차오핑의 자신에 대한 애정을 테스트해 보고 싶다는 생각 반이었을 것이다. 샤오시는 남편의 이메일을 들여다보기로 마음먹었다. 샤오시는 자신에게 말했다. "딱, 세 번 비밀번호를 넣어보고, 안되면 관두자."

샤오시는 단 두 번의 시도만에 그의 비밀번호를 알아낼 수 있었다. 차오핑의 비밀번호는 다름 아닌 샤오시의 생일이었기 때문이었다. 차오핑에게 아내인 자신이 중요하긴 한가 보다 싶어 샤오시는 자신도 모르게 으쓱해졌다. 그러나 메일함 속 두 통의 메일이 샤오시의 머리를 하얗게 만들고 말았다. '구이'라는 이름의 여자였다. 내용은 짧았지만, 그 말 속에는 상당히 애매한 분위기가 가득했다. "차오, 너무 늦게까지 애쓰지 마요. 차오, 보고 싶어요."

샤오시는 문득 어떠한 사실 하나가 떠올랐다. 이렇게 간단하고 소박한 사랑의 속삭임을 그녀는 결혼 후 오랫동안 남편에게 듣지 못했다.

샤오시는 소파에 엎드려 펑펑 울었다. 그녀는 한 번도 이러한 상황을 상상한 적 없었다. 이제 어떻게 하지? 마지막에 샤오시는 이런 이메일을 보냈다. 아주 짧은 내용의 답장이었다. "저는 차오의 아내에요. 우리는 결혼한 지 3년이 됐어요. 가능하다면, 당신과 이야기를 나누고 싶어요." 샤오시는 남편의 마음을 흔든 여자가 누구인지 궁금했다. 그녀는 예쁠까? 멋있을까? 아니면 정말 숨이 막히도록 아름다울까?

샤오시는 구이를 UBC커피숍에서 만나기로 했다. 샤오시의 마음은 조금씩 불안해지기 시작했다. 아는 언니, 동생들을 불러 응원해 달라고 하지 않은 것이 후회됐다. 구이는 제시간에 도착했다. 샤오시는 다소 못마땅한 눈으로 이 일면식 한 번 없는 여자를 아래위로 훑어보기 시작했다. 분홍색의 원피스, 키는 크지 않은 편이고, 예쁘지는 않지만 청순한 외모에, 미소가 서려 있는 얼굴이었다. 딱 봐도 성격 좋은 여자 같았다. "당신과 나의 남편에 대한 이야기… 사실을 듣고 싶어요." 샤오시는 단도직입적으로 물었다. 구이는 계속 고개를 떨구고 있었다. 몇 분이 흐르고 나서야 그녀가 입을 열었다. "죄송해요." 이어서, 그녀는 그들의 연애에 대해 말해주기 시작했다.

원래, 구이는 차오핑의 동료였다. 하루는 부서 뒤풀이 자리에서 구이는 차오핑의 옆자리에 앉게 되었는데, 그날 차오핑은 기침을 유독 심하게 하고 있었다. 마침 구이가 기침을 멈추게 하는 기막힌 특효약을 알고 있었고, 그에게 추천해 주었다. 그렇게 뒤풀이 자리가 끝났고, 마침 집도 같은 방향이어서, 집으로 돌아가는 길에 이런저런 이야기를 나누게 되었다고 했다. 대화를 통해 차오핑은 구이의 남편이 일 년 전에 병으로 세상을 떠났고, 아이는 없으며, 혼자 산다는 사실을 알게 되었다. 그러다 차오핑은 구이의 집에 온수기가 고장 났다는 것을 듣게 되었고, 마침 집으로 가는 길이기도 해서 겸사겸사 그녀의 온수기까지 고쳐 주게 되었다는 것이다.

"진짜 대단해요! 몇 번 만에 고장난 지 오래된 온수기를 금방 고쳐 내다니!" 구이는 아주 흥분해서 차오핑을 칭찬했다. 마치 자신의 남편을 칭찬하듯이 말이다. 사실, 차오핑은 어려서부터 집안의 가전 제품을 고치는 것을 좋아했다. 무슨 물건이 고장 나든지 간에, 그의 손을 타기만 하면 말끔히 고쳐지곤 했다. 하지만 샤오시는 이것을 그가 당연히 해야 할 일이라 치부했었고, 한 번도 이에 대해 칭찬해 주지 않았다. 샤오시는 어쩌면 남자들이 때로는 아이들처럼, 칭찬받기를 좋아한다는 사실을 까맣게 잊어버린 듯했다. 그렇지 않나. 사람들은 누구나 칭찬을 좋아한다. 그것이 설사 부부지간이라 하더라도 말이다. 서로에게 칭찬을 많이 해주면 부부 사이는 좋아질 수밖에 없다. 구이는 덧붙여, 그날 차오핑이 그녀 집안을 가득 채운 화분과 화초를 보았을 때 눈이 똥그래졌다고 말했다. 사실, 차오핑 역시도 식물 기르는 것을 좋아했다. 하지만 샤오시는 차오핑에게 항상 쓸데없는 일을 한다고 무시하곤 했다.

그 이후, 그들의 왕래는 더욱 빈번해졌고, 차오핑은 때로 일부러 이유를 만들어 그녀의 집을 찾아가곤 했다.

"저는 당신보다 예쁘지 않아요. 당신만큼 일을 잘 하지도 않고요. 저는 그냥 한 명의 여자이고 싶을 뿐이에요." 구이의 말을 다 듣고서도, 샤오시는 화가 나지 않았다. 마치 다른 사람의 이야기를 듣는 마냥 현실감이 없었다. 몇 번인가 정신을 차리려고 노력한 후에야 가까스로 깨달았다. 이 이야기의 주인공이 자신의 남편이라는 것을 말이다. 구이와 헤어졌을 때, 날은 이미 저물고 있었다. 샤오시는 바로 집으로 돌아가지 않고, 혼자 동네 공원에 앉아 곰곰이 생각해 보았다. 그리고 왜 이런 구이 같은 평범한 여자가 자신의 남편의 마음을 얻을 수 있었는지가 이해되기 시작했다. 심지어 여자인 자신 역시도 그녀에게 호감을 느끼지 않았던가. 그녀는 분명 샤오시와 다른 구석이 있었다. 자신처럼 항상 차오핑에게 이거 해라 저거 해라 요구하지도 않았을 것이다.

정반대로, 누구를 대하든, 그녀는 부드러운 바람과 비처럼 상대에게 스며들 것 같았다. 게다가 그녀와 차오핑은 비슷한 취미를 가지고 있지 않나. 가정생활에 대한 요구사항도 똑같이 섬세하고 무난할 것이다.

일주일 뒤, 차오핑이 출장에서 돌아왔다. 샤오시는 차오핑에게 자신이 구이를 만났다는 사실을 알리지 않았고, 단지 오랜 시간 그의 앞에서 침묵을 지켰다. 샤오시는 그에게 무슨 말을 해야 할지 몰랐다. 차오핑이 마침내 아내의 이상 징후를 감지했다. 그녀가 또 회사에서 무슨 문제가 생긴 것이라 생각하고 그녀를 위로하며 말했다. "일하면서 누구나 많은 예상외의 일들이 생겨. 다 괜찮아질 거야. 너무 자신에게 가혹하게 굴지 마." 왜 그랬는지 모르겠지만, 그의 이렇듯 따뜻하고 온화한 말 한 마디를 듣자, 샤오시의 마음이 쓰리도록 아파왔다.

며칠 후, 샤오시는 구이에게 전화를 걸어, 그녀의 집을 좀 둘러볼 수 있겠느냐 물었다. 구이는 그녀의 요구를 아주 흔쾌히 받아들였다. 그녀들은 마치 오랜 기간 알고 지낸 친구 같았다. 비록, 그녀들은 단 한 번, 매우 껄끄러운 사이로 만나게 되었지만 말이다.

구이의 집은 좁은 편이었다. 50평방미터나 될까? 하지만 인테리어는 아주 깔끔했고, 집 안은 생기가 넘쳤다. 절학난, 담쟁이덩굴, 대나무, 에피프렘넘 아우레움 등의 식물을 엇갈리게 배치한 것이 제법 운치가 있었다. 샤오시는 이러한 광경을 어떻게 설명해야 할지 몰랐다.

"이것들, 전부 당신이 기른 건가요?" 구이는 웃으며 고개를 끄덕였다. 샤오시에게 손수 탄 팔보차를 건네주었다. 몇 장의 마른 장미 꽃잎, 몇 알의 신선한 구기자, 그리고 반대해나무의 씨를 곁들인 것이었다. 샤오시는 그녀의 섬세함과 친절함에 감탄하지 않을 수 없었다.

구이의 침실은 매우 따스하고 아늑했다. 넓고 큰 침대, 그 분홍색의 침대 시트에는 시트와 같은 색의 실로 꽃이 수놓아져 있었다. 알록달록한 색상의 면 담요가 침대 위에 멋들어지게 얹혀 있었다.

"시트가 예뻐요!" 샤오시는 참지 못하고 말했다.

"고마워요. 제가 만든 거예요."

구이의 대답은 샤오시를 또 한 번 놀라게 만들었다. 샤오시는 바느질에 대해선 문외한이었다. 단추 하나 다는 것도 서툴렀다. 샤오시는 차오핑이 그랬듯 구이집 마루에 앉아 구이가 난에 물을 주고, 자신이 직접 탄 차를 마시는 모습을 지켜보았다. 어느 남자가 이렇게 따뜻하고 부드러운 광경을 보고서도 심장이 떨리지 않겠는가!

샤오시는 차오핑이 보름간 출장을 떠났던 때를 떠올렸다. 샤오시는 그만 차오핑이 가장 아끼는 군자란에 물을 주는 것을 깜빡하고 말았다. 그가 돌아왔을 때, 군자난은 이미 말라 죽은 후였다. 차오핑은 너무 가슴 아파했지만, 샤오시는 오히려 아무렇지 않게 이렇게 말했다. "뭘 그리 슬퍼해. 그냥 화분일 뿐이잖아. 내가 하나 사주면 될 거 아냐?" 차오핑은 샤오시를 더는 상대하려 하지 않았다. 이후, 그들의 집에서 다시는 군자란을 볼 수 없었다. 아마도, 샤오시와 차오핑의 감정도 이렇게 조금씩 말할 수 없는 갈등 속에서 서서히 사라지고 있었을지 모른다. 샤오시의 마음속엔 어찌 표현할 수 없는 질투가 생겨났지만, 악의가 있는 것은 아니었다.

집으로 돌아온 뒤, 샤오시는 차오핑에게 편지 한 통을 남겼다. 그

너는 그의 외도를 질책하지 않았고 그저, 자신이 한 여인에게 패배했다는 것을, 그것도 너무도 완벽하게 졌다는 것을 인정하고 물러나겠다고 했다.

"여보… 나 좀 시간이 필요해. 이혼은 할게. 만약 그게 당신이 원하는 바라면. 만약에 당신이 그녀를 정말 사랑한다면, 난 당신을 놓아줄 수 있어."

샤오시는 윈난성의 리장으로 가는 기차표를 끊은 뒤, 휴대전화의 전원을 꺼버렸다. 차오핑은 예전에 이곳으로 자신을 데려오고 싶다고 여러 번 말했었다. 하지만 샤오시는 항상 일이 바쁘다는 핑계로 여행을 차일피일 미뤄왔다. 혹시 지금, 천국과 같다고 불리는 리장이, 그녀의 상처를 치유해줄 수 있지 않을까.

그러나 리장에 있는 샤오시의 마음은 여전히 200킬로미터 밖의 집에 머물러 있었다. 차오핑과 구이는 지금 뭘 하고 있을까? 즐겁고 행복할까?

차오핑을 떠나 온 이 며칠을 통해, 마침내 샤오시는 깨달았다. 자신이 얼마나 그를 사랑하고 있는지 말이다. 샤오시는 그들의 결혼을 잘 이끌어오지 못한 자신에 대한 후회가 밀려왔다. 하지만 이런 깨달음은 이미 너무 늦어버렸는지도 모른다.

며칠 후, 샤오시는 휴대전화를 켜고, 무엇인가에 홀린 듯 구이에게 전화를 걸었다. 샤오시는 알고 싶었다. 그녀의 자진 퇴장이 구이를 얼마나 기쁘게 해 주었을지. 전화를 받은 구이는 수화기 반대편 목소리가 다름 아닌 샤오시라는 것을 알아차리고는, 제발 전화를 끊지 말라고 사정하기 시작했다. "차오핑이 당신을 애타게 찾아요. 막 경찰에 신고하려던 참이었어요. 그는 끊임없이 자신을 자책하고, 당신에게 미안하다고 그랬어요. 슬퍼서 눈물만 흘리고 있어요. 그때, 저는 깨달았어요. 그가 가장 사랑하는 사람은 바로 당신이라는 것을…"

구이는 흐느껴 울기 시작했다. 수화기 반대편의 샤오시 역시 목이 메일 만큼 슬퍼하고 있었다.

그날 밤, 샤오시는 집으로 돌아왔다. 차오핑은 샤오시가 돌아온다는 소식을 듣고, 특별히 샤오시가 가장 좋아하는 음식을 만들었다. 가까스로 위험천만한 위기를 극복하고, 그들은 서로를 보다 명확하게 바라볼 수 있게 된 것이다. 사람은 항상 잃고 나서야 소중함을 깨닫는다. 다행스럽게도 샤오시는 되돌아갈 수 있는 막차를 탈 수 있었다.

태풍이 지나간 후, 어느 날 황혼에 샤오시는 구이의 전화를 받았다. 그녀는 다음 날 남방으로 떠날 것이며, 그곳에 자신에게 적합한 일자리가 있다고 말했다. 샤오시는 순간 서운함을 느꼈다. 샤오시는 일찌감치 그녀를 적으로 생각하지 않았기 때문이었다.

샤오시는 한 개의 군자란을 사서 남편에게 선물했다. 그리고 아무리 바쁘다 하더라도 군자란에 매일 물 주는 것을 잊지 않겠다고 말했다.

성공한 아내란 자랑스럽게 자신을 뽐내며 매달려 있는 장미가 아니라, 싱그러운 초록빛을 품은 군자란 같은 것일지 모른다. 자신의 배우자를 향해 부드럽게 만면에 웃음을 지어 보이는…

어떤 여성 작가가 자신의 남편에 대해 이렇게 이야기한 적 있다. "그를 사랑한다는 것은, 외적인 모든 것을 넘어서, 그가 단지 사랑을 받기 원하는 아이일 뿐이라는 것을 알아보는 것이다." 그렇다. 때때로, 남편이 아내에게 자신의 감정을 드러내는 것은 아내에게 자신이 보호와 사랑을 받고 싶은 존재임을 드러내는 것일지도 모른다.

용감하게 결혼을 마주하다

남자가 외도를 하기 시작했다. 하지만 사랑했기 때문에, 그녀는 한결같이 그에게 잘해 주었다. 그는 밤에 차를 마시는 습관이 있었고, 매번 그가 깰 때마다 침대 머리맡에는 적당히 따뜻한 차 한 잔이 놓여 있었다. 그가 집에 있을 땐, 그녀는 항상 일찍 잠에서 깨어 그가 제일 좋아하는 칼국수를 해주었다. 평소 그는 점심과 저녁을 집에서 잘 먹지 않기 때문이었다. 옷은 그녀가 항상 깨끗하게 세탁한 뒤 정리해 그에게 가져다 주었다.

그에게 일부러 잘 보이기 위해서는 아니었다. 십여 년간, 그녀의 마음속에 뿌리내린 것은 자식뿐만이 아니었다. 남편이라는 큰 나무 한 그루도 있었다. 오랜 시간이 흐른 뒤, 그를 사랑하는 것은 그녀에게 일종의 습관이 되었다. 어떻게 해도 고쳐질 수 없는 그런 습관 말이다.

그녀의 현명함을, 그는 누구보다도 잘 알고 있었다. 남자는 현실적이었고, 처신에 능했다. 그는 그 어떤 여자도 자신을 평생 설레게 하지 못하리라는 것을 알았다. 그래서 그는 그의 결혼을 굳이 그만두고 싶지 않았다. 사람들이 말하듯이, 밖에 그 어떤 화려한 깃발도, 집안의 홍기 하나를 넘어뜨릴 수 없다. 오래된 사랑은 고갈되지 않는다. 만약 새 애인이 난리를 치지만 않는다면, 삶은 그럭저럭 지금처럼 무사안일하고 화기애애하게 흘러갈 것이다. 하지만 안타깝게도, 남자에겐 그런 복이 있지 않았다. 어느 시기가 되자, 애인은 결국 제멋대로 부인에게 그들의 비밀을 폭로해버리고 말았다.

어느 날 저녁, 그와 그녀는 침대 위에서 각자 이불 속에 누워 있었다. 그녀는 억장이 무너져 내리는 심정이었지만, 애써 담담하게 남편의 애인이 들려준 이야기를 하나도 빠짐없이 그에게 말해 주었다. 그리곤 이 한마디를 덧붙였다. "당신은 내가 사랑하는 사람이고, 그녀는 당신이 사랑하는 사람이야. 우리 서로의 사랑을 위해 이혼해."

그날 밤, 비는 쉬지 않고 내렸다. 한밤중에, 남자 손의 담배는 계속 타들어 가고 있었다. 휘감겨 올라가는 연기 속에서 그의 마음속에 자리잡고 있던 여인의 얼굴이 갈수록 흉악하게 드러났다, 뱀처럼 그를 감아 숨도 쉬지 못하게 하였다. "나와 함께 해. 나는 모든 증거를 가지고 있어, 아님 네 이름과 명예를 모두 박살내 버릴 거야. 당신을 감옥까지 보내 버릴 거야." 그는 그날 한숨도 잠을 이룰 수 없었다.

다음날, 쌓여 있는 담배꽁초를 보고 있자니, 그녀의 얼음 같던 마음도 조금씩 녹아내리기 시작했다.

그녀의 요구에 따라 그는 애인을 초대했다. 여주인이 만든 만찬을 먹으면서, 세 명은 각자의 생각에 빠져 있었다. 그녀는 노란 귤을 가지고 와 아름다운 애인에게 건네주었다. 그리곤 하나를 집어 껍질을 벗겨 귤 위에 붙어있는 흰색 껍질들을 조심스럽게 뗀 뒤, 그의 손 안에 넣어주었다.

"이 나이 되니까, 진짜 사는 게 좀 많이 피곤해. 헤어질 거면 그냥 헤어져. 난 괜찮아. 나도 최대한 이 가정 지키려고 노력해 봤는데, 지금 생각해 보니 그것도 별 의미 없었던 것 같아. 쇼윈도 부부로 사느니, 순리대로 사는 게 맞겠다 싶어. 갈 사람은 잡을 필요도 없고, 머무를 사람은 알아서 곁에 있겠지. 만약에 두 사람이 결혼한다면, 나는 축복해 줄 수 있어! 그럼 나도 모든 걸 벗어나 새롭게 시작할 수 있겠지. 하지만 전 부인으로서, 당신이 알아야 할 일은 오늘 바로 직접 알려 줄게요. 뭐 어차피 당신이 곧 해야 할 일이니까 말예요." 그녀는 아무렇지 않은 듯 이야기를 풀어놓기 시작했다.

"이 사람 간이 좀 안 좋아요. 만성 B형간염이 있거든요. 평소엔 담배와 술을 삼가야 하고, 화도 적게 내야 해요. 접시와 순가락 젓가락은 웬만하면 따로 준비하고요. 최근 몇 년간, 약간의 고지혈증 기미가 있었어요. 밤에 물먹는 습관이 있으니 매일 밤 일어나서 그에게 따뜻한 차 한 잔을 준비해 줘야 해요. 혈전에 도움이 되거든요. 이른 아침엔 칼국수 먹는 것을 가장 좋아해요, 토마토와 금은화요리는 필수로 만들어야 하고요. 10년간 있었던 습관이라, 고치기가 쉽지 않아요. 아, 그리고 이 사람 아버지께서 뇌사상태예요. 집에 다른 사람이 있는 걸 싫어해서, 보모를 들이지 않고 계속 제가 돌봤어요. 여름엔, 아버지께서 벗은 옷은 당신이 씻어야 해요. 여름 옷은 보통 세탁기를 쓰지 않고 손으로 빨고요. 물론 당신이 씻지 않고 그러러 씻어 달라고 할 수도 있겠죠. 하지만 10년도 넘었어요. 어쨌든, 저는 이 사람을 길들이지 못했어요. 당신은 꼭 성공하길 바라요. 대신 겨울옷은 세탁기를 써도 돼요. 그리고 음식 솜씨가 좀 좋아야 할 거에요. 이 사람이 요리를 정말 못하거든요. 집안에 손님이 오면 매번 제가 음식을 준비해야 했어요. 손님 초대하는 것을 좋아해서 형님, 형수에 온 집안 식구들을 다 데리고 오는 편인데, 반드시 칭찬을 받아야 해요. 이 부분도 간과할 수 없는 부분이죠.”

결혼은 귤과 같았다. 그녀의 이야기가 10년간을 지켜온 결혼이란 감귤을 한 꺼풀 한 꺼풀 벗겨내고 있었다. 그녀는 아쉬우면서도 한편으로는 기뻤다. 아름다운 껍질을 벗기고 난 뒤에야 그녀의 적이 비로소 적나라한 찌꺼기를 볼 수 있을 것이기 때문이었다. 그녀의 적은, 그렇게 아무 말 없이 자리를 떠났다.

남자의 마음이 마침내 집으로 돌아왔다. 여자는 예전처럼 그를 사랑해 주었다. 사실, 그녀는 한때 누군가에게 결혼이라는 감귤을 도둑맞았었지만, 엉망이 되진 않았다. 그녀의 진실한 사랑으로 인해 그 귤은 항상 그랬듯 윤기가 흐르고 탐스러웠기 때문이다. 게다가 지금 그가 돌아와, 귤은 더욱 달콤해졌다.

　　김용 작가의 『책과 칼의 사랑』에는 이런 대목이 씌어 있다. "금륭황제가 천자둬에게 주는 옥 위에 이러한 글귀를 새겼다. '진정한 군자는 옥같이 온화하며 겸허하다.'" 이렇듯, 옥 같은 품성을 가지고자 하는 것은 예나 지금이나 좋은 남자가 되기 위해 추구해야 하는 변함없는 경지로 여겨진다. 남자가 외도했을 때, 가장 상처받는 것은 아내지만 말이다.

탕추감자채볶음

누군가를 사랑한다고 해서, 자신의 성격을 바꿀 필요는 없다. 상대가 당신을 사랑하는 것은 당신의 장점과 단점 모두를 좋아하기 때문이다. 한 사람을 사랑한다는 것은 한 사람을 포용하는 일, 수많은 감정을 감싸 안는 일과 같다. 한 사람을 극도로 사랑하게 된다고 해서 자신의 시야까지 줄일 필요는 없다.

다음의 이야기를 읽어 보자. 어쩌면 무엇이 진정으로 행복하고 화목한 결혼인지를 알게 해줄지 모르니까.

나와 아내가 갓 결혼했을 때, 연애와 실제의 삶은 별반 다르지 않았다. 그녀는 음식이라곤 할 줄 모르고, 세상 물정에도 어두운 어린 학생에 불과했다. 아침에 일어나 우리는 함께 길가에서 우유와 빵을 사 먹었고, 점심은 각자 회사에서 해결했으며, 저녁엔 식당에 가서 밥을 먹곤 했다. 어떤 사람은, 여자가 당신의 지출을 아까워하지 않는 것은 여자가 그만큼 당신을 사랑하지 않는다는 증거라고 말하지만, 실제 여자가 당신의 씀씀이를 보는 관점은 사람마다 다르다. 사랑하는 사람 앞에서 이걸 살까 저걸 살까 너무 고민하는 것도 비참하고, 자신을 사랑하는 사람 앞에서 무관심하게 구는 것도 잔인한 일이기 때문이다.

우연히, 그녀는 임신한 사실을 알게 되었다. 이미 그녀의 나이가 적지 않았기 때문에, 우리는 아이를 낳아 키우는 것이 나쁘지 않다고 생각했다. 아기가 우리들의 집을 더욱 따뜻하게 만들어줄 것이라 생각했다. 물론, 아이가 생긴 이후 더 많은 문제가 생기긴 하겠지만. 예를 들자면 급격하게 커지는 지출 같은 부분 말이다. 아이가 생긴 이후에도 계속 외식만 고집할 수는 없지 않나.

상의 끝에, 그녀가 밥을 하고 내가 설거지하는 것으로 역할 분담을 정했다. 그녀는 한국 드라마를 좋아했기에, 주방은 모두 한국식으로 디자인했다.

그날 밤, 우리 둘은 둘 다 특별한 일정이 없었다. 아내는 그럴듯하게 내가 사 준 앞치마를 두르곤 나에게 뭐가 먹고 싶은지 물었다. 사실 나는 그녀가 할 줄 아는 요리가 없다는 것을 알고 있었지만, 감자채볶음이 만들기 간단하고, 설사 실패한다 해도 큰 재료 낭비가 아니라 생각했기에, "탕추감자볶음을 해줘."라고 대답했다. 그녀는 마치 첫 분부를 받은 병사처럼, 주방으로 들어가 분주히 움직이기 시작했다. 나는 거실의 소파에서 축구 경기를 보고 있었다. 아주 흡족한 장면이었다. 집이란 건, 원래 이런 맛이지. 여자는 주방에서 분주히 저녁을 준비하고 남자는 거실에서 신문과 TV를 보는 것. 한 시간쯤 뒤, 아내가 밖으로 나왔다.

앗. 감자는 내가 상상했던 것보다 굵지 않았다. 감자채볶음이라고 불러줄 만했다. 나는 한 입만 맛을 보았다. 약간 달고 시큼한 것이 목 넘김이 좋았다. 정말 탕추감자채볶음이라 불러도 손색이 없을 맛이었다. 그녀가 처음으로 만든 음식이기도 해서인지 식욕도 마구 생겼다. 아내는 내가 밥 한 그릇을 뚝딱 비워내는 모습을 넋을 놓고 바라보았다. 그리곤 나의 인색한 칭찬 한 마디를 얻어냈다. "역시 여자의 요리 실력은 타고나는 건가 봐."

나는 주방에 들어가 설거지를 했다. 가스레인지 주변은 엉망진창이었고, 난잡하기 그지없었다. 열 개가 족히 되는 접시 모두 감자채로 쌓여 있었다. 나는 그녀에게 어떻게 된 일이냐고 물었다. 아내는 부끄러운 듯 이렇게 대답했다. "그거 모두 내 실패작이야. 남은 건 내가 먹으려고 놔뒀어." 나는 손도 씻지 않고 아내를 끌어안았다. 눈가가 촉촉해졌다. 아내는 임신중이라 입덧을 하는 중이었다.

살아 보니

이 세상에서 남자에게 가장 소중한 재산은 한 여자의 마음이다. 서로 사랑하는 사람 간에는 말이 필요 없다. 어쩌면 장샤오시옌이 자신의 소설에서 말한 것처럼 말이다. '당신을 얼마만큼 사랑하는지는 비유를 들어 설명할 수밖에 없다. 당신을 사랑하는 것은 마치 여자와 신비로운 가슴이 만나는 것과 같다. 일단 만나고 나면 영원히 떨어질 수 없는 것이다. 당신을 사랑하는 것은 마치 남자와 권력과의 관계와 같다. 뗄래야 뗄 수 없는 것이다. 당신을 사랑하는 것은 마치 차와 물과의 관계와 같다. 물이 없다면, 찻잎은 고독할 수밖에 없다. 당신을 사랑하는 것은 버터와 밀가루와의 관계와 같다. 밀가루와 버터가 함께 노력해야만, 케이크를 만들어 낼 수 있다. 당신을 사랑하는 것은 마치 두 발과 신발과의 관계와 같다. 평생 서로에게 의지하는 것이다.'

누가 나의 두 번째 단추가 되어줄까?

만약, 당신이 이러한 한 폭의 그림을 보게 되었다면, 무슨 생각부터 하게 될까.

두 명의 백발노인이, 손을 꼭 잡고 나무 벤치에 앉아 쉬고 있다. 아내는 너무 오래 걸어 피곤했던지, 남편에게 기대어 두 눈을 꼭 감고 쉬고 있고, 세월을 가득 안은 두 사람의 손은 꼭 포개어져 있다.

이 장면은 우리에게 자연스럽게 다음과 같은 문장을 떠올리게 한다. '그대의 손을 잡고 일생을 걸어가리.' 공기는 그들이 내뿜은 평범하지만 은은하게 지속되는 따뜻함으로 가득 채워지고 있다.

이처럼 당신에게 함께 고난과 역경을 견디고, 세월의 야속함에 같이 웃고 울 그 누군가가 있는가?

삶이라는 것이 그렇다. 젊음은 너무 빨리 사라지고, 꽃은 한 계절 피었다 곧 말라 시들어간다. 하지만 짧디짧은 생명은 끊임없이 가장 빛나는 순간만을 뿜어낸다.

당신의 노년을 생각해본 적 있는가. 수없이 많은 사람 중에서, 당신은 이미 충분히 늙었고, 머리는 하얗게 새어버렸다. 그런데, 누가 당신과 함께 이 길을 완주할 수 있을 것인가? 손을 꼭 잡고 골목 곳곳을 돌아다니며, 조용히 둘만의 대화를 나눌 그 사람은 누구인가. 지는 해 아래에서, 함께 창문 앞에 꽃이 피어나는 것을 볼 사람이 당신에겐 있는가. 당신의 얼굴에 주름이 가득하고, 머리에 흰 서리가 가득해질 때에도, 여전히 따뜻한 두 손으로 당신의 귓갓길을 함께 걸어갈 그 사람을 상상해본 적 있는가.

매번 이 그림을 떠올릴 때마다, 나는 따뜻함으로 가득한 시절에 대한 무한한 동경에 빠지고 만다.

현실 속에서, 많은 사람이 자신의 일생을 바쳐 진정한 반쪽을 찾아 헤맨다. 불행 중 다행인 것은, 어떤 이는 자신의 반쪽을 찾지만, 어떤 이는 반쪽을 찾지 못한 채 평생을 헤맨다는 것이다.

그는 원래 갖출 것은 다 갖춘 노총각이자, 동시에 유명한 카사노바였다. 줄곧, 한 여자에게 순정을 바치는 사랑에 코웃음을 쳤다. 그의 좌우명은 '한 번 사는 인생, 화려하게 살다 가자!'였다. 즉, '될 수 있는 대로 많은 여자를 만나고, 절대 한 사람에게 순정을 바치지 않겠다'는 뜻이었다. 그러나 이러한 카사노바가 마치 벼락이라도 맞은 듯 정신을 차리고, 지극히 평범하고 평범한 여자를 아내로 맞이할 줄 누가 알았을까.

그는 자신의 결혼식 피로연 자리에서, 사람들에게 이런 의미심장한 이야기 하나를 들려주었다.

그는 공중곡예사였다. 매년 대부분의 시간을 전국 각 도시를 떠돌며 보냈다. 그래서 그는 자연스레 각 도시에 머물 때마다 자신의 외로움을 달래 줄 여자를 찾는 것이 습관이 되었다. 남방의 한 작은 도시에서, 그는 아주 평범한 외모에 성품이 착한 여자 하나를 알게 되었다. 시간이 지나고, 그 작은 도시를 떠날 때가 되자, 여자를 안심시키기 위해 자신이 가장 사랑하는 여인이지만, 현재 일이 너무 바쁘니, 여유가 생기면 반드시 당신을 찾겠다고 약속했다. 그도 잘 알고 있다. 여자가 바보가 아니라는 걸, 대부분의 여자는 그가 되돌아오지 않음을 알기에 한바탕 크게 싸운 뒤, 그에게서 받은 액세서리 등으로 분을 삭일 뿐이었다.

그러나 눈앞의, 흡사 겉보기에는 매우 유순해 보이는 이 여자는 그저 묵묵히 그를 바라보기만 할 뿐 그 어떤 요구도 입 밖으로 꺼내지 않았다. 그녀가 그를 공항에 배웅하러 나갔을 때 그녀는 고개를 들어 낮고도 묵직한 목소리로 이렇게 말했다. "당신 와이셔츠에 달린 두 번째 단추를 줄 수 있나요?" 그는 그녀가 제시한 요구가 너무나도 간단하고 기이한 것에 대해 놀라움을 금하지 않을 수 없었다. 그러나 그는 여자를 떠날 때 한 번도 상대의 요구를 거절한 적 없었기에, 셔츠에 달린 두 번째 단추를 다이아몬드 반지와 함께 마음의 징표로 주었다.

그녀는 단추를 받으면서도 끝끝내 다이아몬드 반지는 사양했다. 공항의 보안검사대를 통과하는 순간, 그는 그녀가 외치는 소리를 들었다 "건강히 잘 지내요." 그가 뒤돌아봤을 때, 그녀는 이미 펑펑 울고 있었다. 순간 그는 깨달았다. 그녀는 그가 이렇게 떠나면 다시는 돌아오지 않을 것이란 것을 알고 있었다. 그래서 그는 더욱 아리송하기만 했다. 다시는 못 볼 것을 알면서, 단지 그의 평범한 단추 하나만을 원했던 것일까.

그는 아주 빠르게 본래의 삶으로 되돌아왔다. 다양한 여성들과 가벼운 만남을 가진 뒤, 아쉬움 없이 뒤돌아 떠나곤 했다. 헤어질 때 모든 여성은 변함없이 요구사항을 말했는데, 예를 들자면 현금이 가득 든 신용카드, 집, 심지어는 일은 편하고 월급은 높은 일자리 소개 등도 있었다. 그러나 달콤한 말을 주고받으며 그와 함께 울고 웃었던 여자들은 그녀들이 원하는 것을 얻고 난 뒤엔 차가운 뒷모습만을 남기고 떠나버렸다. 마치 그가 그녀들을 떠날 때처럼 말이다.

도저히 이해할 수 없는 것은, 그 다음 만난 어떤 여자도 와이셔츠의 두 번째 단추를 원하지 않았다는 것이다.

어느 여름날, 중학교에 다니던 외조카가 그의 집에 놀러 왔다. 외조카가 옷장 속에 걸린 와이셔츠에 두 번째 단추가 떨어져 있는 것을 우연히 보고는, 마치 신대륙을 발견한 것 마냥 크게 소리쳤다. "삼촌, 혹시 사랑하는 사람 있어요?" 그가 영문을 모른 채 의아해하자, 외조카는 이렇게 말해주었다. "서양에 그런 전설이 있거든요. 두 번째 단추는 가슴 정중앙에 있기 때문에 사랑하는 이에게 줄 수 있는 최고의 선물이라구요."

순간 마지막 퍼즐이 맞춰진 듯 모든 것이 이해되었다. 그날 밤, 그는 가장 빠른 비행기를 타고, 다시는 돌아갈 일 없을 것이라 생각했던 그 작은 도시로 날아갔다. 문을 열고 나온 그녀는 잠옷 차림이었다.

그리고 그가 준 두 번째 단추를 붉은 실에 매달아 목에 걸고 있었다.

누구도 예상하지 못했다. 어느새 30살이 되어버린 그, 그의 화려한 외모 저편에는 깊은 외로움이 자리잡고 있었다는 것을. 깊은 밤, 곁에 누구도 없는 적막함 속에서, 그는 자신이 진짜 무엇을 원하는지 마음의 소리를 듣게 되었다. 사실은, 그 역시도 누군가에게 사랑을 받고 싶었던 것이다. 이전의 수많은, 그리고 셀 수도 없을 만큼의 많은 여인들을 가진 적 있지만, 그것 역시도 단지 영혼 없는 육체놀이에 불과했다는 사실을 그제야 깨닫게 된 것이다. 그의 평범한 단추로 만든 목걸이를 목에 걸고 있는 이 여인이 오히려 그에게 무엇이 진정한 사랑인지를 깨닫게 해 준 것이다. 정처 없이 떠돌던 그의 마음이 비로소 머무를 항구를 찾은 듯 보였다.

그 순간, 그는 정착하기로 결심하였다. 마치 외로움에 떨던 아이가 마침내 엄마의 품으로 되돌아가듯이.

그는 신중하게 그녀에게 청혼했다. 일생을 통틀어 가장 진중하고 엄숙한 모습이었다.

결혼 후, 그들은 달콤하고도 안정적인 생활을 꾸려 나가게 되었다.

살아 보니

진정으로 행복한 사람은, 아득하고 깜깜한 바다에서도 유혹을 이겨내고 오롯이 당신을 사랑하는 사람을 가진 이들이다. 당신을 가슴 가장 정중앙에 여한 없이 품어주는 사람이다. 한 가지 안타까운 사실은, 이러한 행운을 얻은 사람들이 너무나도 적다는 것이다. 그러니, 당신, 이러한 사람을 만났다면, 부디, 놓치지 말기를.

남자라는 이유로

결혼 생활은 책임과 감정이 서로 함께 단단히 묶여 있을 때 비로소 행복할 수 있다. 물론, 남성에게 더 큰 사회적 부담감과 책임감이 따르겠지만……

남자의 아내는 아이를 데리고 여행을 떠났다. 남자는 혼자 집에 남겨졌다. 아내가 없으니 남자는 자유롭게 맥주도 마시고 채널도 마음대로 바꾸어 가며 텔레비전을 시청할 수 있었다. 이때, 한 여자의 전화가 걸려왔다.

"저 지금 한가한데, 당신 집에 들러도 될까요?"

"안될 것 같아. 지금 어디 막 나가려던 참이거든."

사실, 그때 여자는 이미 남자가 사는 건물 1층에 와 있었다.

여자는 남자의 부하 직원으로, 끊임없이 남자에게 호감 표시를 해온 터였다. 하지만 남자는 이런저런 핑계를 대며 교묘하게 그녀의 구애를 피하고 있었다.

여자는 매우 많은 물건과 와인 한 병을 들고 남자의 집 문 앞에 서 있었다.

"그럼 내가 요리할게."

"아니에요, 괜찮아요." 그녀는 거리낌 없이 주방으로 들어가 음식을 하기 시작했다.

그는 황급히 방을 치우기 시작했다. 그러다 우연히 바쁘게 음식을 준비하는 여자의 뒷모습을 보게 되었다. 순간 묘한 느낌을 받았지만, 이내 마음 한구석으로 밀어 넣어 버렸다.

다른 방에서 그는 친한 친구들을 자신의 집에 초대하기 위해 전화를 걸었다. 하지만 친구들은 다 외출중이었다. 시간이 좀 흐른 뒤, 여자가 남자를 불렀다. 주방으로 간 남자는 놀라움에 멍해졌다. 그의 눈에 들어온 것은 모락모락 김이 피어오르는 만두 한 판이었다. 그가 가장 좋아하는 음식이었다. 하지만 평소에 그도, 아내도 너무 바빠 거의 만두를 먹을 수 없었다. 가끔 인스턴트 만두를 먹곤 했지만, 직접 만든 것과는 분명 맛의 차이가 있었다.

두 접시의 만두, 소소한 요리들, 한 병의 와인, 그리고 여자의 얼굴에 번지는 부드러운 미소는 그의 마음을 흔들어 놓기에 충분했다. 무슨 이유에서인지 모르겠지만, 그는 여자가 주의를 기울이지 않는 틈을 타 휴대전화를 끄고 베란다 커튼을 쳤다. 그는 자신의 심장이 쿵쾅거리는 것을 느낄 수 있었다.

와인 한 병을 다 비웠다. 여자는 머리가 아프다며 자연스레 남자의 품에 기댔다. 부인할 수 없었다. 여자는 확실히 아름다웠다. 그는 그저 그녀를 꼭 품에 안아주었다. 그 순간, 그는 비로소 여자의 신체가 얼마나 연약한지 깨달았다. 그녀는 그의 넓은 품에서 마치 어린아이마냥 잠이 들었다. 마치 그녀의 딸처럼 말이다. 그의 마음이 다시 한 차례 요동쳤다.

여자는 남자의 침대에서 잠이 들었다. 그는 조용히 문을 닫아주었다. 이때, 거실에서 전화가 울렸다. 아내와 딸이 건 전화였다. 그는 대충 이야기를 마무리하곤 곧바로 끊어버렸다. 남자는 여전히 맥주를 마시면서 끊임없이 채널을 돌리기 시작했다. 그는 분명 여자의 여린 숨소리를 들었지만, 이성의 끈을 놓지 않게 자신에게 계속 주문을 걸고 있었다.

그녀가 일어났을 땐, 이미 다음날 아침이었다. 남자는 한숨도 못 잔 채, 여자를 위해 아침을 준비하고 있었다.

밥을 먹을 때, 여자가 물었다. "저를 좋아하지 않나요?"

남자는 말했다. "당연히 좋아하지."

"외롭지 않아요?"

"조금… 하지만…"

"제가 당신을 힘들게 할까봐 겁나는 건가요?" 여자는 기다렸다는 듯 물었다.

남자는 진지하게 말했다.

"삶이란 건, 책임 같은 거야. 마치 이 죽과 삶은 계란처럼. 비록 매일 먹어서 별다른 맛을 못 느끼더라도, 그래도 당신은 매일 이것들을 만들고, 먹어야 해. 심지어 정말 맛이 없다고 느낄 때에도 말이야. 먹지 않으면, 마음이 너무나 공허하거든."

여자는 아무 말이 없었다.

여자를 보내고 난 후, 남자는 한번도 가져본 적 없었던 마음의 가벼움을 느꼈다.

사랑은 신뢰이며, 반드시 대가를 필요로 한다. 그러니, 만약 사랑하지 않는다면, 받아들일 수 없다면, 함부로 마음을 열지 말기를. 유혹과 외로움 그 모두 사랑의 이유가 될 수 없다.

살아 보니

남자가 결혼을 결심했다는 것은, 그 남자가 결혼하고 싶다는 의미도 되지만, 동시에 남자로서 그에 따르는 책임과 무게를 견디고자 마음먹었다는 뜻이기도 하다. 결혼은 도전과도 같은 것이기에, 남자가 되어 그 도전을 받아들이고자 하는 것이다.

결혼이라는 도전을 받아들인 다음엔, 남자는 보상 받기를 바란다. 스스로가 더 큰 힘을 가진, 어른이 되었다고 느끼길 원하는 것이다. 그러나 결혼은 절대 당신을 어른으로 만들어주지 못한다. 결혼이란 단지 하나의 약속일 뿐이다. 상대와 함께 아름다운 목표를 위해 같이 나아가겠다는 약속. 하지만 이 사실을 깨달은 사람들은 아주 적다. 특히 남자들 중에서는 더더욱.

사랑이란 평범한 시간들을 견뎌내는 것이다

Chapter 4

아름다운 결혼생활을 가지기 위해서는, 평범한 시간들을 견뎌낼 수 있어야 한다. 우리는 소중히 할 것들을 소중히 할 줄 알아야 하고, 버려야 할 것들은 과감하게 버릴 수 있어야 한다. 우리의 삶에 더 많은 미련과 후회를 남기지 않기 위해서라도 말이다! 사랑이라는 나무를 푸르게 자라도록 하는 것은, 부부 상호간의 신뢰와 포용이다. 진정한 사랑이 부족한 것은 마치 근원 없는 물, 근본 없는 나무와 같다. 공중누각일 뿐이다. 생명력이 없음은 불 보듯 뻔한 일이리라.

한 손엔 장미가, 한 손엔 현실이

밸런타인데이였다. 조금 춥긴 했지만, 길거리엔 기념일 분위기가 넘실거렸다. 이미 환갑이 된 그 역시 분위기에 취해 마음이 동했는지, 이전에 없던 낭만을 즐기고 싶어졌다. 40년을 함께 울고 웃으며 의지했던 아내에게 줄 장미 한 다발을 산 것이다. 꽃집 사장은 그가 생애 처음으로 아내에게 꽃 선물을 한다는 사실을 듣고는, 특별히 그를 위해 가장 크고 신선한 장미꽃 한 다발을 골라주었다. 세심하게 잔가지들도 손질해 주었다.

백발이 창창한 그가 손에 장미꽃을 들고 인파가 북적거리는 큰길을 걸어가자, 다른 사람들이 힐끗힐끗 쳐다보기 시작했다. 물론, 처음엔 그도 조금은 부끄러웠다. 어떤 사람은 그가 아내에게 주기 위해 꽃을 샀다는 사실을 듣고는, 그에게 오히려 마음이 젊고 유행을 즐길 줄 아는 멋이 있다며 칭찬해 주기도 했다. 사람들의 말투와 눈빛 모두 그를 칭찬하고 부러워하는 것이었지만, 그는 왠지 모르게 그것이 부자연스럽게 느껴졌다.

그가 자신의 집 앞에 도착했을 때, 몇몇 동갑내기 친구들은 만면에 미소를 띤 그를 마주치고는, 그에게 교양 있는 사람이라는 둥, 서양에서 건너온 기념일까지 챙긴다는 둥 그를 치켜세우기 시작했다. 주변으로부터 이토록 많은 칭찬을 듣게 되자, 그의 마음속에는 한줄기 부끄러움이 스쳐 지나갔다. 어쩌면 내가 이 꽃을 너무 늦게 사온 것이 아닐까. 이 오랜 세월 동안, 다른 사람들 하는 것 좀 보고 배우라고 아내가 그렇게 수차례 많이 말했는데, 새해에 아내에게 작은 선물이라도 하나 사주는 남편이 되라고 말하곤 했는데.

하지만 매번 기념일을 맞이할 때마다, 그는 항상 고리타분한 사람처럼 이렇게 말하곤 했었다. "돈은 당신에게 전부 줬잖아. 사고 싶은 거 있으면 알아서 사. 어차피 나 당신 물건 잘 고르는 거 잘 알잖아."

물론, 젊었을 때의 그들은 매우 가난하게 살았다. 살림살이가 차차 나아지기 시작한 것은 세월이 흐른 후였다. 밖에 나가 쇼핑하는 것을 좋아하지 않던 그가 아내에게 선물 같은 걸 사줄 줄 어찌 알까. 밸런타인데이야 더 말할 것도 없었다.

이날, 그는 이 신선함이 뚝뚝 떨어지는 장미를 서프라이즈 선물로 아내에게 건네주었다.

아내는 품에 안은 장미를 얼굴에 갖다 대고선 마치 취한 것처럼 향기를 맡았다. 그러면서 슬쩍 그를 꾸짖기도 하였다. 마치 둘의 연애 초 시절로 되돌아간 것 같았다.

한참 동안, 아내는 집안을 몽땅 뒤지더니, 가장 아름다운 꽃병을 찾아냈다. 꽃병 속에 맑은 물을 따라 넣고 정성스럽게 장미 한 송이 한 송이를 꺼내 꽃병에 꽂았다. 그리고 조심스럽게 침대맡에 놓아두었다. 한참을 여운을 즐기듯 꽃병을 쳐다보았다.

엄마가 진심으로 즐거워하고 진지한 모습을 보고선, 고등학교 이후로 책상머리 위에 장미꽃이 한 번도 빠진 적 없었던 딸은, 순간 감동이 밀려왔다. 자신은 이전부터 그토록 많은 장미꽃을 받았어도, 한 번도 자신의 모친처럼 저렇게 가슴 떨리게 꽃을 쳐다보았던 적은 없었다.

여자는 만면에 행복한 얼굴을 하고, 아래층으로 내려가더니, 왼쪽에 사는 이웃에게 신나게 장미꽃 자랑을 하였다. 나는 우리 영감이 그저 평생 책만 본 멍청이라고 생각했는데, 누가 생각이라도 했겠어? 나이 들더니 낭만을 알게 되었나 봐. 나한테 장미꽃을 다 선물했지 뭐야.

인기척이 들리지 않는 깊은 밤, 여자는 도저히 잠이 오지 않았다. 조용히 일어나 어둠 속에 피어있는 장미꽃을 바라보기 시작했다. 은은한 향기를 맡고 있자니, 부부 사이의 40년간의 온정이 한 장면 한 장면씩 주마등처럼 눈앞에 스쳐 지나갔다. 그녀는 그토록 가난했던 그의 대가족을 떠올렸다. 그녀는 그에게 시집와 정말이지 눈코 뜰 새 없이 바쁘게 살았다.

그의 좋지 못한 집안 배경이 떠올랐다. 그를 따라 외딴 산촌에서 목장을 하던 그때. 임신한 배를 부여안고 그와 함께 습하고 어두웠던 초가집에 살았던 그때. 잠시 묵는다 했던 것이 7, 8년이 흘렀었지. 그녀는 아무렇지도 않게, 그의 첫 번째 책의 출판을 위해 조모가 물려주신, 집안 대대로 내려오던 유산인 옥팔지를 저당 잡혔다. 그를 따라 도시로 돌아와 10평 조금 넘는 작은 방에서 살기 시작한 때도 떠올랐다. 두 아이를 데리고 겨우겨우 살아가던 날들⋯. 정말로, 시집온 이후, 그녀는 아무리 삶이 힘들어도 그를 원망 한번 한 적이 없었다. 오히려 그를 따라 묵묵히 평범한 삶을 꾸려 나갔고, 동시에 그 속에서 재미와 느낌을 찾곤 했었다. 그녀의 부지런함 덕택에, 그녀는 시부모에게 가장 현명하고 똑똑한 며느리가 되었고, 아이들 마음속에는 가장 훌륭한 어머니가 되었다.

이렇게 그녀의 지난날 그토록 아름다웠던 외모는 삶의 고단함 속에 소리소문없이 사라졌고, 이제 얼굴 가득한 주름 속에는 삶의 기쁨, 슬픔이 모두 뒤섞여 있다. 하지만 그녀 스스로는 자신의 삶에 꽤 만족하고 있었다. 그와의 결혼생활이 힘들었든, 순조로웠든 간에, 두 사람은 항상 서로를 아끼고 사랑했기 때문이었다. 그래도 아쉬운 점 하나를 꼽으라면, 바로 이 한 다발의 장미꽃이 조금 늦게 도착했다는 것뿐이리라. 그녀 역시도 다른 여자들과 같이, 일상에서 조금의 낭만적 요소가 있기를 바랐다. 하지만 세심하지 못한 그는 바쁘고 정신없이 지내느라 그것을 딱히 신경 써주지 못했던 것이다. 이제 지금은 둘 다 여유가 많이 생겼지만, 안타깝게도 청춘은 이미 지나간 뒤였다.

비록 그는 낭만 같은 것은 모를 테지만, 그의 마음은 그녀에게 항상 시시각각 진심으로 다가왔다. 이 꽃다발이 없었다 할지라도, 그녀는 이번 생에서 그를 선택한 것에 후회하진 않았을 것이다.

며칠 후, 장미는 시들었지만, 그녀는 여전히 장미꽃을 버리지 못했다. 그는 조금 감동해서 말했다. "당신이 좋아하면, 내가 다음에 또 사

줄게." 그녀의 눈 속에 일말의 아쉬움이 스쳐 지나갔다. 그녀는 고개를 흔들며 말했다. "하지만 내가 더 이상 젊질 않잖아요. 만약에 다시 시작할 수만 있다면, 나는 당신에게 매년 나에게 장미꽃을 선물하도록 부탁할 거예요. 더 나를 기쁘게 해주라고 말이에요."

살아 보니

많은 사람들이 궁금해 한다. 도대체 사랑이란 무엇일까. 사랑은 삶 속에서 느끼는 가장 아름다운 감정이고, 대대로 숱한 문학작품에서 빠지지 않는 주제였고, 사람들 가슴 속에 가장 아름다운 꿈이며, 인류가 끊임없이 추구하고 좇는 가장 이상적인 감정일 것이다. 결혼은 가식이 없는 태초의 상태로 돌아가, 평온하고 충실하게 삶을 일구어 나가는 것이다. 때론 자질구레한 일로 머리도 아파하고, 어깨에 책임이란 무거운 짐을 얹기도 하면서 말이다. 결혼은 어려울 때 서로의 든든한 지지대가 되어 평생 함께하겠다는 가슴속의 맹세이다.

당신은 내 전생의 반쪽

삶 속에서 상대방과의 마찰을 빚거나, 우연히 상처를 주고받게 되는 상황을 피할 수는 없다. 그리고 자신의 기분을 가장 많이 상하게 하는 사람은 종종 자신과 가장 오래 함께 있었던 사람이거나, 가장 가까이 있는 사람일 것이다. 그러나 새로이 당신의 시야에 들어오는 사람은 당신에게 죄를 지을 기회도 없었을뿐더러, 당신에게 잘 보이기 위해 아양을 떨 수밖에 없다. 그러니 당연히 새로운 사랑은 어찌해도 귀엽고, 옛사랑은 어찌해도 미워 보이는 것이 아니겠나.

쫭옌옌이 읍내에서 전근 온 첫날, 비가 억수로 내렸다. 그녀는 우산을 들고 오지 않아 어쩔 수 없이 가지고 있던 문서철로 비를 막고 택시에서 뛰어내렸다. 왕쉬가 그것을 보고는, 얼른 우산을 펴서 그녀에게 씌워 주었다. 쫭옌옌이 "감사해요"라는 말을 하자마자, 왕쉬는 무엇인가가 떠올랐다. "아, 당신 목소리가 기억나네요. 쫭옌옌 맞죠?" 옌옌은 흠칫 놀랐다. "우리 부서로 전화 한번 걸었었잖아요." 왕쉬가 담담하게 말했다.

옌옌은 그 말을 듣고, 순간 얼굴이 빨갛게 달아올랐다. 로비에 도착하자, 왕쉬는 우산을 접고 여전히 빨갛게 물든 옌옌의 얼굴을 보고선 말했다. "에이, 장난인데. 봐요, 당신 가슴 앞에 당당히 이름 석자가 적혀져 있잖아요!"

쟝옌옌과 왕쉬의 사무실은 단지 벽 하나를 사이에 두고 있었다. 왕쉬는 점심시간에 옌옌의 사무실에 놀러 오는 것을 좋아했다.

그는 항상 유머러스했다. 말솜씨도 수준급이었다. 종종 사람들이 그의 말에 박장대소를 하곤 했다. 그가 들어섰다 하면, 사람들은 그의 주변으로 몰려들었다. 동료 중에 갓 대학을 졸업한 사회초년생 두 명이 있었는데, 시도 때도 없이 왕쉬의 팔을 흔들며 응석을 부리곤 하였다. "왕쉬 오빠, 재밌는 이야기 하나 해줘요." 하지만 쟝옌옌은 이들의 응석에 함께하지 않고 그저 자신이 기르는 화분을 가꾸는 데에 신경을 쓰고 있었다. 꽃을 피우지는 않을 테지만, 영원히 푸르를 것이니까. 어떨 땐, 왕쉬는 이야기를 하다 말고 힐끗힐끗 식물을 돌보는 옌옌을 훔쳐보았다. 그녀는 입가에 미소를 띤 채 은은하게 자리를 지키고 있었다. 이 미소는 눈앞의 아름다운 식물 때문일까? 아니면 자신의 우스갯소리 때문일까? 이렇게 생각하게 될 때면, 왕쉬는 딴생각에 훅 빠지곤 했다. "내가 어디까지 말했더라?"

시간은 무척 빠르게 흘러갔다. 하지만 옌옌은 여전히 말수가 적었다. 항상 조용하고 주변의 여자아이들처럼 조잘조잘하지도 않았다. 그런 모습이 왕쉬로 하여금 그녀와 이야기하고 싶게 만들었다. 이후, 왕쉬는 옌옌이 비록 말수는 별로 없다 하더라도 촌철살인 같은 구석이 있다는 것을 발견했다. 이것이 왕쉬로 하여금 그녀를 새롭게 보게 했고, 옌옌을 자신의 소울메이트로 여기게 만들었다.

어느 날 오후 휴식시간, 왕쉬는 옌옌이 동료에게 방 구하는 일을 상담하고 있는 것을 듣고는 바로 물었다. "무슨 일인데?" 옌옌은 대답했다. "지금 사는 집 이웃이 너무 못되게 굴어서 더는 못 살겠어요." 왕쉬는 웃었다. 그리고 말했다. "그런 문제라면 나를 찾았어야지. 나에게 마침 딱 빈방이 하나가 있는데, 아무도 안 살고 있거든. 방 하나 거실 하나 있는 오래된 방이긴 한데, 안은 깨끗하고 널찍해. 원래 우리 누나가 살려고 했던 방인데 외국 나가고 계속 비어 있었어."

왕쉬는 옌옌에게 예의상 200위안만을 받으려고 했다. 하지만 옌옌은 한사코 마다했다. 밖에서 집을 구하려면 한 달에 적어도 600위안은 줘야 하기 때문이었다. 왕쉬는 말했다. "그럼 네가 나에게 방을 보여주는 셈 치자."

옌옌이 살기 시작한 이후로, 왕쉬는 자주 옌옌의 집에 가 밥을 얻어 먹었다. 왕쉬 역시 혼자 살았고, 아쉽게도 자신에겐 옌옌 같은 요리 솜씨가 없었다. 어떨 때는 가기 전에, 왕쉬는 시장을 한 바퀴 돈 뒤, 신선한 채소와 고기 그리고 초어 등을 샀다. 이런 물건들을 살 때, 그는 아주 따뜻함을 느꼈다. 옌옌이 문을 열었을 때, 놀라는 표정이 상상되었다. 어떨 때 왕쉬는 앞치마를 두르고 옌옌의 조수가 되기도 했다. 그녀의 민첩한 동작을 보며 왕쉬는 감탄을 금치 못했다. "장난 지역의 여자는 똑똑하고 귀여울 뿐만 아니라, 요리 솜씨 역시 최고구나." 옌옌이 뒤돌아 그를 처다보았을 때, 배가 너무 고픈 나머지 입에서 군침을 뚝뚝 흘리고 있는 그의 모습을 발견했다. 옌옌은 웃음을 터트렸다.

옌옌은 항상 그의 슬리퍼를 신는 것을 좋아했다. 당연히 그의 슬리퍼는 그녀에겐 너무나 컸다. 발가락 반 이상이 앞으로 나와 모양새가 아주 우스웠다. 그는 그녀에게 왜 그 슬리퍼를 신느냐 물었다. 그녀는 말했다. "몰라, 음 일종의 습관 같은 것이라고 할까? 어렸을 때 아빠 슬리퍼를 신는 것을 좋아했거든. 아 맞다, 어떤 사람이 그랬어. 여자아이는 아버지가 전생의 애인이었다고." 그는 껄끄럽게 웃으며 말했다. "내 전생의 애인은 몇 명이었을까?"

사랑은 이렇게 하루하루 조금씩 커가고 있었다. 누구도 어떤 말 때문에, 어떤 눈빛 때문에, 언제의 식사 때문에 사랑에 빠졌는지 말하긴 어렵다. 세상의 모든 사랑의 시작은 같을 것이다. 그저 달콤하고 달콤했을 것이다. 옌옌은 종종 종이에 이런 말을 쓰곤 했다.

"사랑은 그를 보기만 해도 폴짝폴짝 뛰게 되는 것이며, 마음 한가득 기쁨이 넘쳐흐르는 것이다. 사랑은 매일 상대에게 행복한 밥을 만들어 줄 자격을 가지는 것이다."

왕쉬도 연애의 경험은 있었다. 하지만 누구도 그에게 끊임없이 '행복'이라는 두 글자를 생각나게 하진 못했다. 같은 회사에 있었기에 그들은 자신들의 연애로 불필요한 골칫거리를 만들고 싶지 않았다. 그래서 그들은 나중에 좋은 기회가 생겨 둘 중 하나가 다른 곳으로 이동하기 전까지는 연애 사실을 공개하지 않기로 했다. 이렇게 두 사람이 머리와 머리를 맞대고 미래에 대해 고민할 때마다, 사랑한다는 것이, 살아 있다는 것이 참으로 소중하다고 생각되었다.

어느 날, 쫭옌옌이 외부에서 회사로 돌아왔을 때, 담 모퉁이에 어떤 여학생 하나가 훌쩍거리며 왕쉬에게 무슨 말을 하고 있는 모습을 보았다. 왕쉬는 쉬지 않고 그녀의 어깨를 두드려주고 있었다. 상당히 가까운 사이인 듯 보였다. 그는 손수건까지 그녀에게 건네주었다. 옌옌이 이 모든 광경을 다 보았을 때, 그녀는 비로소 왕쉬가 평소에 얼마나 말과 행동이 경박했는지 느낄 수 있었다. 동시에 대학시절 키 큰 남학생이 자신을 배신하고 학교 모퉁이에서 다른 여학생과 친하게 굴던 모습을 보았던 게 떠올랐다. 이틀 뒤, 옌옌은 단도직입적으로 왕쉬에게 그 장면에 대해 물었다. 왕쉬는 여전히 히히거리며 말했다. "걔는 내 예전 여자친구야. 남자친구한테 억울한 것이 있어서 나한테 하소연한 거야!" 옌옌은 듣고 한참을 있다 말했다. "왕쉬, 아마도 우리는 안 맞는 것 같아." 왕쉬는 그 말을 듣고 순간 멍해졌다. "알았어. 알았어. 이렇게 별거 아닌 일로 화내기야?" 왕쉬는 끊임없이 변명했지만, 옌옌은 이미 어떤 결단을 내린 것처럼 시종 정색한 표정이었다.

왕쉬는 옌옌이 그저 칭얼댄다고 생각했다. 그래서 시간을 두고 차차 얘기하기로 마음먹었다.

하지만 예상 외로, 다음날 옌옌은 방을 옮겼고 열쇠도 왕쉬에게 돌려주었다. 왕쉬는 크게 개의치 않았다. 다시 그녀가 열쇠를 찾으러 올 것이라고 생각했기 때문이다. 원래 소녀들은 이렇게 투정 부리곤 하니까.

옌옌은 동료 언니의 소개로 선을 보러 다니기 시작했다. 왕쉬의 눈엔 그것 또한 위협으로 느껴지지 않았다. 그는 옌옌이 다른 그 누군가를 사랑할 수 없을 거라고 생각했다. 이 세상에서 그만큼 그녀를 사랑하는 방법을 아는 이는 없을 거라고 믿었다. 옌옌은 하루가 멀다 하고 선을 봤지만, 별 뚜렷한 결과는 없는 듯 보였다. 억대 부자, IT엘리트, 외국계 기업종사자, 경찰 등등 상대의 직업도 다양했다. 매번 옌옌이 선을 보고 나면, 왕쉬는 히히 하하 웃으며 옌옌에게 결과를 묻곤 했다. 옌옌은 냉담하게 말했다. "당신과 상관없는 일이야."

어느새 여름이 훌쩍 다가왔다. 토요일, 마침 왕쉬는 당직날이었다. 옌옌은 사무실에서, 할 일 없이 컴퓨터로 드라마 〈요조숙녀〉를 보고 있는 왕쉬를 보았다. 왕쉬가 고개를 돌려 그녀를 쳐다보았다. 그녀는 붉은색 티셔츠에 검은색 드레이프 스커트를 입고 있었다. 여성스러웠다. "그렇게 예쁘게 입고 어디 선이라도 보러 가시나 보지?" 옌옌은 콧방귀도 끼지 않고 멍하게 모니터만 바라보고 있었다.

조금 있다 옌옌은 의미심장하게 그를 한 번 쳐다보고는 말했다. "마지막으로 선보러 나갈 거야. 만약에 이번에도 잘 안되면, 맘대로 세상을 사는 바람둥이인 당신이라도 내가 받아들일 수밖에 없겠지."

바로 그 마지막 선 자리에서 옌옌은 자신과 가장 맞는 사람을 만났다. 엔지니어였고, 들리는 소문에 의하면 아주 진중하고 침착한 사람이었다. 성격도 왕쉬와 정반대였다.

이번에 왕쉬는 어떤 것도 묻지 않았다. 처음엔 실감이 잘 나질 않았다. 꿈에서 깬 듯 고통스러웠다. 뼛속까지 저린 아픔이었다. 옌옌은 회사에서 그 엔지니어가 건 전화를 받기도 했는데, 그녀의 목소리는 매우 낮고 온화했다. 반년 후가 되자 한참 동안 옌옌은 회사에 잘 나오지 않았다. 그녀는 종종 휴가를 냈다. 결혼 준비에 바쁜 모양이었다. 원래 문서 작업은 옌옌이 하던 것이었는데, 그녀가 오지 않자 다들 어쩔 수 없이 자신들이 도맡아서 해야 했다. 일 처리는 느리기 그지없었다.

매번 이럴 때면, 동료들은 하나같이 옌옌이 있었다면 정말 좋았을 것이라고 말했다. 옌옌의 평판은 줄곧 좋았다. 순수했고 단순했던 그녀는 한 번도 말썽을 일으킨 적이 없었다. 다들 그녀를 좋아했다. 왕쉬도 그 말을 들을 때마다 귓가에 옌옌이 자판 두드리는 소리가 떠올라 마음이 무거워졌다.

설이 다가왔을 때, 옌옌의 청접장도 함께 도착했다. 붉은색의 청접장을 보고 있자니, 왕쉬의 눈은 마치 칼에 찔린 듯 아팠다.

그제야 그는 그녀가 다시는 열쇠를 가지러 오지 않을 것임을 실감하게 된 것이다.

일주일 후, 옌옌의 결혼식 피로연에서도 왕쉬는 줄곧 우스갯소리를 늘어놓으며 식탁에 앉은 모든 사람의 배꼽을 잡게 하였다. 하지만 신랑 신부가 술을 따라주고 난 이후부터 그는 단 한 마디도 하지 않았다. 그저 술만 마실 뿐이었다. 그날 그는 아주 크게 취했다.

얼마 되지 않아, 쩡옌옌은 퇴사 신청을 했다. 집이 너무 멀다는 이유였다. 그녀는 왕쉬의 사무실에 작별인사를 하러 갔다. 왕쉬는 마침 선글라스를 낀 채 컴퓨터로 드라마 〈요조숙녀〉를 보고 있었다. 슬쩍 그를 쳐다 보았을 뿐인데도 옌옌의 눈에선 왈칵 눈물이 쏟아져 내렸다. 단 한 마디도 할 수 없었다. 왕쉬가 오히려 그녀를 쳐다보며 입을 열었다. "자주 놀러 와. 나 일이 좀 바빠서 마중은 못한다." 그는 고개조차 들지 않은 채, 다만 따뜻한 작별의 말을 건네었다.

왕쉬는 이후 줄곧 여자친구가 없었다. 여자한테서 전화가 오면, 예외 없이 얼굴에 화색이 돌았다. 여전히 진지한 구석이 없었다. 가끔 다들 함께 밖에 나가서 놀 때, 조금이라도 취하기만 하면 농담 반 진담 반으로 이렇게 말하곤 하였다. "형님 누나들, 좋은 여자 어디 없어요? 좀 찾아봐 줘요, 네? 저 이렇게 독거노인으로 죽으면 어떻게 합니까." 다들 웃음이 빵 터졌다.

누구도 몰랐다. 지금의 그는 더 이상 예전의 그가 아니라는 것을. 사랑이 떠난 후, 그의 마음속엔 항상 슬픔과 기쁨의 흔적이 흉터처럼 남아 있었다.

1년이 훌쩍 지나갔다. 깊은 가을날, 왕쉬의 모친이 중병에 걸렸다. 살 희망이 보이지 않았다. 노인은 침대에 누운 채 왕쉬를 눈앞으로 불러 세워 말했다. "엄마는 다른 건 바라는 게 없다. 그저 죽기 전에 네가 장가가는 걸 보고 싶구나. 손자도 말이야." 왕쉬는 이 말을 듣곤 매우 가슴이 아팠다. 자신이 마치 불효자가 된 것 같았다.

얼마 지나지 않아, 지인이 그에게 여자 한 명을 소개해 주었다. 평균 외모에 가정 배경도 좋은데다, 현실적이면서 직장도 안정적이었다. 뭐 하나 흠잡을 데가 없는 여자였기에, 왕쉬는 큰 고민 없이 그 여자를 선택했다. 여자 역시 왕쉬에게 첫눈에 반했다. 그리하여 3개월도 채 되지 않아 그들은 결혼에 골인하게 되었다. 1년 후에 아내는 그에게 눈에 넣어도 아프지 않을 딸을 낳아주었다. 그는 갓 태어나 보송보송한 어린 생명을 품에 안고 이리 보고 저리 보며 말했다. "딸아. 네가 진짜 아빠의 착한 딸 맞니?" 아내는 그의 아이 같은 모습을 보고 웃었다.

회사에서도 동료들이 다들 왕쉬가 변했다고 수군거렸다. 예전보다 진중해진 것이 혹시 진급의 영향이 아니냐는 말도 돌았다. 왕쉬는 스스로 생각했을 때에도 자신이 확실히 예전과는 달라졌다는 것을 느꼈다. 그가 애완동물을 좋아하게 되고, 심지어 베란다에 다채로운 빛깔의 식물을 기르기 시작한 것이다. 딸을 품에 안고 귀찮아하는 기색 하나 없이 성심성의껏 화초를 가꾸었다. 어떨 땐, 식물을 딸을 번갈아 쳐다보며 삶이란 본래 이렇게 생명력 넘치는 것이구나 하고 감탄하기도 했다.

어느 한 밤중에 일어나 품안의 아내와 딸, 그리고 반쪽의 초승달을 바라볼 때면, 왕쉬는 옛 기억이 떠오르곤 하였다. 많은 일들이 주마등처럼 순식간에 스쳐 지나갔고, 어떤 것은 아예 까먹어 기억조차 나지 않았다. 그는 이런 것이 삶이 아니겠냐고 생각했다. 벽에 비치는 달빛 같이, 은은하고 평온한.

5월의 어느 날 황혼 무렵, 왕쉬는 음반가게 하나를 지나치게 되었다. 불현듯 가게 안쪽에서 들려오는 다오랑의 크고 깊은 목소리를 들었다. "당신은 나의 연인, 장미꽃 같은 연인이여. 당신의 붉게 불타는 입술, 나를 한밤중에 정신을 잃게 만드네." 그는 순식간에 이 가사에 매료되어, 걸음을 멈추고 한참을 들었다. 마음속으로 비가 왈칵 쏟아지는 듯했다.

마침내 집으로 돌아왔을 때, 조그마한 딸이 팔을 활짝 벌리며 그를 향해 뛰어왔다. "아빠! 복숭아는요?" 그날은 딸 아이의 4살 되는 생일이었다. 아침에 문을 나서기 전에, 딸아이에게 무엇을 갖고 싶으냐고 물었을 때, 딸아이는 복숭아를 먹고 싶다고 했다. 그는 웃으면서 가방에서 신선한 복숭아 한 봉지를 꺼냈다. 딸아이는 웃으며 복숭아를 안고선 주방으로 들어갔다. 그는 순간 딸아이가 신고 있는 슬리퍼가 자신의 슬리퍼라는 것을 발견했다. 너무 커서 발 전체가 슬리퍼 앞으로 거의 나와 있었다. 아내는 주방에서 요리를 하는 중이었다. 칼질하는 소리가 끊임없이 들려왔다.

왕쉬는 서재에 들어가 다오랑의 그 노래를 컴퓨터에서 다시 찾았다. 노래가 순간 방을 가득 채웠다. 그는 담배 한 개비에 불을 붙였다. 연기 속에서 그의 눈은 갈수록 촉촉해졌다.

살아 보니

어느 날, 당신은 문득 깨달을지 모른다. 감정이란 것이 이토록 연약한 것이었다는 것을. 그것은 비바람은 이겨낼지라도, 지루함을 견디진 못한다. 어려울 땐 한 배를 타지만, 해가 뜨면 각자의 길로 흩어진다. 안타까운 것은 한 번의 이별이 영원한 이별이 되기도 한다는 것이다. 그렇게 각자 자신의 삶을 살고, 또 다른 사람을 사랑하게 되겠지

사랑은 맞고 안 맞고가 없어. 아낄 줄 아느냐 모르느냐만 있을 뿐

갓 이사를 온 날, 그녀는 모든 물건들을 다 정리한 뒤, 마지막으로 아주 잘 만들어진 유리병 하나를 꺼내 들고서 그에게 말했다. "자기, 반 년 안에 당신이 나를 울게 할 때마다 나는 유리병 안에 한 방울씩 물을 넣을 거야. 내 눈물이란 뜻이지. 만약에 이게 가득 차면, 나는 짐을 싸서 이 집을 나갈 거야." 남자는 황당함에 어안이 벙벙해져 말했다. "여자란 존재는 정말 이상해! 이렇게 나를 못 믿는 거야? 이게 말이돼? 내가 당신을 여기에 데리고 와서 같이 살자고 한 건, 당신을 챙겨주기 위해서지 힘들게 하려는 게 아니야!"

여자는 말했다. "흔히 노랫말에서 그러잖아. 좋은 남자는 절대 사랑하는 여자를 아프게 하지 않는다고. 나는 내가 왜 눈물을 흘렸는지 다 기록해 둘 거야. 이해할 수 있게."

"알았어, 이리 와, 내가 안아 줄게."

3개월 후, 여자는 유리병을 남자에게 보여주며 말했다. "이미 반이

찼어. 3개월 안에 무슨 일이 있었는지 좀 이야기해 봐야 하지 않을까?"
여자는 말을 끝내곤 남자에게 노트 한 권을 건네주었다.

　남자는 즉시 노트를 펴보지 않았다. 그는 약간 놀란 표정이었다. 어쩔 줄 몰라 하는 것 같았다. 여자의 눈물이 이렇게 많았을 것이라고는 상상도 하지 못했다. 내가 이렇게 많이 잘못했단 말이야? 억울하면서도 한편으로는 여자가 별거 아닌 일 가지고 난리를 피운다고 생각했다. 하지만, 그런 모습 또한 귀여워 보였다.

　그는 노트를 열어 내용을 살펴보기 시작했다. 어쩜 이렇게나 많이 써 두었을까 싶어 놀랐다. 노트를 보고 있는 남자에게 여자가 말했다. "맨 처음 싸웠을 땐, 우리가 이사한 지 4일째 되던 날이었어. 엄청 이른 새벽에, 당신이 금방 일어나 정신이 없었는지 치약을 짜다가 그게 거울로 튀었잖아. 그것도 내가 금방 닦아 놓은 거울에. 나는 당신에게 치약도 제대로 하나 못 짜냐고 그랬고, 당신은 바로 화냈고, 곧 싸움이 됐지." 남자는 입을 다문 채 곰곰이 듣고만 있었다. 여자는 이어서 말했다. "어떤 날 저녁엔 내가 당신한테 옷 좀 빨아달라고 부탁했었잖아. 물이 너무 차가워서… 근데 당신은 게임한다고 귀찮아하며 하기 싫어했고. 그걸로 싸움이 났었지. 당신이 나 생리할 땐 찬물에 손이 안 닿는 게 좋다는 걸 까먹었나 싶어 실망했었어. 진짜 섭섭했었지…"

　"또 한 번은, 내가 피곤했을 때, 당신은 늦장 부리며 씻지도 않고 자러 가지도 않았지. 분명히 내가 엄청 예민하다는 거 알고 있었을 텐데 말이야. 당시 나는 약간 신경과민도 있어서 키보드 두드리는 소리에도 잠이 잘 안 온다는 거 당신도 알고 있었으면서… 내가 너무 화가 나서 당신 너무 이기적이라고 말했을 때, 또 싸움이 났지. 당신은 당신이 이기적이지 않다는 변론을 한가득 쏟아 놓고, 도리어 이기적인 사람은 나라고 비판했지. 그리고 문 닫고 나가선 게임한다고 날밤을 새웠어. 내가 전화했을 때, 당신 전화기도 꺼져 있었지. 근데 난 혼자서 당신 찾을 용기가 없었어…"

여자는 이쯤에서 조금 격앙되었다. 눈동자가 붉어지기 시작했다. "한번은 말이야…" 남자는 여자의 말을 끊고 말했다. "자기야, 그만해."

긴 침묵이 흘렀다.

여자가 침묵을 깨고 말했다. "우리 정말 안 맞는 거 아닐까? 만약에 그렇다면, 결혼해도 이혼할 수도 있어. 우리는 둘 다 개성이 강하고 누구도 누구한테 지려고 하질 않잖아." 어색한 기운이 맴돌았다.

노트에 기록된 일들은 매우 사소한 일이었다. 매번 싸우는 이유도 간단했다. 남자는 이 노트를 보면서 비로소 여자의 속마음을 이해할 수 있게 되었다.

그는 생각했다. 매번 싸울 때마다 두 사람은 싸우는 과정에서 상대가 자신을 사랑하지 않는 근거를 찾아내는 것만 좋아했던 것 같다. 그리고 그는 순간 이것이 아주 심각한 문제라는 것을 깨닫게 되었다. 게다가 매번 싸움은 둘 다 마음이 불안할 때마다, 혹은 마음속에 다른 걱정거리가 있을 때마다, 나쁜 감정을 두 사람의 삶 속에까지 들고 와 폭발시킨 경우가 많았다.

"자기, 너무 슬퍼하지 마" 남자가 마침내 입을 열었다. "나 휴가 낼게. 우리 여행 가자."

그들은 둘이 처음으로 함께 여행을 떠났던 곳을 다시 찾았다. 그곳에서의 아름다운 기억들이 너무나 많이 떠올랐다. 사실 두 사람은 서로를 너무나 사랑하고 있었다. 그때의 여자는 정말로 부드러웠고, 그때의 남자는 정말로 다정했었다.

"자기, 아직도 자기는 우리가 결혼하면 이혼할 것 같아?" 남자가 물었다.

"만약 우리가 맞지 않는 것이 아니라면, 어째서 지금같이 모든 것이 즐겁고 아름답게 느껴지다가도 막상 현실에 들어가기만 하면 180도 달라지겠어?"

"자기, 우리가 지금 있는 이곳도 현실 아니야?"

여자는 당황했다.

"그때 우리는 안 좋은 점에만 계속 포커스를 맞추고 있었으니까 그렇지. 게다가 그 안 좋은 기분을 더 긁어서 크게 만들었으니까. 서로 상대방이 자기를 싫어한다는 근거만 찾고 있었으니까. 서로 성격도 강하고, 자기 싫어하고, 눈치 보고." 여자 생각에도 실제 그들이 그런 듯했다. 원래 서로가 조금만 참고 양보하고 포용하면 되는 것이었는데. 남자가 여자를 데리고 이곳으로 리마인드 여행을 온 것은 정말 신의한 수였다. 연애한 지 얼마 지나지 않아 상대에게 잘 보이고 싶은 마음에 자신의 가장 좋은 면만 보여주려고 했던 그때를 떠올리게 해주었기 때문이다.

"만약 남은 보름 동안에 그 유리병의 물이 여전히 절반만 차 있다면, 나와 결혼해 줄래?"

여자는 남자의 품에 안겨 활짝 웃었다.

후에 그들은 결혼했다. 싸움은 급격히 줄었다. 만약 잘 덜렁대는 남자가 잘못해서 컵을 떨어뜨렸다 하더라도, 여자는 그를 혼내지 않았다. 여자가 입을 열기 전에 남자가 이미 잘못을 빌게 되었기 때문이다. "미안해, 자기야. 다 내가 꼼꼼하지 못해서 그래, 두 배로 보상해 줄게. 자기가 제일 좋아하는 걸로 골라!" 여자는 웃었다. 그리고 말했다. "아니야. 어차피 집에 컵 또 있는데 뭐. 모두 당신 잘못도 아니고. 내가 컵을 잘못 놓아서 당신이 떨어뜨린 거야!"

어쩌면 원래 사랑에는 맞고 안 맞고는 없는 것일지 모른다. 단지 아낄 줄 아느냐 모르느냐만 있을 뿐. 함께 걷고, 같이 발전해 나간다면 그보다 더 큰 행복은 없을 것이다!

살아 보니

연애하는 두 사람에게 하늘을 걸고 하는 맹세와 귓가의 달콤한 말 이외에 더 필요한 것은, 서로를 향한 존중의 태도, 포용과 인내 그리고 책임감이다. 물론 가장 중요한 것은 서로를 아끼고 소중히 여기는 마음일 것이다. 넓은 마음과 신뢰가 없다면, 서로에게 상처 줄 것은 불 보듯 뻔한 일이다.

소중한 블루문을 만나다

　모든 사람들은 한때 불타오르는 사랑을 겪는다. 그것이야말로 진정한 사랑이라고 생각하면서. 그런 이유로 소년과 소녀들은 그때를 동경하고, 이미 불같은 사랑을 겪어본 이들은 그때를 그리워하고, 그 사랑에 빠진 당사자들은 정신없이 그것에 몰두하곤 하는 것이다. 아쉽다고 느끼는 부분은 어떻게 해서라도 메우려고 하면서 말이다.

　신이는 남자아이 하나를 알게 되었고, 그들은 너무도 행복한 사랑을 하는 중이었다.

　남자는 부모를 모두 여읜 채, 혼자 궁핍하지만 꽤나 즐거운 삶을 보내고 있었다. 남자아이는 신이를 잘 보살폈다. 비가 오나 눈이 오나 항상 제시간에 맞춰 그녀의 출근을 배웅하고 퇴근을 마중했다. 그는 손수 그녀에게 한 편씩 시를 써 주기도 했다. 비록 어떤 시는 난해한 구석이 있어 신이가 이해할 수 없었지만 말이다. 그는 그녀를 위해 닭곰탕을 끓여 주기도 했다. 그리곤 그녀가 천천히 다 마시는 것을 지켜보았다. 맑은 탕에, 대추와 용안열매를 띄운 것이었다. 그는 신이의 안색이 창백하니, 닭고기와 대추로 피를 보충해 줘야 한다고 말하곤 했다.

하루는, 남자가 신이에게 대추만한 펜던트 하나를 선물로 주었다. 집안 대대로 내려오는 가보라 값이 꽤 나간다고 했다.

신이는 이 펜던트가 그리 썩 맘에 들지 않았다. 그것은 어떤 가공도 거치지 않은 자연 그대로의 옥석이라 외관이 거친 구석이 있었기 때문이었다. 단지 옥석 속에 남색의 달 모양의 빛이 숨어 있었는데, 빛 아래에서 그것은 더욱 반짝반짝 빛이 났다. 남자는 바로 이 남색 빛 때문에 이 옥석이 특별하다고 했다. 그래서 블루문이라 부른다나?

2년 후, 신이는 갑자기 이러한 평범하고 무덤덤한, 마치 흐르는 물 같은 연애가 지겨워지기 시작했다. 그녀는 블루문을 주며 남자에게 말했다. "우리 헤어지자!" 남자는 블루문을 돌려받으려 하지 않았다. 그는 말했다. "나는 내 마음과 이것을 너에게 함께 준 거야. 마음을 돌려받을 수 없는데, 블루문이 있어 봤자 뭐하겠어."

남자는 눈물을 흘리며 떠났다. 신이의 마음도 약간 시렸다. 하지만 한편으론 이렇게 생각했다. "무슨 남자가 이런 것 가지고 울어?"

신이는 점차 남자를 잊어갔다. 가끔 서랍을 열었을 때 블루문이 눈에 들어오면, 그제서야 잠시 예전의 기억이 조각조각 생각날 정도였다. 그녀는 되새길 만한 추억도 딱히 없다고 생각했기에, 블루문을 골동품 상점에 팔기로 했다. 예상치 못하게 1,500위안이란 비싼 가격을 받게 되었다. 그녀는 이 돈으로 아주 큰 금반지를 샀다. 손에 끼우니 반짝반짝 거리는 것이 블루문보다 훨씬 예쁜 것 같았다. 그녀는 아주 기뻤다.

신이는 이후 부유한 상인에게 시집을 갔다. 부상은 그녀에게 아주 많은 액세서리와 옷을 사주었다. 단지 그는 너무너무 바빴다. 심지어 매일 밤을 꼴딱 새울 정도로 말이다. 집으로 돌아온 그의 몸엔 담배연기, 술 냄새, 여인의 향기가 가득했다. 신이는 부상에게 간절히 부탁했다. "나랑 같이 좀 있어 주면 안 돼?" 그러자 부상은 공중으로 수장의 수표를 뿌리며 말했다. "가서 쇼핑이나 해! 화장품도 사고, 옷도 사고 말이야. 여자들은 이런 거 좋아하는 거 아니었어?"

신이는 망연자실했다. 그녀 역시 아리송했다. 진짜 그가 말하는 것이 그녀가 원하는 것일까?

수없이 반복되는 고독한 밤 끝에, 그녀에게도 잊혀졌던 지난 일들이 하나둘씩 눈앞에 그려지기 시작했다. 신이는 다시금 그 남자가 생각났다. 그가 끓여준 닭곰탕, 그가 써준 시들이 떠올랐다. 그가 금반지로 바꾸어 버린 블루문 역시도 떠올랐다. 그녀는 종종 불면에 시달렸다. 그녀의 안색도 더욱 창백해져 갔다. 그녀는 닭고기와 대추를 사와 탕을 열심히 끓여 봤지만, 그때의 그 맛이 나진 않았다. 또 다가온 고독한 밤, 신이는 TV를 통해 홍콩에서 열리는 경매 장면을 보게 되었다. 별것 없어 보이는 물건들이 하나둘씩 높은 가격에 팔려 나갔다. 그중에서 눈에 띄는 한 경매 물품이 있었다. 신이는 자신의 눈을 의심했다. 바로 그 블루문 펜던트였던 것이다. 펜던트는 섬세한 가공을 거쳐 온몸이 반짝반짝거리고 있었다. 안쪽의 남색의 빛 역시도 여전히 밝게 빛나고 있었다. 그것은 50만 홍콩달러라는 높은 가격에 팔렸다.

신이는 미친 듯이 보석함 속에서 금반지를 찾았다. 그는 무섭게 반지를 하늘에 던져버렸다. 그리고는 침대 위에 엎드려 펑펑 밤새도록 울었다. 더는 눈물이 흐르지 않을 때까지 말이다. 그녀는 그제서야 한 번 잃은 것은 영원히 돌아오지 않는다는 것을 깨달았다. 그녀가 잃어버린 것은 단지 하나의 귀중한 블루문 펜던트뿐만이 아니었다. 동시에 남자의 그 순수하고 티 없는 마음까지도 함께 잃어버린 것이었다.

살아 보니

어떤 사람은 평생 당신의 곁에 있지만, 기억조차 나지 않고, 어떤 사람은 단한 번의 눈길만으로 당신의 인생을 흔들어 버리기도 한다. 어떤 이는 당신을 위해 모든 것을 바치지만, 당신은 차갑게 반응할 뿐이고, 어떤 사람은 당신과 잠깐의 즐거움을 나누었을 뿐이지만 당신은 그 속에서 빠져 헤어 나올 수 없게 되기도 한다. 어떤 사람은 일생을 거쳐 당신을 갈구하지만, 당신에게 평생을 거절당하기도 한다.

현재의 행복을 소중히 하라. 잃어버리고 난 후 후회하지 마라. 어쩌면 처음부터 당신의 일생에서 단 한 사람, 그만이 진정으로 당신을 사랑할 수 있을 것이니.

인생 최고의 따뜻함을 느끼다

어떤 것은, 당신이 얻으려고 노력한다면 당신의 것이 될 수도 있다. 하지만 어떤 것은, 당신이 어떻게 불러도 다시는 돌아오지 않을 것이다. 하지만 적어도 다시금 그것을 불렀을 때엔, 가슴속 한구석은 늘 감동으로 인해 전율이 올 것이다. 그 순간의 장면과 복잡한 마음은 정지화면이 되어 영원이 될 것이고, 당신 마음속에 남아 평생에 잊지 못할 기억으로 남을 것이다.

결혼한 후에 그녀는 줄곧 그에게 양파로 요리해 주었다. 양파고기채볶음, 양파생선찜, 버섯양파탕, 양파계란밥 등. 그녀가 처음으로 그의 집에 갔을 때, 그의 어머니가 그녀의 손을 잡고 이렇게 친절하게 알려 주셨기 때문이다. "쟤가 음식을 딱히 가리진 않는데, 어릴 때부터 양파를 그렇게 좋아했단다."

그녀는 도서관 직원이었다. 양파로 각종 요리를 준비할 충분한 시간적 여유가 있었다. 하지만 그는 항상 무덤덤했다. 그의 어머니는 그를 위해 20여 년간 홀로 지내셨다. 그는 많은 여성을 사랑했지만, 어머니는 모두 마음에 들어 하지 않았다. 그가 그녀를 선택한 것은 사실 사랑해서라기보다 어머니에 대한 효심을 완성하기 위해서라고 봐도 무방할 것이다.

그녀는 별다른 생각 없이, 그렇게 백합처럼 조용히 집을 지켰다. 시어머니도 세심하고 꼼꼼하게 모셨다. 결혼 4년 차에, 그들은 귀엽고 착한 여자아이를 얻었다.

평온한 나날들이 복사기처럼 하루하루 반복되었다. 서로에게 상처 주거나 힘들게 하는 일도 없었다. 신혼 초의 눈물과 피로 범벅이 된 가슴에도 딱지가 아물기 시작했다. 단지 흐릿한 흉터만이 남아있을 뿐이었다. 가끔씩 한밤중에 잠에서 깨면, 가슴이 두근거렸다.

그날 그가 베이징에서 열리는 학술연구회에 참여했을 때, 그는 첫사랑 챠오위와 우연히 마주치게 되었다. 사라졌던 지난날의 사랑에 감정이 불꽃처럼 튀어 올랐다. 그들은 함께 만리장성과 고궁을 둘러보며 데이트를 즐겼다. 소년소녀 시절의 격정이 더 이상 어리지 않은 두 사람을 다시 끓어오르게 만든 것이다.

챠오위는 아름다웠다. 어렸을 때보다 훨씬 우아했고, 두 손가락은 옥처럼 가늘고 부드러웠다. 베이징 샹산 부근에서 그는 그녀에게 예전에 그녀가 가장 좋아하던 오이볶음요리를 사주었다. 그녀는 음식이 뜨겁다고 애교를 부리며, 그더러 자신에게 떠먹여 달라고도 했다. 일주일은 금방 지나가버렸다. 그가 집으로 돌아오고 나서도, 그녀의 꽃 같은 아름다움이 여전히 그의 머릿속을 가득 채우고 있었다. 그녀가 은수

저로 커피를 떠먹는 모습이 생생하게 떠올랐다. 그는 한 번도 맛보지 못한 티라미수라는 음식을 그녀가 좋아한다는 사실을 기억해 두었다.

어머니가 이미 세상을 떠났으니 그는 더 이상 자신에게 엄격해지고 싶지 않았다. 매년 그는 회의나 출장을 핑계로 베이징으로 향했다. 아내가 회사 사람들과 함께 여행을 갔을 때, 그는 심지어 챠오위를 집으로 데리고 왔다. 그의 휴대전화 속에는 둘이 나눈 밀화로 가득했다. 그들이 함께 찍은 사진은 그가 깜빡하고 빼 두지 못해, 일주일간 그의 상의 속에 들어 있기도 했었다. 다행히도 이 모든 것을 아내에게 들키진 않았다.

평온한 삶에 갑자기 바람이 불기 시작했다. 아내는 갑자기 난소암을 판정받았다. 발견 당시 이미 말기였다. 병원에 입원한 후, 그는 딸의 삼시 세끼를 챙겨 줘야 했다. 씻지 못한 옷들이 산을 이루었다. 집안은 소위 말하는 전쟁터가 되었다. 그가 집에서 요리책을 뒤지고 있었을 때, 서랍에서 단추가 달린 하드케이스 공책 하나를 발견했다. 열어 보니, 안에 붉은색 긴 머리카락이 몇 가닥 있었다. 결혼한 이후, 아내는 줄곧 귀밑까지 오는 짧은 머리를 하고 있었다. 그는 호기심이 생겨 밑을 읽어봤다. 원래 이 머리카락은 그와 챠오위가 사랑을 나눌 때 떨어진 것이었다. 그리고 그와 챠오위가 함께 찍은 사진도 보였다. 이 모든 것을 아내는 다 알고 있었다. 아내는 항상 그의 옷을 깨끗이 빨아 두었기 때문일 것이다. 그는 아내를 배신하고 이 모든 일을 벌였지만, 아내는 줄곧 모른 척했었다. 매 장마다 이러한 한 줄의 문장이 적혀 있었다. "그가 사랑하는 것은 나일 거라고 믿어!" 문장 말미엔 큰 느낌표가 찍혀져 있었다.

　그는 텅 빈 마음을 안고 병원으로 향했다. 그녀의 손을 꼭 잡고서 그녀에게 무엇을 먹고 싶으냐고 물었다. 아내는 웃으며 말했다. "당신이 무슨 음식을 할 줄 안다고… 가서 오리피탕이나 하나 사다 줘요." 그녀는 매일 그가 좋아하는 양파요리를 해주었는데, 20년이나 같이 살았으면서도, 그는 남쪽에서 자란 여인들이 오리피탕을 좋아한다는 것조차도 몰랐다.

　아내가 떠난 후, 그는 넋이 나간 사람처럼 주방에 서서 스스로 양파 고기볶음 요리를 만들었다. 그는 아내가 시킨 대로 양파를 물속에 넣고 한 꺼풀 한 꺼풀씩 껍질을 벗겨냈다. 너무 매워 눈에서 눈물이 날 지경이었다. 그가 양파를 잘게 썰려고 마음먹었을 땐 이미 눈은 뜰 수도 없을 지경이 되었다. 뜨거운 눈물이 주르륵 흘러내렸다. 그는 진한 양파국이 이렇게 어려운 과정을 거쳐서 만드는 것일지 상상조차 하지 못했다. 7,000일이나 되는 날 동안 아내는 이런 매움을 견디고 자신을 위해 양파탕을 만들었던 것이다. 단지 그가 어릴 때부터 좋아한다는 이유로 말이다.

　그러나 챠오위의 그 옥같이 고운 두 손은 레스토랑에서 티라미수를 먹거나 하겐다스 아이스크림만을 먹기에 가능한 일이었다.

　해 질 무렵, 9층의 주방에서 한 남자가 양파 하나를 들고 멍하니 서 있었다. 그는 마침내 깨달았다. 진정한 사랑은 이 양파와도 같다는 사실을. 한 꺼풀 한 꺼풀 벗기려다, 결국엔 당신을 울음보로 만들어버리는…

살아 보니

"만나든 헤어지든, 죽든 살든, 당신의 손을 잡고 백년해로 하리." 이러한 사랑은 현실에서 보기 드물 것이다. 어쩌면 많은 사람이 자신의 사랑이 이러한 모습이었으면 좋겠다고 생각할지 모른다. 하지만 행복이 당신 곁에 있을 때 당신은 그것을 소중히 대했는가? 잃은 뒤에 후회하면 무슨 소용 있겠는가. 한 번 실수로 놓친 인연이 마치 일생을 놓친 것 같은 경우를 본 적 없는가? 사랑이 다가왔을 때, 절대 지나치거나 놓치지 마라.

패배는 정해져 있었다

흔히 제삼자가 끼어들어 발생한 이혼이, 이혼 사례 중 가장 당사자들을 마음 아프게 하는 것이라 말한다. 제삼자는 종종 떳떳하지 못한 캐릭터로 묘사된다. 부부 중에 피해를 당한 당사자는 제삼자로 인해 자신이 상대에게 배신당하고 농락당했다는 고통에 빠진다. 본래의 사랑은 거짓된 장난으로 여겨지고, 한때 풍성하게 피었던 장미꽃은 마치 무정하게 유린을 당한 것으로 느껴지는 것이다.

그녀는 커피숍 1층 창가 쪽에 앉아, 왕메이화가 북적거리는 버스에서 내리는 것을 보고는 힘껏 구겨진 상의를 잡아당기며 깊은 심호흡을 내뱉었다. 왕메이화의 모습을 본 나나의 입가엔 감출 수 없는 의기양양함이 번졌다. "저런 중년 아줌마가 어떻게 내 상대가 되겠어?"

누가 계산을 할지 정하지 않은 상태에서, 왕메이화는 줄곧 무료로 제공되는 레몬차만을 마셨다. 나나는 거만한 태도로 종업원을 부른 뒤 디저트와 과일을 주문했다. 그리고 스테이크 세트까지. 왕메이화는 어쩔 줄 몰라 하며 그 자리를 지키고 있었다. 본래 죗값을 받아야 할 제삼자인 나나가 도리어 이렇게 당당하게 나올 줄이야. 기선제압은 확실히 한 듯 보였다.

"당신은 이렇게 예쁘고 젊은데, 왜 굳이 그렇게 많은 선택지 중에 마중화를 고른 거죠? 그를 떠나줄 순 없나요?" 왕메이화를 만나기 전 이미, 나나는 각종 공격에 대한 만만의 준비를 했었다. 하지만 유일하게 준비하지 못한 것이 바로 상대의 양해와 부탁에 대한 대답이었다. 나나는 어쩔 수 없이 잠시 한 발 짝 물러나서 말했다. "내가 밉지 않나요?"

"어찌 밉지 않을 수 있겠어요? 하지만 미워한다고 뭐가 달라지나요? 이 나이 때의 남자, 만약 당신을 만나지 않는다면 아마 다른 여자를 만나고 있을 거예요. 저라고 뭐 어쩔 수 있겠어요?"

이런 생각을 할 줄이야… 그녀의 대답은 나나의 예상을 완전히 벗어난 것이었다. "그럼 왜 이혼을 하지 않는 거죠? 이미 그가 배신했다는 걸 뻔히 알면서도 말이에요."

"저랑 그는 같이 젊은 시절을 보냈고, 함께 고생하며 살아왔어요. 마치 부모가 자신의 아이가 얼마큼 자라고 있는지 알아챌 수 없는 것처럼, 상대의 단점이 많다 해도 잘 보이지 않아요. 다시 말해서, 이렇게 작은 일로 이혼을 결심한다면, 이 세상에서 끝까지 일생을 함께하는 부부가 몇이나 되겠어요?" 말하면서 왕메이화는 구겨진 옷매무새를 자꾸만 다듬었다.

"왜 그렇게 불쌍하게 살아요? 설마 그가 당신에게 그렇게 인색하게 구나요?" 나나는 도발적으로 물었다.

왕메이화의 얼굴이 붉어졌다. "그런 건 아니죠. 누구인들 자신을 꾸미고 싶지 않겠어요? 하지만 그가 그렇게 열심히 돈을 벌잖아요. 방값에, 자동차세에, 아이들 양육비에… 어쩔 땐 서재에 숨어서 고객에게 전화를 걸곤 해요. 마치 손자들이 그러듯이." 여기까지 말했을 때 그녀의 전화기가 울렸다. 학생이 넘어져 다쳤다는 것이다. 그녀는 황망히 자리를 떴다.

나나는 창문 너머에서 눈으로 왕메이화를 배웅했다. 그녀는 버스를 타야 할지 택시를 불러야 할지 망설이고 있었다. 나나는 나가서 그녀에게 택시를 잡아주고는 택시기사에게 50위안을 건네주었다. "걱정 말아요. 이건 내 돈이니까." 그녀는 이 말을 뱉고 나서 스스로도 좀 맞지 않은 말을 했나 싶었다. 그래서 자연스럽게 그녀가 가장 관심 있어 할 문제에 답을 덧붙여 주었다. "마중화를 떠날게요. 나에게 시간을 좀 줘요. 그러니 걱정 말고 있어요."

왕메이화의 눈물이 마치 준비되었던 것처럼 뚝 하고 떨어졌다. 사실, 그녀가 나나에게 그렇게 진심으로 고마워할 것까진 없었다. 나나뿐 아니라 다른 모든 제삼자도, 본처를 미리 만나본다면 다른 남자를 채 갈 엄두를 내지 못할 것이다. 끝이 보이는 듯한 결혼도 회생할 능력은 다 있는 법이니까.

나나는 신속하게 마중화에게 이번 만남의 결과를 알렸다. 그리곤 그녀의 비루한 옷차림, 튀어나온 군살, 비굴거리는 태도를 비아냥거리듯 말했다. "마중화, 이혼해. 생긴 것도 하는 짓도 볼품없는, 성질도 하나 낼 줄 모르는 등신 같은 여자와 살기엔 당신이 너무 아까워."

마중화는 씁쓸하게 웃었다. 마음속에 난감함이 차올랐다. 나나는 일부러 마음 넓은 척을 하며 곤경에서 벗어나려 했다. "가자. 내가 그 여자 옷 좀 사 줄게. 어쨌든 바로 이혼할 건 아니니까. 당신 체면이 있지, 그렇게 궁색하게 입고 다니는 거, 나하고 수준이 안 맞는 것 같아. 싸움 자체가 안 돼."

그날 헤어질 때쯤, 나나는 우연히 생각난 것처럼 가장해 마중화에게 이렇게 말했다. "그 사람 엄청 복잡한 버스 타고 왔더라구. 내가 디저트랑 과일 주문하는 거 보고는 지갑을 들고선 벌벌 떨더라니까. 갈 때 땀이 줄줄 흐르면서도 끝까지 버스 타고 가려는 거 있지. 당신 그 사람한테 너무 인색한 거 같더라. 만약에 내가 당신 마누라였음 당신 나한테도 그렇게 했겠지?"

마중화는 허둥지둥하며 자리를 떠났다. 나나는 재빨리 문자를 날렸다. "그렇게 별로인 여자가 나하고 상대가 될 것 같아? 왜 스스로를 억울하게 만들어?"

마중화의 답이 왔다. "그 사람이 나보다 더 억울해."

그전과 같은 커피숍이었다. 나나는 이번에도 조금 일찍 도착했다. 왕메이화는 여전히 버스를 타고 왔다. 하지만 저번보다 훨씬 잘 차려입은 모양새였다. 전혀 곧 버림받을 여자처럼 보이지 않았다. 나나는 의기양양하게 웃었다. 일부러 불쌍하게 보이려는 건가? 이번엔 나나가 먼저 저자세를 취했다. "언니, 마중화를 나에게 넘겨요. 당신은 직업도 좋고, 사람도 착하고, 재혼하지 않는다고 해도 자식이 두 명이나 있잖아요. 하지만 날 봐요. 어쩌다 제삼자가 되다 보니, 좋은 사람에게 시집 간다는 게 너무 어려워졌어요." 상대도 분명 알고 있다. 이 나이에, 못 생기지도 않았고, 바보도 아니고, 직업도 학업도 괜찮은 내가, 파릇파 릇한 청춘인 제삼자에게 밀리고 있다는 사실을 말이다.

듣고 보니, 나나 조차도 자신의 미래를 너무나 잘 알고 있는 것이 아 닌가. 왕메이화는 더 흥분해서 말했다. "이 마중화란 인간, 결국엔 일 을 이렇게까지 만들었어. 앞으로 어떻게 할지 내가 두고 볼 거야!" 그 녀가 이런 말을 내뱉다니, 전혀 예상 밖이었다. 마치 어찌할 수 없어 분 노하면서도, 아들이 벌려 놓은 일을 애써 수습하려는 어머니처럼 보 였다.

"마중화는 사실 돈이 별로 없어요. 자금줄이 자주 막히거든요. 그 사람이 말하는 매상액 같은 거 믿지 말아요. 일 년 내내 열심히 돈 벌 어도, 결국 물건 산다고 전부 써버리거나, 아니면 빚져 버리기 일쑤니 까. 매번 빚 독촉에 시달리면 혼자 서재에 틀어박혀서 할아버지 할머 니한테 돈 구걸하는 게 일상이에요. 그러니까 새 가정을 꾸린다 치면 다시 마련해야 할 것이 한두 가지가 아니겠죠? 전 애들 양육비 안 받 아도 돼요. 그거 해봤자 돈 얼마 된다고요." 왕메이화는 더욱 흥분해서 말했다. "맞다. 어떨 땐 집에 와서도 나랑 말 섞기도 싫어해요. 남자는 말이죠. 일이 잘 안 풀리거나 스트레스 받으면 다른 사람과 얘기하기 싫어하는 종족이거든요. 그럼 당신은 그냥 모른 척해요. 알아서 해결 할 때까지 놔두고요. 당신이 할 수 있는 건 그냥 잘 챙겨주는 것뿐이에 요. 마음이 힘들어도 그의 몸을 추스르게 해 주는 게 당신 몫이에요."

"아 그리고 말이에요. 여자는 일단 30살이 넘으면, 될 수 있으면 적게 먹어야 해요. 아니면 먹는 대로 다 살로 가서 갈수록 인기가 없어질 테니까."

왕메이화가 이토록 정곡을 찌르며 말하는 것을 들으니, 그녀의 맞은 편에 앉아있는 것이 적이 아니란 생각이 들었다. 마치 곧 시집 보낼 여동생을 대하는 언니 같다는 느낌이 들었다. 그러나 나나는 이때 스스로에게 도리어 이렇게 묻고 있었다. "만약에 나라면, 이때, 이 순간 어떻게 답했을까?"

고작 27년밖에 되지 않는 인생 경험으로 미루어 보았을 때, 그녀라면 분명 노발대발했을 것이며, 왕메이화에게 온갖 비아냥과 조롱을 던지고도 남았을 것이었다.

나나는 왕메이화에게 물었다. "왜 마중화를 붙잡으려 하지 않죠?" 왕메이화의 대답은 나나의 얼굴을 붉게 달아오르게 만들었다. "바람이라는 거, 이건 일단 공식화가 되면, 알아서 죽는 법이거든요."

왕메이화의 이 대답이 나나를 분노하게 했다.

여름방학이 되자, 왕메이화는 학생을 데리고 여름캠프를 떠났다. 이를 틈타 나나는 마중화를 자신의 집으로 데리고 왔다.

그리하여, 그녀의 집엔 한밤중 더블 침대 위에 팔을 죄다 벌리고 코를 심하게 고는 남자 하나가 더해졌다. 아침에 그가 출근하고 나면 냉장고 안에 마지막 남은 우유 한 팩이 사라졌다. 소파에는 그의 빨랫거리가 널브러져 있었다. 원래, 자신에게 의자를 빼 주고 가방을 들어주던 그의 행동은 그저 아름다운 여인을 얻기 위해 부렸던 수작에 불과했던 것이었다.

저녁이 되자, 나나는 그에게 바닥을 좀 닦아 달라고 부탁했다. 그는 도리어 화를 불끈 내며 말했다. "나 집에서 이런 일 한 번도 한 적 없어." 나나는 진짜 화가 머리끝까지 차올랐다. 그를 당장 집으로 돌려보내고 말았다.

사실 자세히 생각해보면, 처음 그녀가 왕메이화를 만났을 때, 나나는 이미 자신이 이 판에서 졌다는 것을 직감하고 있었다.

결국엔, 원래의 부부가 어떻게 난리를 치든 간에, 제삼자라는 이들은 아내가 일생의 짝이 되는 그 길에서 마주치는 너무나 사소한 사건일 뿐이기 때문이다. 그녀는 단지 나나를 1,000미터 떨어뜨려 놓은 것에 불과했지만, 이 벌어진 1,000미터의 거리는 나나가 그녀에게 절대 이길 수 없는 청춘과 세월이었다.

살아 보니

붕괴 직전인 가정을 구하려는 것은 당연히 그것을 무너뜨리는 것보다 훨씬 고통스러운 일이다. 그러나 두 사람에게 관계를 되살리려는 마음가짐과 감정의 기반, 그리고 외도의 전조를 미리 알아채는 것은 너무나 중요하다.

유혹을 마주했을 때, 우리는 반드시 굳건한 마음을 가지고 태연하게 모든 유혹과 시험을 견뎌내야 한다. 행복을 좇고자 하는 남자는, 반드시 외로움을 참고 유혹을 견뎌내야 한다. 순간의 쾌락에 못 이겨 자신의 원칙을 버려선 안 될 것이다.

당신과 함께 천천히 늙어 갈래요

사랑과 결혼이란 건 모두 인생의 어떠한 경험이자, 과정이다. 결혼은 사랑의 어떤 경지라고 할 수 있다. 사랑으로 맺어진 결혼은 사랑을 넘어선, 일종의 승화된 무엇이기 때문에 우리는 그것을 아끼고 소중히할 줄 알아야 한다. 사람의 일생에 있어 사랑이나 결혼에 정답은 없다. '첫눈에 반한다'는 말은 너무나 쉽게 무너진다. '백년해로'만이 진실로 우리가 추구해야 할 것이다

낭만이란 것은 어쩌면 말 한 마디, 눈길 한 번, 찡긋하는 미소, 하나의 기억, 한때의 시간일지 모른다. 아니, 낭만은 어쩌면 그 무엇도 아닌, 단지 하나의 느낌일지도 모른다.

가사에서도 나오지 않는가. '내가 생각할 수 있는 가장 낭만적인 일은, 당신과 함께 천천히 늙어가는 것이에요.' 현실에서의 삶 역시도 그러할 것이다.

그는 참 좋은 남자였지만, 단지 담배를 즐겨 핀다는 단점이 있었다.

특히, 글을 쓸 때 그는 줄담배를 피우곤 했다. 주위에서 아무리 말려도 소용이 없었다.

　그녀는 그가 만나본 여자 중 가장 성격이 온화한 여자였다. 그녀는 그에게 그 어떠한 요구도 한 적 없었다. 그리고 모든 일에 있어서 그의 말을 따랐다. 순종적이라고나 할까. 이러한 여자야말로 그에게 가장 적합해 보였다. 10개월 후, 그들은 결혼에 성공했다.

　결혼한 이후에도, 남자는 여전히 자기 멋대로 굴었다. 매일 피고 싶은 만큼 담배를 폈다. 때와 장소를 가리지 않았다. 담배를 문 채로 거실과 침실을 맘대로 왔다 갔다 했다. 그녀 역시 줄곧 그래 왔듯, 그 모습에 별다른 말이 없었다. 그저, 자주 창문을 열어 환기를 시키고, 그를 위해 기침을 멎게 하고 폐를 맑게 하는 탕을 끓여 줄 뿐이었다.

　하루는, 그들이 집으로 지인들을 불러 식사를 대접하기로 했다. 그녀는 신이 나서 주방에서 이리저리 음식을 준비중이었다. 그리고 한 무더기의 남자들은 거실에서 이야기꽃을 한창 피우고 있었다. 담배를 피우면서 카드게임을 하는 중이었다.

　친구들이 이상하다는 듯 물었다. "너 집에서 이렇게 담배 많이 피우면 네 아내가 뭐라고 안 해?"

　그는 득의양양하게 웃으며 말했다. "그녀는 뭐든지 내 말을 따르거든. 한 번도 그런 적 없어."

　친구들은 그가 아주 좋은 아내를 맞았다고 부러워했다. 그의 웃음은 더욱 진해졌고, 손으로는 끊임없이 줄담배를 피워 대고 있었다.

　밥과 술을 배부르게 먹고 난 이후, 그녀는 한편으로는 식기를 치우면서 한편으로는 남자들이 저마다 장황한 말솜씨를 뽐내는 것을 듣고 있었다.

결국, 친구 한 명이 참지 못하고 그녀에게 물었다. "쟤 저렇게 담배를 많이 피우는데 왜 아무런 상관 하지 않는 거예요?"

그녀는 조용히 말했다. "나는 저 사람이 편하게 살았으면 좋겠어요. 담배를 못 피우게 하면 뭐 일이십 년은 더 살 수도 있겠죠. 하지만 그만큼 즐겁지 않잖아요. 그럼 그게 무슨 소용이겠어요?"

그 자리에 있던 사람들 모두 아무런 말이 없었다. 물론 그를 포함해서 말이다. 그는 줄곧 그녀를 성격이 유약하고 어떤 요구도 하지 않는 사람이라 여겼었다. 그녀가 바쁘게 일하는 모습을 보니, 그의 마음이 아팠다.

이후에, 그는 다시는 거실에서 담배를 피우지 않았다.

이후에, 그는 다시는 집에서 담배를 피우지 않았다.

이후에, 그는 다시는 그녀 앞에서 담배를 피우지 않았다.

이후에, 그는 결국 담배를 끊었다.

한참 뒤, 그녀는 그에게 금연에 관해 물었다. 그는 그녀를 어루만지며 말했다. "나는 단지 일이십 년을 더 살고 싶을 뿐이야. 당신을 돌보면서 당신과 함께 천천히 늙어 갈 거야. 그게 세상에서 가장 낭만적인 일일 테니까."

사람들은 늘 말한다. 오래된 부부가 서로 함께 지내다 보면 마치 왼손이 오른손을 잡듯, 신선함이 사라진다고. 사실, 배우자와 함께 보내는 것은 시간뿐만이 아니다. 그것은 마치 소설가 장아이링이 소설에서 비유한 것처럼, 자신의 소울메이트가 장미에서 쌀알로 바뀌어 가는 이치인 것이다. 어떤 사람은 한때의 욕심으로 상대를 바꾸기도 하겠지만, 생각해보면 그것도 그저 그럴 따름이다. 이미 어렸을 때의 격정도 사라진 데다, 빨리 얻은 쾌락은 그만큼 빨리 사라질 것이기 때문이다.

다음에 이어질 이야기에서 여자 주인공은 섬세한 필체로 무엇이 평범한 낭만인지를 말하고 있다.

남편은 이공계였다. 당시 그를 좋아했던 이유도 그의 진중함, 그리고 그의 어깨에 기대고 있을 때 느껴지는 따뜻함과 듬직함 때문이었다. 그러나 3년간의 열애, 그리고 2년간의 결혼 생활 끝에 나는 모든 것이 지루해졌다. 당시에 그를 좋아했던 이유가 이제는 그가 지겨워지게 된 이유가 된 것이다. 나는 감성적인 여자다. 세심하고 민감하며 낭만을 갈구한다. 하지만 천성적으로 낭만을 모르고 조용조용한 성격인 그. 나는 도저히 사랑을 느낄 수 없었다.

어느 날, 나는 용기를 내어 입을 열었다. "우리 헤어지자." 그가 물었다. "왜?" 나는 말했다. "지쳤어. 다른 이유는 없어." 밤새도록 그는 담배만 피우며 그 어떤 말도 하지 않았다. 내 마음은 갈수록 차가워졌다. 붙잡는 말 한 마디도 못하는 남자에게 무슨 기쁨을 기대할 수 있겠어?

그는 물었다. "어떻게 해야 네 마음이 돌아올까?" 사람 변하는 것이 어디 그렇게 쉽나. 나는 그에게 그 어떤 희망도 가지지 않은 지 오래되었다.

그의 눈을 바라보며 나는 천천히 말했다. "질문 하나만 답해 봐. 만약에 네 답변이 마음에 든다면 생각 좀 해 볼게. 예를 들자면 이런 거야. 내가 낭떠러지에 핀 꽃 한 송이를 너무 가지고 싶어. 그리고 만약 당신이 가서 따준다면 당신은 백 퍼센트 죽을 수밖에 없어. 이때 당신은 꽃을 따러 갈 거야? 안 갈 거야?" 그는 말했다. "내일 답을 알려 줄게. 괜찮아?" 나의 마음은 어두워지기 시작했다.

아침이 밝았을 때 그는 이미 자리에 없었다. 대신 글자가 빼곡히 쓰여진 종이 한 장이 따뜻한 우유 잔 밑에 깔려 있었다. 첫 줄을 읽자, 그녀의 마음은 얼음처럼 차가워졌다.

'사랑하는 당신, 나는 꽃을 따러 가지 않을 거야. 그 이유를 말로 다 할 수 없음을 용서해. 당신은 컴퓨터로만 글을 쓸 줄 알지만, 항상 순서를 엉망진창으로 쓰지. 그리곤 자판 앞에서 울곤 하잖아. 나는 죽지 않고 내 손으로 당신의 정리를 도와주고 싶어. 당신 외출할 때, 항상 열쇠를 놔두고 다니잖아. 나는 죽지 않고 살아서 내 두 다리로 얼른 뛰어들어와 당신에게 문을 열어주고 싶어. 여행을 좋아하지만, 항상 자주 길을 잃는 당신. 나는 죽지 않고 살아서 내 두 눈으로 당신의 가이드가 되어 주고 싶어. 매달 월경 날짜가 되면 항상 온몸이 차가워지고 배가 아픈 당신. 나는 죽지 않고 살아서 내 마음으로 당신의 배를 따뜻하게 데워주고 싶어. 밖에 나가는 것을 좋아하지 않는 당신. 나는 당신이 자폐증에 걸릴까 두려워. 나는 죽지 않고 살아서 나의 이야기로 당신의 외로움을 달래 주고 싶어. 당신은 항상 컴퓨터를 하는데, 눈이 나빠질까 걱정돼. 나는 죽지 않고 열심히 살아서 당신이 늙었을 때, 당신의 손톱을 잘라주고, 당신의 흰머리를 뽑아주고, 당신 손을 잡고, 해변의 아름다운 햇볕을 쬐게 하고 부드러운 모래 위를 걷게 해 줄 거야. 당신의 청춘처럼 아름다운 꽃의 색깔을 알려 줄 거야. 그래서 나는 다른 어떤 사람이 나보다 더 당신을 사랑할 수 있을 거라는 확신이 들기 전까진, 그 꽃을 따러 가지 않을 거야…'

나의 눈물이 종이 위로 떨어졌다. 영롱한 꽃처럼 번졌다. 눈물을 닦고 계속해서 밑으로 읽어 내려갔다. '사랑하는 나의 아내, 만약에 당신이 이 편지를 다 보았다면, 그리고 만약 대답이 당신의 마음에 든다면, 문을 열어줘. 나는 문 앞에 서 있어. 당신이 좋아하는 우유 식빵을 사 들고.'

문을 열고, 나는 그의 얼굴을 보았다. 마치 긴장한 어린아이 같았다. 빵을 든 손이 내 눈앞에서 흔들거렸다.

그렇다, 나는 이제야 확실히 알았다. 그 어떤 사람도 그보다 나를 사랑해 줄 순 없다. 나는 그 꽃이 필요하지 않다. 이것이야말로 사랑 혹은 삶 자체일 테니 말이다. 행복으로 둘러싸인 평온함, 그 무난함이 주는 사랑. 항상 격정과 낭만에 의해 가려져 있어 우리 눈에 쉽게 보이지 않을지라도.

사랑은 한 번도 자신의 틀을 가진 적 없다. 꽃, 낭만 그것은 그저 우리 삶의 표면에 떠다니는 장식품 같은 것일 뿐이다. 그 아래에 있는 보이지 않는 것들이 사실은 우리의 진짜 삶인 것이다.

남성 독자는 아마도 이 글을 읽고 난 후 마음이 편하지 않을지도 모른다. 이런 아내? 흥! 이러고 콧방귀를 끼고 있을지도. 여성 독자들은 어떤 반응일까? 스스로를 반성할까? 아니면 또 다른 새로운 요구를 남편에게 제시할까?

결혼생활에서 진정한 낭만이란 평탄한 삶 속에 있는 것이다. 때론 그것은 한 번의 눈빛이 되기도, 그냥 툭 던지는 말이 될 수도 있다. 중요한 것은 복잡한 현실생활이 이러한 낭만을 발견할 수 있는 두 눈을 멀게 하지 않기를 바라는 것이다.

살아 보니

결혼생활을 시작하게 될 때, 우리는 종종 비슷한 오류를 범하게 된다. 이미 가진 것을 소중히 하지 못하고, 절대로 가질 수 없는 것을 어떻게 해서 든 원하려고 하는 것이다. 혹은, 결혼 생활에서 위기와 좌절을 마주했을 때, 우리가 제일 먼저 떠올리는 것이 자신의 결점이 아니라, 상대방의 부족한 점이라는 것이다. 부부는 본래 같은 숲에 사는 새와 같다. 사랑이라는 꽃은 서로 돕고 이해하며 존중하고 사랑하는 마음속에서 제 뿌리를 내린다. 서로에게 각자의 공간을 내어주고, 너그러운 마음으로 상대를 포용하라.

사랑에도 쉼표가 필요해

남자에게도 자신만의 공간이 필요하다. 그들은 게임에 흠뻑 빠지고 싶고, 친구들과 술을 진탕 마시고 싶기도 하고, 카드놀이를 미친 듯이 하고 싶기도 하다. 이때, 시시각각 문자를 보내 간섭하려 들지 마라. 왜 당신과 함께 노력하지 않느냐 질책하지도 말라. 여자들이여, 서로에게 각자의 시간과 공간을 충분히 줄 수 있을 때, 서로 간의 신선함과 설렘이 비로소 유지되는 법이다.

처음엔, 그녀도 보통의 여자들처럼, 사랑에 매우 집착하는 사람이었다. 조그마한 실마리라도 있으면 부풀려 못살게 굴고, 그의 삶을 엉망진창으로 만들어버리곤 했다. 그녀의 집착은 그를 극도로 치가 떨리게 하였고 심지어 그를 미치게 만들었다. 그는 물론 대부분의 여자들이 집착을 좋아한다는 것을 알고 있었지만, 이토록 정도가 심할 줄 몰랐다. 처음엔, 물론, 참았다. 그녀가 매번 꼬투리를 잡을 때마다 차근차근히 하나씩 설명을 해주려고 했고, 그녀의 말도 안 되는 억지스러운 질문에도 꼬박꼬박 대답해 주었다. 그들이 아직 결혼하지 않았던 그해, 그녀는 그의 작은 방에서 책을 읽고 있었다. 그때, 공교롭게도, 우연히 대학시절 교제하던 여자친구와 그가 함께 찍은 사진을 펼쳐보게 되었다. 그는 한때 그 사진을 태워 버릴까도 생각했었지만, 그것 역시 한때의 소중한 추억이겠거니 하고 남겨둔 것이었다.

그녀는 그 사진을 들고 빠른 걸음으로 그에게 다가왔다. 마치 죄를 묻겠다는 모양새였다. 그녀가 말하기 전에 내가 먼저 웃으며 선수를 쳤다. "말하지 않았어? 나 대학 때 연애한 적 있었다고. 그때 여자친구가 있었을 땐, 너를 아직 알기 전이야." 그는 이렇게 선수를 쳐 그녀의 입을 막을 심산이었다. 하지만 그의 예상은 완전히 빗나갔다. "너 여자친구 있었던 거 나도 다 알지. 근데 이미 끝난 사이에, 왜 아직 이런 사진을 가지고 있는 거야?"

"그냥 추억 같은 거잖아. 놔둬도 아무 상관없지 않아?"

"놔둔 게 아니라 보관하고 있었던 거잖아. 게다가 상자에다 고이 담아서. 이건 일부러 간직한 거잖아. 아니야? 무슨 특별한 의미가 있는 거 아니냐고."

"보관하기 쉽게 그냥 상자에 넣어 둔 거지. 다른 의미는 없어."

"나 몰래 자주 이 사진 꺼내서 보는 건 아니야?"

"일부러 꺼내 본 적은 없어."

"그럼 너 이 사진 다시 봤을 때, 그 여자한테 다른 감정은 안 들어?"

"특별한 감정은 없는데?"

"감정이 있긴 있다는 거구나."

당시에 그들의 사랑은 여전히 신선하고 열정이 가득했었다. 그래서 그녀가 이렇게 시시콜콜 따지고 들 때도, 골머리가 아프긴 했지만, 그는 이런 그녀가 꽤 귀엽다고 생각했었다. 그래서 그녀에게 입맞춤을 해주며 그녀의 이런 머리 아픈 집착을 막아버리곤 했었다.

결혼 후, 그녀는 이렇게 귀여웠던 집착녀에서 잔소리꾼 아내로 바뀌었다.

그가 친구들과 함께 접대하러 갈 때도, 그는 반드시 그녀에게 미리 알려주어야 했다. 그녀는 쉴 틈 없이 그에게 질문을 해대기 시작했다. 밤새도록 그녀의 잔소리는 끝이 없었다.

"왜 밖에 나가서 먹는데? 왜 모이는 건데?"

"누구누구 있는데? 내가 아는 사람도 있어? 당신 친구, 내가 다 알잖아. 왜 말해도 모른다고 해? 누구누구 있는데? 말 좀 해봐~"

"어디 가서 먹을 건데? 대충 몇 시에 들어와? 거기에 여자도 있어?"

그는 그녀의 질문에 하나도 빠짐없이 모두 대답해주었다. 그러고 나니 몹시 피곤해졌다. 하지만 꾹 참고 그는 그녀가 만족할 때까지 대답해 주었다.

이러한 집착은, 단지 서막에 불과했다. 이러한 질문에 모두 대답해주고 나서야, 그는 비로소 마음 편히 있을 수 있었다.

그가 얼마나 늦게 들어오든, 그녀는 항상 그를 기다렸다. 그가 들어오는 것을 보면 정신이 번쩍 드는 것 같았다. 그리고 그때 그녀의 두뇌 회전도 이상하리만큼 빨라졌다.

"11시 전에 들어온다고 하지 않았어? 지금 몇 시야? 전화는 왜 안 받아?"

"못 듣긴 뭘 못 들어. 진동으로 해 놨다며. 차 테이블에서 진동이 울려도 유리가 둥둥 울리는데, 당신 허리랑 피부에도 다 느껴질 텐데, 그걸 몰랐다는 게 말이 돼?"

"쉬포도 갔다고 하지 않았어? 걔가 밤에 전화 와서 당신을 찾던데. 왜 거짓말한 거야? 대체 누구랑 같이 간 건데?"

밖에서 한참 실랑이를 벌이고 나자, 그는 쏟아지는 잠을 견딜 수 없었다. 그도 얼른 자고 싶었지만, 이렇게 그녀가 못살게 굴 때에는, 억지로 참고 상대해 주는 것 말고는 그 어떤 좋은 방법도 떠오르지 않았다.

하루는 그의 분노가 머리끝까지 차올랐다.

그날 밤, 그는 친구와 함께 노래방에서 노래를 부르고 있었다. 아주 시끄러웠다. 이후 친구의 휴대전화가 울렸다. 친구는 어색한 얼굴로 전화를 받으며 말했다. "알겠어요, 지금 바꿔 드릴게요." 아내였다.

"전화 안 받길래 어쩔 수 없이 친구 휴대전화로 했어."

"무슨 일 있어?" 그는 화를 억누르며 물었다.

"아니, 전화를 안 받길래. 무슨 일이 생긴 줄 알았지, 몇 시쯤 오는가 해서." "별일 아니면 먼저 자." 그가 전화를 끊자 친구들이 한바탕 웃음보가 터졌다. 아내가 많이 걱정하는데, 아내에게 뭔가 숨기는 일이 있는 거 아니냐, 자신들에게 다 털어놓아 보라는 말투였다. 친구들은 좋은 뜻으로 말한 것이었지만, 그는 그 상황이 부끄럽게만 느껴졌다. 이런 아내는 정말 자신의 체면을 구긴다는 생각밖에 들지 않았다.

그날 밤, 그는 술기운을 빌려 아내에게 고함을 쳤다. "나도 남자야.

프라이버시라는 게 있어, 날 함부로 간섭하지 마. 당신이 무슨 권리로 날 간섭해!" 말을 마친 후 그는 화장실로 들어가 문을 잠가 버렸다.

그도 이러한 집착이 지겨워진 것이다. 이 집착은 마치 뿌리처럼 그의 몸을 휘감고 있었다. 그 뿌리에서 조금만 떨어져도 그가 받는 속박을 깨달을 수 있을 정도였다. 이러한 느낌이 그를 피곤하고 지치게 했다. 그는 오히려 반발심에, 술자리를 더 많이 가지게 되었다. 아내에게 상황을 설명할 때도, 기죽지 않고 오히려 당당해졌다.

그녀가 조금이라도 집착할 기미가 보이기만 하면, 그는 재빨리 싹을 눌러버렸다.

"친구들이랑 밥 먹으러 간다고 했잖아. 친구들 다 가는데, 내가 어떻게 한 사람 한 사람 이름을 다 말해."

"다시 말해서, 누가 간다고 했다가 또 상황이 바뀔 수도 있고 말이야." 그의 냉정한 말투는 그녀를 의기소침하게 만들었다.

"그럼 몇 시에 돌아오는데?" 그녀의 목소리는 조금 작아진 듯 보였다. '히히.' 그는 혼자서 쾌재를 불렀다. 역시나, 사람들 말이 맞았어. 결혼은 누가 올라가면 누구는 내려가는 시소와 같다고 하더니…. 동풍이 서풍을 누르지 않으면, 서풍이 동풍을 누른다는 거 틀린 말이 아니었어."

"몇 시에 오느냐고? 그것도 장담 못 해. 시간 돼서 다른 일이 생겨버리면 어떻게 해? 당신 그냥 일찍 쉬어. 괜히 나 기다리지 말고."

그는 예전보다 더 늦게 들어왔지만, 그녀는 역시나 그를 기다리고 있었다. 그는 그녀와의 실랑이를 피하려고 매번 침실 문 앞에서 잔머리를 굴렸다. "지금은 잠이 안 와서, 나 책 좀 보고 잘게." 말을 마치곤 그는 서재에 들어가 버렸다. 갈수록, 그는 더욱 마음대로 행동하기 시작했다. 술자리가 생겨도 전화 없이 그저 문자 한 통만 보냈다. "오늘 친구랑 밥 먹고 들어갈게." 이렇게 한 달이 훌쩍 지나갔다.

이후엔, 그는 철저히 자유로운 몸이 되었다. 문자 한 통으로 모든 것이 해결되었다. 밖에서 밤새도록 친구와 놀아도 그 어떠한 심리적 부담도 없었다.

그날, 그는 여럿 함께 밥을 먹고 족욕을 받기로 하였다. 잠이 들었었다 깬 직후, 같이 족욕을 받던 형님 중 한 명이 부랴부랴 옷을 갈아입으며 전화를 받았다. 몹시 다급한 모양새로 끊임없이 그에게 주절주절했다. "망했어. 잠깐 잠이 들었네. 금방 휴대전화 봤는데, 아내가 8번이나 전화하고 메시지도 4개나 보냈어. 빨리 가봐야겠어." 그는 휴대전화를 꺼내어 봤다. 하지만 화면은 깨끗했다. 부재중 통화도, 온 메시지도 없었다. 그때 순간 그는 실망스러운 기분이 들었다. 아내가 아니라 하더라도 부재중 통화 하나쯤은 와 있었다면 좋았을 텐데.

이렇게 생각했을 때, 그 형의 휴대전화가 또다시 울리기 시작했다. 그는 형이 말하는 것을 들었다. "아, 아, 내가 가서 다 설명해 줄게. 응? 나 곧 가, 지금 바로 가." 그가 물었다. "와이프야?" 그 형은 말했다. "이 한밤중에, 마누라 아니면 누가 잠도 안 자고 날 생각하겠냐?" 형님이 가는 것을 보고 그도 옷을 챙겨 입고 집으로 돌아왔다.

이때, 아내는 이미 잠이 들어 있었다. 그가 서재를 핑계로 그녀를 피한 이후부터, 그녀 역시 서서히 그를 기다리지 않게 되었다. 그가 조용히 침실문을 열었을 때, 그녀의 익숙한 숨소리가 들려왔다. 그는 순간 그녀를 깨우고 싶어졌다. 그녀에게 족욕을 하다 깜빡 잠이 들어 하마터면 아침까지 잘 뻔했다고 말해주고 싶었다. 이렇게 생각하면서 그는 침대맡에서 그녀를 흔들어 깨웠다.

"나 왔어."

"응." 그녀는 눈을 뜨곤 대답했다.

"나 오늘 가오건 애들이랑 같이 족욕하러 갔었어."

"응."

"자칫하다가 잠들 뻔했어."

"응, 알겠어."

그러곤 그녀는 몸을 돌려 눈을 감고 다시 잠을 청했다.

그 순간, 마음속에 알 수 없는 속상함이 올라왔다. 말로 할 수 없는 씁쓸함, 그리고 허전함과 실망이 함께 밀려왔다.

다시 모임이 생겼을 때, 그는 그녀에게 먼저 전화를 걸기 시작했다.

"나 밤에 친구들이랑 밥 먹으러 갈 거야."

"알았어."

그는 그녀에게 누구와 함께 가는지 말해주고 싶었지만, 그녀는 이미 전화를 끊은 뒤였다. 그녀는 더 이상 이런 것들에 대해 관심을 가지지 않았다. 그가 말해주고 싶다 하더라도, 그녀는 이미 듣고 싶지 않은 것이다.

어떻게 사람이 이렇게 변할 수 있나? 그녀는 그에게 집착하지 않았었나? 왜 이젠 그가 말하고 싶어해도 들으려 하지 않는 것일까?

그의 마음가짐도 크게 변했다. 예전엔 휴대전화를 꺼 놓고 밤새도록 노는 것을 즐기더니, 지금은 시시각각 휴대전화를 꺼내 확인하게 되었다. 다른 사람의 휴대전화가 울리면 혹시나 아내가 건 것이 아닐까 쳐다보게 된다. 누가 아내의 전화를 받으러 나가는 것을 볼 때면 그 사람이 참 행복하다고 생각하게 된 것이다.

한 사람은 집착하고, 한 사람은 걱정하면서 자신의 존재감과 가치가 상대에게 드러난다. 그는 아내의 집착을 받아본 지 오래되었다. 이때, 그는 자유로움의 행복을 느끼긴 했지만, 차마 그것은 알지 못했다. 그와 아내와의 거리도 함께 멀어지고 있었다는 사실을 말이다. 아내의 그를 향한 거리감은 그녀에게 한 때 중요한 문제였던 것을 모두 포기하게 만들었다. 이러한 포기는 마치 감정교류의 중단과도 같았다.

그가 휴대전화를 쥐고 조용한 액정을 보았을 때, 그는 순간 이 '중단'이란 단어를 떠올렸었다. 휴대전화는 그의 손에 있지만, 그는 이제 아내의 신호를 잃어버리고 만 것이다.

그는 술집을 나와서 아내에게 전화를 걸었다. "나 좀 있다 들어갈 거야. 뭐 하고 있어?"

"아, 나 이미 자고 있었어."

그는 화가 나서 전화를 끊어버렸다. 실망감이 엄습한 그때, 그는 길 한복판에서 귀를 부여잡고 큰소리로 뭐라고 말하는 남자를 보았다. "나 많이 안 마실 거야. 나 진짜 대학 동기랑 함께 있어. 못 믿겠으면 왕펑한테 전화 받으라고 해. 알았어. 나 밥 다 먹고 바로 집으로 갈게. 노래방도 안 가고 족욕도 안 할게. 응? 알았어. 11시. 11시에 전에 무조건 도착할 게. 됐지?"

그는 참지 못하고 웃음을 터트렸다. 전화를 붙잡고 죽기 살기로 변명하던 모습, 집착하는 목소리, 이러한 긴장된 에너지가 저 두 사람을 긴밀하게 연결해 주고 있었다. 얼마나 좋은가. 한 명은 당기고 한 명은 도망가고. 서로가 서로의 존재를 느낄 때 비로소 공허하지 않고 외롭지 않을까.

일반적인 부부, 일반적인 여자라면, 이렇게 평범한 삶 속에서 소소한 집착이라도 존재할 때 비로소 삶의 맛을 느끼게 될 것이다. 평범한 여자의 남편에 대한 의존과 필요는 거의 대부분 집착이라는 모습으로 드러나기 마련이니까.

어떻게 가장 가까운 사람의 집착에서 벗어날 수 있을까? 집착을 모두 없애고 난 이후에, 보통의 남자와 여자는 과연 무엇으로 얽히게 될까. 평범한 결혼 속에서, 집착의 의미는 '당신과 함께한다.'는 것이다. 집착으로, 당신에게 나의 존재를 알리고, 당신에게 내가 당신의 삶 속에 있다는 것을 알리고, 너의 삶 안에 내가 존재한다는 것을 알리는 것. 순간, 그에게 이런 아주 철학적인 구절 하나가 떠올랐다. 동시에 그의 눈은 안개가 낀 듯 흐릿해졌다. 비록 그는 이미 이토록 달콤한 집착을 잃었지만, 지금부터는 그가 그의 아내에게 집착할 것이다. 죽을 때까지.

살아 보니

사랑 때문이 아니라면, 우리는 그렇게 많은 남녀 속에서 서로 만나고 알게 되고 사랑하고 서로 미워하며 집착할 필요가 없을 것이다. 사랑이라는 이 길 속에서 물론 매 순간이 첫사랑처럼 항상 행복하고 달콤할 수는 없겠지만 어떤 일이 발생하든, 어떤 방식으로 표출되든 간에, 모든 집착은 사랑을 바탕으로 한 것이 아닌가? 그러나 남자든 여자든 간에, 모두 자신의 사적인 공간, 프라이버시는 있어야 한다. 사랑에도 쉼표가 필요하고, 몸과 마음에도 자유는 필요하니까.

유혹을 견디는 것은 하나의 경지이다

Chapter 5

때때로, 기회는 기다림에서 비롯된다. 아주 작은 기다림을 가지고, 유혹을 견뎌낼 수 있을때 말이다.

사랑은 영원불변한 약속

행복이란, 현실 속에서 우리가 가지고 있는 모든 것이다. 때때로 그것은 모든 사람의 내면 깊숙이 자리하고 있는 기다림이며, 인생을 건 약속이다. 또한, 일을 향한 꿈이며, 스쳐 지나가는 모든 것들을 위해 베푸는 사랑 같은 것이다.

20세기, 1960-70년대, 베이징의 한 중학생이 베이다황¹에 차두이²로 오게 되었다. 그의 나이는 갓 17살. 아직 세상 물정에 대해 어두울 나이에, 그는 가혹한 운명의 심판으로 변화한 도시에서 갑작스레 몹시 추운 변방으로 떠나게 되었다.

그는 자신의 오색찬란했던 삶의 순간들을 이 황무지 같은 곳에 바

---

1. 헤이룽장(黑龍江)성 넌장(嫩江) 유역. 헤이룽장(黑龍江) 곡지(谷地) 및 산장 평원(三江 平原)의 일억(一億)여 묘(畝)에 달하는 광대한 황무지
2. 마오쩌둥이 실시한 문화대혁명 당시, 사상개조의 명목으로 젊은이들을 농촌으로 파견하여 노동을 시키던 제도

쳤다. 그는 바보처럼 멍하니 북쪽을 바라볼 때가 많았다. 매일 밤 꿈 속에서 울기도 했다. 하지만 깨어난 뒤, 그의 눈앞에 펼쳐진 것은 그 저 창백하고 망망한 황무지일 뿐이었다. 형언할 수 없는 외로움과 사 무침이 아직 세상을 모르는 이 아이를 인생의 바닥으로 몰아세웠다. 이때, 그곳에서 나고 자란 여학생 하나가 그의 삶 속으로 들어왔다. 그때의 베이다황이란 지역에서 연애라는 것은 낯선 단어였다. 17살도 채 되지 않은 남자아이와 이제 15살이 된 여자아이는 '사랑해'라는 말 을 뱉기엔 아직 너무도 어렸다. 더 정확히 말하자면, 그들은 손 한 번 제대로 잡아본 적 없었고, 그렇게 그저 멀리서만 서로의 진심을 전하 고 있었다.

사랑은 이 어리고 미숙한 남자아이를 점점 황무지에서의 생활에 적 응하게 만들었다. 야생 들풀 말고도 아름다운 꽃들이 그의 시야에 들 어오기 시작했다. 몇 년간의 연애 끝에, 그들은 결혼을 준비하게 되었 다. 그들은 죽을 때까지 그곳에서 머물기로 약속했다.

그때, 그들은 비할 수 없는 기쁨과 흥분 속에 흠뻑 젖어 있었다. 손 잡고 평생을 함께하기로 약속했을 그땐 말이다. 시대로부터 함께 버려 진 이 두 남녀는 고난 속에서 눈물과 땀으로 사랑이라는 꽃을 피워내 게 되었다. 때마침 그때, 한 장의 종이 문서 하나가 그들을 기쁨 속에 서 번쩍 정신을 들게 했다. '모든 청년은 도시로 돌아오라.' 정책 변화 로 그가 베이징으로 다시 돌아갈 수 있게 된 것이다. 그는 돌아가야 할지 아닐지 판단이 서지 않았다. 그녀는 그가 돌아가기를 권했다. 자 신은 베이다황에서 그와 결혼할 날만을 기다리고 있겠다고 했다. 헤어지던 그날 밤, 황무지의 달은 유독 둥글었다. 그녀는 자신들이 앞으로 다시 만날 수 있을지 없을지는 기약이 없다고 말했다. 그러자 그는 손가락으로 하늘을 가리키며 자신이 반드시 이곳으로 돌아와 그녀와 결혼할 것이라고 맹세를 했다. 그녀는 행복한 미소를 지었다. 그리곤 둘은 서로를 꼭 껴안았다. 다음날, 그는 결국 베이징으로 돌아가는 열차에 몸을 실었다.

이후, 그녀에게 가장 행복한 일은 기다림이었다. 그를 향한 길고 긴 기다림. 매일 그는 그가 미처 가져가지 못한 옷을 챙겨 보았고, 그가 하던 말, 자주 짓던 웃음 등을 떠올려 보기도 했다. 그가 대학을 졸업할 그때 즈음엔, 그녀는 매일 신나게 기차역으로 달려가 인적이 사라질 때까지 그를 기다리곤 했다. 역 승무원들은 그녀의 사정을 듣고 나서 그녀에게 그만 기다리라고 다그쳤지만, 그녀는 끝까지 웃음으로 일관하며, 그를 계속 기다렸다.

봄, 여름, 가을, 겨울이 가고 오는 시간의 흐름 속에서도 그녀는 줄곧 그를 기다렸다. 여자의 인생에서 가장 아름다운 시절을 이 기다림에 쏟은 것이다. 사실, 도시에 돌아온 이후 그의 부모는 매일 그에게 그녀를 잊으라고 성화였다. 베이다황에서 있었던 모든 것들을 잊으라고 강요했다. 하지만 그는 부모에게 그렇게 할 수 없다고 했다. 모친은 매일 그를 감시했고, 심지어 부친은 그의 필체를 모방하여 베이다황의 그녀에게 몰래 편지를 써서 붙였다. '나는 너랑 결혼하지 않을 거야. 우리 헤어지자.'

편지를 받은 후, 여자는 청천벽력을 맞은 듯 멍해졌다. 순간 앞이 깜깜해졌다. 여자는 비틀거리다 그만 쓰러지고 말았다. 여자가 깨어나자 마을 사람들이 찾아와 하나같이 그를 더 이상 기다리지 말라고 그녀를 설득했다. 아직 나이가 많지 않으니, 다른 사람과 결혼하면 그만이지 않느냐는 뜻이었다. 하지만 여자는 사람들의 권고에도 불구하고 그 어떤 동요도 하지 않는 듯 보였다. 여자는 사람들을 문밖으로 쫓아내고 그저 묵묵히 집을 지키며 그를 기다렸다. 그녀는 철석같이 믿었다. 그는 어느 날, 반드시 철새와 함께 돌아올 것이다.

그는 결국 성화에 못 이겨 부친의 옛 전우의 딸과 결혼을 했다. 그녀의 아름다운 외모도 그의 기억 속에서 그렇게 조금씩 옅어져 가고 있었다. 결혼 후 두 사람은 캐나다로 떠났다. 그리고 몇 년 뒤 그는 이혼했고, 혼자서 베이징으로 다시 돌아왔다.

그 해에, 그와 함께 차두이를 했던 친구 한 명이 베이다황에 한 번 돌아온 적 있었는데, 그러다 우연히 초췌하기 짝이 없는 모습으로 살고 있는, 줄곧 독신인 그녀를 마주치게 되었다. 그녀는 차두이 친구에게 말했다. "그를 찾으려고 하지 마. 그의 삶을 방해하지 마." "이건 내 선택이야. 아직까진 나도 이 수많은 긴 밤을 더 견뎌 낼 수 있어."

이 친구는 몇 년 전 산둥으로 파견되어 근무하는 바람에, 일찌감치 그와는 연락이 끊긴 상태였다. 하지만 아주 공교롭게도 이 친구가 베이징에 출장을 갔다가 산둥으로 돌아오기 직전, 상점에서 베이징 특산물을 사려고 할 때, 퇴근하고 이 상점을 지나치는 그를 우연히 마주치게 된 것이다. 이렇게 우연히 17년간 만나지 못했던 오래된 벗을 상봉하게 되었다. 친구는 그에게 혹시 어떤 한 사람이 그를 줄곧 기다리고 있다는 사실을 아느냐고 물었다. 그는 누구냐고 물었고, 친구는 그녀라는 사실을 그에게 알려주었다. 그는 놀라 까무라칠 뻔하였다.

그는 손에 있던 물건도 떨어뜨리곤 미친 듯이 북방으로 향하는 열차를 탔다. 그해 겨울은, 그와 그녀가 헤어진 지 장장 15년이 되던 때였다.

그날, 그녀가 방 안에서 당시 그가 남겨놓은 옷가지들을 정리하고 있을 때, 돌연 문이 열렸다. 그녀는 고개를 들어 눈물이 가득한 그의 얼굴을 마주했다. 15년, 장장 15년 만이었다. 15년의 고생은 사랑을 황폐하게 만들었고 굳건한 맹세를 사라지게 만들었다. 15년의 길고 긴 고통의 기다림은 어디로 갔는가? 처음은 분명 기다림으로 시작했다 하더라도, 시간이 흐르면서 그녀에게 기다림은 하나의 습관이 되어버렸다. 그녀는 용사처럼 자신의 행복을 지키며 자신의 일생을 살아온 것이었다

15년의 기다림이 마침내 결실을 맺었다. 다른 사람이었다면, 아마 결과는 달랐을 것이다.

살아 보니

기다리는 마음에는, 언제든 행복이 올 준비가 되어있다. 영원히 끝도 없는 적막을 견뎌낼 줄 아는 사람은 그 어떤 유혹도 견뎌낼 수 있다.

우리가 맹세하는 그 순간에는 사실 그것이 실현되지 못할 가능성이 많다는 것을 인지하지 못한다. 만약에 자신이 말한 바를 지켜 낼 충분한 용기와 신념이 없다면, 함부로 말을 뱉지 마라. 맹세라는 것은 당신이 말하는 것만큼 그리 쉬운 것이 아니다. 말했으면, 해내는 것. 그것이야말로 책임이라 부를 만한 것이다. 사랑이라는 책임!

사랑하고, 지켜나가고

두 사람이 함께 지낼 때 세월은 마치 흘러내리는 꿀과도 같았다. 끈끈하고 진했다. 둘은 함께 손을 잡고 시장을 가서 장을 본 뒤, 요리책을 보면서 같이 음식을 만들었다. 그는 닭고기 맛 조미료를 넣고 그녀는 설탕을 넣었다. 맛은 엉망진창이었지만, 두 사람은 맛있게 먹곤 했다. 그녀가 소금 한 봉지를 사러 나설 때도, 그는 그녀를 따라 나섰다. 그녀가 귀찮은 듯 물었다. "왜 자꾸 날 따라다녀?" 그는 장난기 어린 얼굴을 하고서 이렇게 말했다. "네가 다른 사람한테 도망갈까 봐."

매일 밤, 그들은 서로 떨어지지도 않고, 끝없는 사랑의 대화를 나누었다. 밖에서의 그들은 모두 말수가 적은 사람이었지만, 둘이 함께 있기만 하면, 노인들처럼 수다스러워졌다. 이야기는 그칠 줄 몰랐다.

그들도 싸울 때는 있었다. 한 번은 두 사람이 모두 성이 나서 누구도 서로를 상대하려 하지 않았다. 그녀가 출근 준비를 할 때, 그의 문자를 받았다. "우리가 만나기까지 30년이 걸렸어. 하루하루가 너무나 아까운 시간들이야. 당신은 이 사랑할 시간을 이렇게 보내 버리는 것이 아깝지도 않아?" 그녀는 순간 세월이 너무 빠르다고 느껴졌다. 곧바로 찬란한 웃음을 되찾았다.

하루는, 그녀는 그와 또 한 번 싸웠다. 그와 상대하기 싫었던 그녀는 침실 문 앞에 서서 그를 안으로 들어오지 못하게 막았다. 그는 문밖에 서서 그녀에게 용서를 빌었다. 최대한 그녀의 화를 풀어보려 노력했지만, 그녀는 아랑곳하지 않았다.

조금 뒤, 그는 말했다. "내가 당신에게 수학 문제 하나 낼 게. 인간의 평균 수명은 72세야. 우리가 서로를 알게 되었을 때, 이미 30살이었고, 남은 42년 중에, 우리가 일하는 매일 8시간을 제해. 그리고 출근하며 길가에 낭비하는 한 시간 반을 제하고, 매일 잠자는 7시간을 제해. 또 부모, 친구와 보내는 시간 매주 10시간을 제하고, 아이를 돌보는 시간 매일 3시간을 제하는 거야. 마지막으로 자기 계발을 하는 시간 매일 2시간을 제하는 거지. 그리고 혹시나 병에 걸리거나 일이 생겼을 때 쓰게 되는 시간을 다 제하고 나면 말이야, 우리가 사랑할 수 있게 주어진 시간은 몇 시간이 될까? 계산해 봐. 시간은 계속 줄어들 거야. 이 시간이 지나고 나면 당신이 되돌리고 싶어도 되돌릴 수 없어."

그녀는 그의 말을 들은 후 즉시 문을 열고 그의 품에 안겼다.

사랑하는 두 사람이 함께할 수 있는 시간은 얼마나 될까? 만약에 진실로 상대방을 사랑한다면, 당신은 서둘러야 한다. 싸울 시간도 없다. 한시도 떨어져 있을 시간이 없는 것이다.

살아 보니

'누구와도 소통할 수 없는 그 자리에서 나는 생명의 기쁨을 느낀다.', '삶은 혼자 살아가는 것이다.' 라고 소설가 장아이링은 말했다. 사실 그래야 한다. 누군가를 만나든 결국 그는 당신과의 이별을 말할 것이다. 남은 것은 당신 자신뿐이다. 모두가 그렇다.

그렇기에, 가장 진실한 삶의 방식이란 소박함에 있다. 동시에 기쁨이 가득한 데에 있다. 마치 유명 사회자 바이옌쑹이 말한 바와 같이. '생명은 이토록 나약한 것이다. 우리는 굳건하게 살아가며 행복을 찾아야 한다. 사람은 모두 그런 것이다!'

고난을 도망치게 하지 마라

그 해 여름방학에는, 갑자기 눈이 내렸다. 그는 하루 꼬박 줄을 서서 간신히 두 장의 기차표를 샀다. 그는 그녀가 기차의 딱딱한 의자에서 보내는 20여 시간을 견디지 못할까 걱정이 되었지만, 그녀는 흥분된 목소리로 오히려 이렇게 말해 주었다. "결국, 표를 구했구나, 표를 구하지 못해 집으로 돌아간 사람이 많다던데." 그는 순간 마음이 매우 따뜻해지고 충만해짐을 느꼈다. 사실은 내심 그녀의 이러한 사소한 칭찬을 바라고 있었다. 더욱 정확하게 말하자면, 의지하는 마음이랄까.

기차는 복잡하고 지저분했다. 그녀는 그의 옆에서 조용하고 차분히 앉아 있었다. 그런 그녀를 바라보고 있자니, 그의 감정이 복받쳐 올라 심장까지 넘쳐 오르는 듯했다. 그는 참지 못하고 그녀의 손을 잡았다. 그녀의 눈빛 속에 빛나는 부드러운 마음씨를 보며 그는 혼자 조용히 맹세했다. 평생 그녀를 돌봐 줄 것이다.

그 해 봄날은 마치 악몽과도 같았다. 미처 예기치 못한 사건이 벌어졌다. 그의 아버지가 심장이 좋지 않아 세상을 뜨고 만 것이다. 이제 남은 것은 힘없고 나약한 어머니와 산더미 같은 빚뿐이었다. 그는 그녀를 일부러 피하기 시작했다. 그녀가 이러한 고통스러운 현실을 함께 직면하기를 원치 않았다. 이러한 고통을 어떻게 그녀에게 분담하라고 말할 수 있을지 엄두조차 나지 않았다. 그래서 그는 미친 듯이 일에 집중했다. 그녀에겐 아무런 말도 하지 않았다. 아니, 마치 모든 것을 다말한 듯이 입을 꼭 다물었다.

대학 4년의 시간은 순식간에 지나갔다. 그녀는 미국에 유학을 신청했다. 그는 줄곧 그녀와 함께 떠나고 싶었다. 그녀가 그를 조금이라도 얕잡아보는 것이 싫었기 때문이다. 순식간에, 이별이 모든 것을 무의미하게 만들었다. 그녀는 그의 가슴에 눈물을 떨어뜨리며 말했다. "5년 후에 돌아올게. 너 하고 싶은 거 하면서 기다리고 있어." 사실 그가 하고 싶은 것, 그가 가장 하고 싶었던 것은 자랑스럽고 충실하게 그녀를 품에 안는 것이었다.

그의 일은 순조롭게 진행되었다. 빚도 점점 갚아 나갔다. 자신의 회사도 가지게 되었다. 비록 규모는 크지 않고 고생스러웠지만 그러한 사소한 피로감까지도 그에겐 보람으로 다가왔다. 사람들은 그가 용수철을 단 기계가 된 것 같다고 말했다. 하지만 그는 행복했다. 곧 그녀와 약속한 5년이 다가오기 때문이다. 그의 꿈도 함께 가까워지는 듯했다.

그러나 한 번의 실수가 그의 회사를 한순간에 도산의 위기까지 내몰았다. 그는 빚이 두렵진 않았다. 그저 그녀를 다시 마주할 자신이 없었다. 그의 이상 속에서 그녀는 그의 보살핌 아래에 있는 존재여야 했다. 이러한 우여곡절을 겪을 것이 아니라, 부와 영화를 누려야 했다.

그는 그녀에게 전화를 걸었다. "미국에 남아 있어." 잠시 멈칫하더니 그가 다시 말했다. "나 여자친구 생겼어." 수화기 건너편으로 미약하게 '아'라는 탄성이 들렸다. 그의 심장이 순식간에 팽팽해졌다. 그 순간, 그는 자신의 그 가여운 자존심과 교만을 버리고서라도, 그녀의 곁에 잠시나마 달려가 늘 그리워했던 그녀의 얼굴을 만지고 싶다는 상상을 했다. 그녀는 전화를 끊었다. 어둠이 짙게 내려앉았다. 그는 바닥에 누웠지만, 자신의 심장이 뛰는 것을 느낄 수 없었다.

그는 넋이 나간 사람처럼, 미친 듯이 일만 했다. 다시 사랑 따위는 생각하지 않았다.

눈 깜짝할 사이, 그렇게 10년이 훌쩍 지나갔다. 그는 성공했다. 매번 회사 정문을 들어설 때, 모든 사람이 그의 위엄을 느낄 수 있었다. 성공한 솔로. 강직하고, 과감하며, 자수성가한, 그는 마치 전설과도 같은 존재가 된 것이다. 밤이 되면, 그의 강직함은 썰물처럼 사라지고, 고독이 거침없이 밀려왔다. 하지만 그는 자신을 방종하고 싶지 않았다. 그리운 마음이 물처럼 땅으로 쏟아졌다.

마침내, 그녀가 그의 앞에 나타났다. 똑똑하고 장난기 넘치는 남자아이를 데리고서 말이다. 그녀를 보자, 그는 순간 울음이 터졌다. 아이는 그의 품에서 이상하다는 듯 그의 코를 만지며 물었다. "아저씨, 왜 울어요? 엄마가 이런 코를 가진 남자는 나약해선 안 된다고 했어요."

그는 순간 어찌할 줄 몰라 하며 어색하게 웃었다. "아저씨한테 말해줄 수 있겠니? 아버지가 엄마한테 잘해 주니?" 그녀는 웃음을 터트렸다. 눈에서 눈물이 빛났다. "그 사람은 좋은 사람이야. 비록 아직 집값을 갚아야 하지만 말이야. 하지만 우린 함께 가장 행복하고 또 힘들었던 순간을 견뎌 냈어." 그는 그녀가 언제나 이렇게 촌철살인 하는 구석이 있음을 알고 있었다. 일부러 그를 빗대어 말한 것이었다. 그녀는 굳건한 마음 깊숙한 곳에 감춰진 그의 나약함이 사랑을 무참히 깨뜨려 버렸다고 생각했을 것이다. 그녀에게 그는 심지어 사랑하는 사람과 고민을 나눌 용기도 없는, 사랑의 압력에 지레 겁먹은 채 사랑이 사라져 버리지 않을까 겁내 하던 사람이었을 테니까.

그녀를 배웅해줄 때 그는 쏟아지는 눈물을 감출 수 없었다. 그녀도 애써 웃어 보이며 눈물을 흘리지 않으려 애썼다. 왜냐하면 남자아이가 줄곧 자랑스러운 얼굴로 이렇게 그녀에게 물었기 때문이었다. "아주머니, 저 연기 잘했어요? 못했어요?" 남자아이는 사실 연기하기를 좋아하는 그녀 친구의 아들이었다.

비행기가 떠오르려 하던 그 순간, 모든 것들이 무중력 상태가 되었다. 그녀는 자신의 삶도 함께 날아오르는 것을 느꼈다. 그녀는 그와의 재회를 통해 마지막까지 잡고 있었던 최후의 근심도 놓아버릴 수 있게 된 것이다. 그녀는 진통제를 꺼내어 꿀떡 삼켜버렸다.

몇 년 뒤, 샌프란시스코의 한 병원에서 그녀는 젊었을 때와 마찬가지로 그를 그리워하고 있었다. 만면에 눈물이 가득한 채로 말이다. 이때의 샌프란시스코에는, 눈이 펄펄 흩날리고 있었다. 그리고 한 생명의 불씨가 꺼져가고 있었다.

그때 중국의 한 도시에선, 그녀를 한평생 지켜 주리라 약속했던 한 남자가 낙심한 표정으로 푹푹 쌓인 눈 위를 걷고 있었다. 그녀는 그에게 마치 뒤 한 번 돌아보는 사이에 펼쳐진 인생 같았다. 아니, 이미 그런 일생이었다.

살아 보니

사랑은 삶 속의 아주 사소함 같은 것이다. 그것은 한 잔의 깔끔한 용정차와도 같다. 피곤한 사람에게 노곤함을 날려준다. 사랑은 부드러운 목화솜 이불 같은 것이다. 그 따뜻함은 마음 깊숙한 곳의 차디참을 녹여준다. 또한, 사랑은 소박한 옷 같은 것이기도 하다. 사람들에게 언제나 매력적으로 다가온다.

그리고 이러한 위대한 사랑은 때때로 우리를 그 어떤 표현도 할 수 없게 만든다. 그리고 그것은 뼈저린 후회로, 혹은 미련으로 남는다.

사랑에는 원래 한계가 없다

우리의 삶 속에서 사실 첫눈에 반하거나 눈물이 나도록 감동적인 러브스토리는 흔치 않다. 그렇기에 우리는 환상의 세계에서 현실로 나와야만 한다. 우리는 미래에 대해 너무 많은 맹세를 하지 말고, 그저 이러한 사랑을 가질 수 있기를 소망해야 한다.

그녀가 회사에 와서 입사 등록을 한 그날, 인사과의 그가 그녀를 마중 나왔다. 준수한 외모에, 세련되고 친절한 그를 보고 있자니, 그녀의 마음이 놀란 새처럼 날아올랐다. 이 사람이 꿈속에서 수없이 봤던 바로 그 남자는 아닐까.

그는 그녀를 유독 특별하게 대해 주는 듯했다. 그는 그녀가 자신의 능력을 발휘할 수 있게 도와주려고 애썼다. 그 결과, 그의 노력과 더불어 그녀의 총명함이 빛을 발해, 그녀는 여러 명의 신입 사원 중에서도 유독 눈에 띄는 사람이 되었다.

크리스마스 밤, 그는 그녀에게 차 한잔 같이 마시자며 데이트 신청을 했다. 은은한 차향을 맡으며 그녀는 자신이 이미 조금씩 그를 사랑하게 되었음을 그에게 말하고 싶었다. 하지만 그녀의 입 밖으로 나온 것은 단지 최근 반 년간 자신에게 보여준 도움과 친절에 감사하다는 인사였다. 그는 쿨하게 대답했다. "그 사람이 좋아서 그런 거죠." 달콤함이 그녀의 마음속에서 출렁거리기 시작했다.

이러한 생각이 든 이후, 그녀는 그의 소식에 유독 민감하게 반응하게 되었다. 다른 사람을 통해서 듣기로는 그는 가정 환경이 훌륭한 편으로, 아버지는 대형 회사의 사장, 어머니는 시에서 유명한 내과 의사라고 했다. 그래서 미래에 얻을 며느리에 대한 요구가 매우 높다고 했다. 예쁘기도 해야 하고 반드시 그럴듯한 직장이 있어야 한다나. 이러한 정보를 들은 후, 그녀의 마음속엔 일순간 여유가 사라졌다. 그와 비교했을 때 난 대체 뭐지? 아버지는 작은 마을의 보통 일꾼이라, 대학 다니는 딸을 둔 것이 일생 최고의 성공이라고 생각하는데. 두 집안의 환경 차이가 너무 크잖아. 또 내 자신은 어떻고? 미색도 아닌 데다, 직업도 별 볼일 없는데.

사랑에 장벽이 너무 높아, 마치 뛰어넘을 수 없는 듯 보였다. 다행히도, 그와 어떤 언약도 하지 않기 망정이지, 그렇지 않았다면 이 사랑은 분명 중도에 하차할 수밖에 없었을 것이다.

그녀 역시 나름대로 생각이 있는 여자였다. 고심 끝에 자신이 어떻게 해야 할지 결정을 내리게 되었다. 그녀는 일부러 그를 피하기 시작했다. 대신, 자신의 모든 것을 일에 쏟아 붓기 시작했다. 그녀는 자신의 놀라운 업무성과로 그의 부모에게 감동을 줄 것으로 믿었다. 또한, 그녀는 스스로도 자신의 그런 능력이 있음을 믿었다. 그는 변함없이 그녀를 따라다녔지만, 그녀는 그를 줄곧 피하며 도망 다녔다. 더 많은 시간과 정력을 회사에 바쳤고, 매일 매일을 바쁘게 살았다.

5개월 후, 그녀는 놀랍게도 자신과 함께 입사한 양팅이라는 사원이 그에게 미친 듯이 구애하고 있음을 발견했다. 양팅은 보잘것없는, 가난한 산골짜기에서 왔고, 부모 역시 한평생 고향을 떠나본 적 없는 농민이었다. 그녀는 두 동생의 뒷바라지를 위해, 이 도시에서 최저 수준의 생활을 견뎌내고 있었다. 게다가 예쁘지도 않은 그저 평범한 얼굴의 소유자였다. 그래서 그녀는 양팅의 존재를 그다지 신경 쓰지 않았다.

한번은 회사에서 축하 파티가 열렸다. 그는 그녀에게 전화해 반드시 참석하라고 말했다. 하지만 업무 때문에 그녀는 고객을 상대하는 자리에 가야만 했다. 이후, 들리는 소문에 의하면, 그때 그 축하 파티에서 그녀를 찾지 못한 그가 술을 너무 많이 마셨고, 마지막에 취해 쓰러지기 일보 직전인 그를 양팅이 부축해 어디론가 데리고 갔다는 것이다.

그날 이후, 그녀는 그와 양팅의 관계가 심상치 않음을 발견했다. 그녀의 마음은 칼에 베인 듯 아팠다. 그나마 위로가 되는 것은, 입사 후 반년간의 업무성과를 인정받아 부서 책임자로 발탁되었다는 것이다. 이로써 그녀는 회사 창립 이래 가장 빠르게 진급한 여성 중간 관리자가 되었다.

그녀는 마침내 이 사랑의 관문을 통과할 용기가 생겼다. 그녀는 그를 찾아가 지금까지 그를 줄곧 사랑하고 있었음을 고백했다. 그는 늘 그래 왔듯, 그녀를 그윽하게 바라보더니 이내 고개를 흔들며 말했다.

"이미 늦었어." 그녀의 마음은 순간 바다 밑으로 가라앉는 듯했다. 그녀는 처음으로 그와 양팅의 이야기를 전해 듣게 되었다. 그날 밤 술을 마신 뒤, 그는 양팅에게 이끌려 그녀의 숙소로 갔다. 양팅은 사랑과 행복을 스스로 추구할 줄 아는 용감한 여성이었기에, 대담하게 그에게 자신의 감정을 고백했다. 그는 이렇게 대담한 여자의 용기 있는 태도에 감동했고, 게다가 반 년간 양팅이 보여준 순박하고 착한 모습이 마침내 그의 부모까지 감동시킨 것이다.

순간, 그녀는 깨달았다. 왕자도 가난한 신데렐라와 사랑에 빠졌고, 공주도 보통 남자에게 결혼한 적 있었다. 사랑에는 원래 장벽이란 없는 것이다. 소위 말하는 장벽 역시도 자신이 자신에게 설정한 병풍과도 같은 것이었다.

살아 보니

뒤돌아 본다는 것은, 평범하기 그지없는 동작임에도 불구하고, 그러나 어떤 한 사람에게 있어서는 일생을 바꾸는 일이 되기도 한다. 하지만 특수한 상황이 아니라면, 정말 그 사랑이 아니면 안 되는 것이 아니라면, 사람들은 일생에 다시 잊을 수 없는 이 행동을 쉽게 하지는 않을 것이다.

사랑은 지나치면 다시는 돌아오지 않는 것일까? 혹시 모든 것을 포기하면, 오히려 모든 것이 예전으로 돌아가는 것은 아닐까?

너무 많은 것을 고려하다 보니, 오히려 상대의 손을 잡지 못하게 되는 것은 아닐까? 원래, 사랑이라는 것은 한 번 놓치고 나면, 다시는 되돌아오지 않는 것일지 모른다.

삶은 길고, 유혹은 짧다

한 사람을 사랑하는 데엔 노력이 필요하지 않다. 필요한 것은 기회이다. 그것은 운명이 정해 놓은 것이다. 하지만 한 사람을 꾸준히 사랑하는 데엔 반드시 '노력'이 필요하다. 사랑을 가꾸어 감에 있어서, 순조로운가 그렇지 않은가는 서로 간의 소통, 이해, 포용, 그리고 자제력에 달려 있다.

29살, 온라인 세계에서 그녀의 나이는 적지 않은 편에 속했다. 인터넷상에 흔히 보이는 사람들은 대부분 10대나 20대에 갓 들어선 아이들이기 때문이다. 쉬뤄샤는 메신저상에서 자신과 비슷한 나이대의 남성을 여전히 찾지 못하고 있었다. 이 때 사무실 동료들이 그녀에게 '신랑'이란 플랫폼 안에 있는 대화 공간을 소개해 주었다. 그곳에는 지역 채팅방, 영어학습 채팅방, 사랑 채팅방 등 다양한 채팅방이 있었다.

쉬뤄샤는 그중에서도 신중하게 '이럽'이라는 명칭의 채팅방을 골랐다.

갓 이혼한 쉬뤄샤는 여럿이 함께 모여 있는 것을 좋아하지 않았다. 조용히 혼자의 시간을 가지는 것을 즐겼다. 그래서일까. 꽤 오랜 시간 동안, 그녀는 그저 '이립' 채팅방의 구경꾼이었을 뿐이었다. 가입조차도 미루고 있었다. 어우양을 만나기 전까지 말이다.

어우양이 먼저 그녀를 발견했다. 그 역시도 채팅방의 구경꾼 중 하나였다. "안녕하세요, 얘기 좀 하실래요?" 단도직입적이었다. 유행을 아는 젊은 사람들은 좀처럼 하지 않는 아주 촌스러운 방식이었다.

사무실은 일찌감치 사람들이 빠져나가고 텅 비어 있었다. 그녀는 가방에서 담배 한 개비를 꺼냈다. 담배를 피우며 잡생각을 하다가 컴퓨터를 껐다. 담배를 피우는 것은 그녀의 유일한 취미였다. 그러나 그 사실을 아는 사람은 극히 드물었다. 전 남편과 부모, 심지어 자식까지 그녀가 담배를 피우는 것을 본 적이 없었다. 그녀는 혼자 있을 때, 혹은 아주 가까운 사람 앞에서만 담배를 피웠다. 그녀는 조용한 밤에 담배를 피우면서 책을 보는 것을 좋아했다.

이후 그들은 메신저를 통해 이야기를 나누기 시작했다. 그녀는 대화를 통해 조금씩 38살의 그를 차차 알아가게 되었다. 직업, 자식, 아내, 그리고 심지어 그의 부부관계 횟수까지도 말이다. 그는 쉬는 시간이 되면 글쓰기에 전념했는데, 신문사에 원고를 송부하기 위해서라고 했다. 그는 대부분 시간을 매우 바쁘게 보내고 있었다. 그저 메신저에 로그인만 해둔 상태로, 글을 쓰고 원고를 고치고 편집을 의논하고, 원고 계약서를 검토하고, 이메일을 정리하는 식이었다. 그녀는 줄곧 패션 유행잡지를 보는 것을 좋아했는데, 그가 마침 패션과 유행을 만들어내는 데 고수였다. 그녀는 그에게 묻고 싶은 것이 많았다. 예를 들자면, 그는 왜 여성의 입장에서 이야기를 쓰는 것인지. 또 왜 그렇게 많은 짝사랑에 대한 이야기를 쓰는 것인지. 그리고 그의 글에는 왜 그토록 독자들을 슬프고 가슴 아프게 하는 우울함이 가득한 것인지….

만약 이 관계가 오래갈 수 있다면, 그는 그녀가 이혼한 후에 알게 된 가장 믿을 만한 친구가 되었을 것이다. 그렇게, 그의 이름은 그녀의 마음속에 조금씩 스며들기 시작했다. 무기력하다고 느껴질 때, 그는 그녀가 가장 안기고 싶은 사람이었다. 아주 순수한 포옹을 하고 싶었다. 그 어떤 욕정과 감정이 뒤섞이지 않은 그런 포옹 말이다. 그녀는 마음속으로 자신과 마주 보고 이야기하고 있는, 가상공간 속에 그에 대하여 추측하기 시작했다. 그는 아마도 세심하고, 민감하고, 세월의 흔적 따윈 없겠지. 이렇게 극도로 여성스러운 남자에겐 분명 작가 특유의 신비함이 가득할 거야. 사실 그는 수다스러운 사람은 아니었다. 메신저 상에는 온통 원고 편집에 대한 이야기로 가득했다. 마음이 유독 답답하다고 느껴지면, 와자지껄한 채팅방에 가서 어슬렁거리다 아무나 잡아서 이야기하곤 했다. 채팅방은 자연스레 그의 감정의 쓰레기통이 되었다. 그곳에서 오전이나 오후 시간을 보내곤 갑자기 사라졌다. 그리곤 창작이나 일에 몰두하는 사람으로 급변하는 식이었다. 이것 역시 그가 자신의 감정을 제어하는 방법 중에 하나였다. 매번 효과가 좋았다.

아내가 회의에 참석한 틈을 타, 그는 아들을 장모님께 맡기고 그녀와 만나기로 했다. 그녀는 하루 꼬박 열차를 타고 그가 사는 도시에 도착했다. 그녀는 사람들로 가득 찬 좁은 기차에서 내렸다. 삼륜차 기사, 호텔 관리원, 식당의 주인아주머니 등이 벌떼처럼 쏟아져 나왔다. 누가 먼저랄 것도 없이 그녀의 팔을 밀었다. 진한 타향의 사투리로 그녀에게 필요한 것이 없느냐 물었다. 이렇게 갑자기 낯선 방언들에 둘러싸이자, 그녀는 비로소 그의 고향에 도착한 것이 실감이 났다.

택시는 그녀를 그가 사는 곳 근처로 데려다 주었다. 그녀는 사방을 둘러보며 그가 그녀를 찾아내길 기대했다. 그때, 그녀는 종일 아무것도 먹지 않은 상태였고, 아파트 입구에는 경비들이 서 있었다. 그녀는 한쪽에서 그가 마중 나오길 기다렸다. 젊고 야무져 보이는 35세 전후의 남자가 자신의 시야에 들어오자, 그녀는 실망한 기색을 감출 수가 없었다. 그녀도 다른 젊은 여성들처럼 마음속에는 멋진 남자에 대한 어느 정도의 환상이 있었기 때문이리라. 하지만 그녀는 한눈에 그를 알아보았다. 인생의 굴곡이 느껴지는 얼굴, 약간 탄력을 잃은 듯한 피부 그리고 어쩔 줄 몰라 하는 모양과 깨끗하게 닦여 있지 않은 구두는 착하고 내성적인 느낌을 주었다. 어찌 되었건 그의 외모는 목소리보단 못했다. 그의 목소리에서 느껴졌던 선량함과 생기는 전혀 찾아볼 수가 없었다.

그 역시 그녀를 기다리느라 아무것도 먹지 못했다. 그들은 이야기를 신나게 주고받기 시작했다. 그들이 잘 아는 작가에 대해서, 또 작품속의 주인공에 대해서 이야기를 나누었다. 마치 그녀는 창작을 배우고자 열망하는 여학생 같은 모습이었다. 그가 그녀에게 타준 것은 진한 차였다. 쓴맛이 났다.

밤 11시가 되어서야, 그들은 비로소 배고픔을 느끼기 시작했다. 그는 음식을 준비하러 갔고 그녀는 그의 방을 구경하기 시작했다. 그곳은 그녀의 상상보다 훨씬 고급스럽고 넓었다. 인테리어도 웅장하고 화려했다. 오랫동안 이성의 사랑에 굶주렸던 그녀의 몸에서 욕정이 불타오르기 시작했다. 조용히 그녀의 몸 안에서 피어오르고 있었다. 하지만 줄곧 조심했다. 어떤 유혹의 뉘앙스도 풍기고 싶지 않았다. 혹시나 그가 자신을 쉽게 생각할까, 염려스러웠기 때문이다. 그녀가 손을 내밀어 높은 책장에서 책을 내리려던 순간, 그녀의 가늘고 하얀 허리가 드러났다. 어떨 땐, 은근한 드러남이 직접적 노출보다 더 큰 유혹의 힘을 발휘한다. 그는 참지 못하고 손을 내밀어 그녀를 꼭 껴안고 말았다.

다음 날, 그들은 부근의 산에 올랐다. 4월 초의 산에는 아직도 어둠이 군데군데 깔려 있었다. 조금 올랐을 뿐인데, 곳곳에 눈이 번쩍 뜨일 만한 광경이 보였다. 복숭아꽃의 떡잎이 남쪽을 향해 있는 비탈에 군데군데 피어 있었다. 그녀는 아이처럼 몰래 기뻐하면서 몰래 꽃을 꺾어 가방 안에 숨겨 놓았다.

돌아오는 길에 그는 전화 한 통을 받았다. 아들이 유치원에 있는데 데리러 올 사람이 없다는 것이었다. 시각은 이미 저녁 6시 반을 향하고 있었다. 그는 환갑이 넘은 장모를 원망하며 택시를 타고 급하게 유치원으로 향했다. 몇 차례의 우여곡절 끝에 아이를 만났을 땐, 아이가 이미 차가운 바람 속에서 한 시간이나 아빠를 기다린 이후였다. 배고프고, 억울한 아이는 집으로 돌아오는 길에 끝없이 울었다. 그리고 심하게 토하기 시작했다. 그녀가 딱해서 어쩔 줄 몰라 하고 있는데, 그는 도리어 아들을 엄하게 혼내기 시작했다. 그녀는 놀랐다. 그녀는 비록 아이가 없었지만, 그래도 아이가 아프다면, 우선 아이를 데리고 병원에 가봐야 할 것 같았다. 이렇게 마구잡이로 계속 혼낼 것이 아니라 말이다. 아이는 어찌할 방도가 없었는지, 그저 아빠가 자신의 곁에서 이야기를 들려주기만을 부탁했다. 그는 아이 앞에서는 그녀를 배웅하는 것처럼 가장한 뒤, 그녀를 다른 침실 한 칸에 머무르게 했다. 한밤중에, 그는 그녀의 방에 몰래 들어가 그녀를 꼭 껴안았다. 아이는 아빠가 보이지 않자 다시 울기 시작했다. 그는 되돌아가 아이를 다시 혼냈다. 그녀는 인터넷상에서 수없이 그의 모습을 상상하며 이런 생각을 했었다. 만약에 이토록 자상하고 재주 많은 사람이 나의 남편이라면 얼마나 좋을까. 하지만 지금 내 눈앞의 이 남자는 처음 본 여자 하나 때문에 자신의 어리고 연약한 아이조차 돌보지 않는다. 그는 이전에 분명 그녀의 우상이었고, 그녀의 마음속에 완전무결한 남편감이었다. 하지만 이제는 아니다. 그녀는 단단히 잘못 알고 있었던 것이다. 그 사람은 애인은 될 수 있을지언정, 일생을 의지할 남편이 될 수는 없다. 설사 그가 이혼한다 해도, 그가 10살이 어려진다고 해도 그와 결혼할 수는 없었다.

원래는 하루 더 머물 수도 있었지만, 그녀는 일찍 떠나기로 마음먹었다. 그가 깊은 잠에 빠져 있을 때를 틈타서 말이다. 이것도 나쁘지 않아. 작별인사 없는 이별이라. 오히려 자연스럽잖아? 그녀는 버드나무 가지를 꽂아 두고 싶었지만, 맞는 꽃병을 줄곧 찾질 못했다. 발소리를 죽인 채 조용히 집 안을 둘러보았다. 그때 베란다에 놓인 금붕어

어항을 보았다. 몇 마리 되지 않는 작은 물고기들이 꽃잎을 보자 몰려들었다. 기차를 탄 후, 그녀는 그에게 메시지를 보냈다. "7시 45분 기차 이미 탔어. 신경 쓰지 마." 8시 30분, 그는 휴대전화를 켠 뒤, 답장을 보냈다. "쉬뤄샤, 너 버드나무 가지를 어디에다 놔둔 거야? 방 안 가득 버드나무 향기가 가득해. 돌아올 수 없어?" 이어서 도착한 메시지 한 통. "울음을 멈출 수가 없어. 당신이 없는 방 안은 아무 느낌이 없어. 당신에게 잘 대해 주지 못한 것 같아."

그녀 역시도 울고 있었다. 그것은 꿈이 깨져 버린 슬픔이었다. 그녀는 그에게서 서른 통이 넘는 문자를 받았다. 휴대전화의 배터리가 다 없어질 때까지. 밤중에 그녀는 컴퓨터에 앞에 앉아 로그아웃 상태를 유지한 채, 몰래 메신저에 로그인했다. 그리고 끊임없이 반짝거리는 그의 아이디를 보았다. 하지만 그녀는 어떤 말을 해야 할지 몰랐다. 메신저 속에 남겨진 기록들, 얼굴이 달아오를 만큼 달콤했던 말들을 이제는 더 말할 수 없었다. 두 사람은 만남으로써 오히려 멀어졌다. 마치 비가 오고 바람이 불다 가도 언제 그랬냐는 듯 잠잠해지는 7, 8월의 날씨처럼, 성급했던 하룻밤의 사랑은 그렇게 터무니없이 끝나고 말았다.

이후, 그녀는 잡지에서 이러한 구절 하나를 읽게 되었다. '인생은 길고, 유혹은 짧다.' 얼마나 의미심장한 말인가. 유혹과 인생에 대해 이토록 똑 부러지게 말해 주다니. 하지만 많은 경우에, 유혹과 인생을 이렇게 구분하여 생각할 수 있는 사람은 많지 않다. 물론 그녀를 포함해서.

대부분 유혹이 인생의 전부라고 생각한다. 쉬뤄샤의 두 번의 사랑 역시도 그랬다. 한때는 그것이 자신의 남은 삶만큼 중요하다고 생각했다. 하지만 그것까지는 미처 알지 못했다. 사랑이 담담해지거나, 끝나 버렸을 때, 우리는 더욱더 길고 무력한 인생을 겪어 내야만 한다는 것을.

살아 보니

옛말에 '만나는 것보다 그리워함이 낫다.'라는 말이 있다. 많은 시간이 흐른 어느 날 밤, 당신은 어떤 사람을 그리워하며 조용히 웃음을 지을지 모른다. 그렇다. 한때 어떤 한 사람이 당신을 그토록 즐겁게 해준 적이 있었던 것이다. 삶은 이토록 무상한 것이다. 우리는 즐겁지 않은 것을 쉽사리 잊곤 한다. 하지만 당신에게 너무나 소중했던 즐거운 시간들은 잊기 힘들 것이다.

사랑이란 빛이 코너를 돌 때

사랑이란 무엇인가? 진정한 사랑이란 단순한 낭만이나 달콤함만을 이르는 것이 아니다. 그것은 희생과 공들임을 의미한다. 또한, 책임과 의무를 뜻하며, 어떤 측면에서는 고행과 고난을 의미하기도 한다. 혹은 두 사람의 세계가 서로에게 맞춰 가기 위한 상호작용과 부딪힘을 의미한다고도 볼 수 있다. 사랑이란 함께 울고 웃으며 고난을 헤쳐가는 것이며, 포용하고 존중하는 것이며, 평생 서로를 떠나거나 포기하지 않겠다는 약속이다. 서로 손에 손을 잡고 백발이 될 때까지 의지하고 살아가겠다는 맹세인 것이다.

땅에 돌연 빛 고리가 보이기 시작했다. 가볍게 파문을 일으키고 있었다. 마치 솜털처럼 빛났다. 그의 심장이 순간 파르르 떨렸다. 마치 무엇인가와 부딪힌 듯.

2, 3년 전, 같은 위치에서 그는 같은 빛의 고리를 본 적이 있었다.

그들은 결혼한 지 오래되지 않아, 일을 하기 위해 도시로 떠났다. 길거리에 작은 포장마차를 열었다. 포장마차에서 장사를 한다는 것은 힘든 일이었다. 아침 일찍 일어나 밤까지 일해야 했으므로 휴식시간이 없었다. 하지만 그녀는 한 번도 자신의 삶을 원망 하지 않았다. 단지 가끔 사는 곳의 온도나 그늘 같은 것들에 대해 말할 뿐이었다. 그들이 세를 얻은 작은 방은, 좁고 그늘진 곳이었다. 단 한 줄기의 햇빛도 들어오지 않았다.

어느 날, 그는 웃음 가득한 얼굴로 말했다. "배부르고 따뜻한 삶이 곧 올 거야." 갓 집으로 들어온 그녀는 햇빛 한 줄기가 창문을 뚫고 들어오는 것을 보았다. 정확하게 방 안의 중심을 향하고 있었다. 그녀는 햇빛을 등에 지고 햇빛이 오는 곳을 바라보았다. 알고 보니 옥상의 동그란 작은 거울에서 들어오는 것이었다. 그는 장난기 어린 얼굴로 그녀를 바라보며 웃었다. 그녀는 놀라며 그의 품 안으로 뛰어들었다.

비록 힘들고 피곤했지만, 행복하고, 즐거운 시절이었다.

안타까운 일은 그의 등 부분이 시종일관 아프기 시작했다는 것이다. 마치 무슨 물건으로 인해 척추가 녹이 슨 것 같았다.

처음엔 그다지 신경을 쓰지 않았다. 쉬지 못해서 그런 것이라 생각했다. 하지만 시간이 흐를수록 등 부분을 움직이기가 더욱 힘들어졌다. 병원 진찰 결과 극도의 고통을 수반하는 일종의 강직성 척추염이었다. 뚜렷한 치료 방법이 없는 불치병이었다. 이러한 진단을 받는 것은 곧 사망 선고와 같았다.

그는 실망한 나머지, 한사코 고향으로 돌아가겠다고 고집을 부렸다. 그러나 그녀는 동의하지 않았다. "당신은 집에서 쉬어. 내가 나가서 돈을 벌어올게." 그는 그녀의 고집스러움에 화가 나서 그녀와 말다툼을 벌이고 말았다. 하지만 그녀는 꾹 참았다. 대신 밤에 나가 늦게까지 일하고 낮에는 그를 돌봤다. 그녀는 금방 핼쑥해졌다. 그는 자신이 원망스러웠다. 갈수록 스스로가 실망스러웠다. 그는 그녀의 이러한 행동이 맘에 들지 않았다. 그래서 보란 듯이 매일 대부분의 시간을 자는데 써버렸다. 그녀는 그에게 자주 움직이라고 충고도 해 봤지만, 그는 듣는 둥 마는 둥이었다.

이후, 부탁은 애원으로 바뀌었다. 화를 내보기도 했지만, 그녀도 결국 남편을 당해낼 수 없었다. 그녀는 어쩔 수 없이 고향으로 돌아가겠다는 그의 생각을 받아들일 수밖에 없었다.

"이렇게 된 거 그냥 돌아가요, 그럼." 그녀가 의기소침해져서 말했다. 그날 저녁 그녀는 장사하러 나가지 않았다. 다음 날 아침, 그녀는 점심에 요리를 좀 해먹자고 말했다. 이 방과의 마지막 작별인사 겸 말이다. 그리고 그녀는 식재료를 사러 시장으로 나갔다.

그는 침대에 누웠다. 막상 이 방을 떠난다고 하니 섭섭해졌다. 그래도 한때 그들이 꿈과 열정으로 분투하던 곳이 바로 이곳이 아니었던가. 그가 침대에서 뒤척이던 그 순간, 그때의 그 광선 띠를 다시 보게 되었다.

동그란 작은 거울은 이미 예전에 고양이 때문에 깨져 버렸고, 그 이후로 그 광선의 기억도 그의 마음속에서 점점 흐릿해져 가던 터였다.

지금에 와 땅에서 천천히 움직이는 광선을 다시 보고 있자니 마치 그것이 무척이나 아름다운 달처럼 느껴졌다. 그의 눈시울이 붉어졌다. 그녀가 식재료를 사서 돌아왔을 때, 그는 방 안에 서 있었다. 병 때문에 허리가 굽어져 사실 무척이나 이상한 자세처럼 보였다. 그는 북쪽의 옥상을 바라보고 있었다. 강한 햇빛을 이기려는 듯 눈을 실처럼 가늘게 뜬 채로.

"우선 가지 말자. 내가 이발 기술을 배워 볼 게. 이발을 배우고 나서 고향에 돌아가 작은 이발소를 차리자." 그가 미소를 띠며 말했다.

그녀는 자신의 귀를 의심할 수밖에 없었다. 그의 어깨를 꼭 움켜쥐었다.

몇 년 뒤, 어떤 한 사람이 작은 마을의 이발소에 앉아 있었다. 낙타처럼 허리가 굽은 이발사는 한편으로 머리카락을 손질하며, 한편으로는 손님들에게 이 이야기를 들려주고 있었다. 그의 아내는 손님들의 머리를 감겨주었다. 아주 평범해 보이지만, 사람들에게 진심으로 경의를 받는 사람이 된 것이다.

햇빛이 유리를 통과해 들어와 이발소 전체를 따뜻하게 비춰주고 있었다.

살아 보니

삶에서 가장 아름다운 풍경은 말 속에 있는 것이 아니라, 마음과 마음이 통하는 데에 있다. 때론, 그것은 짙은 색으로 강렬하게 채색한다고 되는 것이 아니다. 어쩌면 그것은 단지 옅은 흔적 같은 것 일지 모른다. 하지만 그것은 우리 마음속 가장 깊고 부드러운 곳에 자리잡고 있을 것이다. 그것은 늘 우리의 삶과 함께하며, 통하기면 하면 마치 흐르는 물처럼 흘러 넘쳐 당신을 깊이 감동하게 만들 것이다.

한때 우리 가슴을 촉촉이 적셔왔던 감동은, 마침내 우리 삶의 희망과 생명의 중심이 되어줄 것이다.

오른쪽 심장엔 사랑, 왼쪽 심장엔 아픔이

　사랑은 순수한 것이다. 사랑에는 다른 이유가 필요하지 않다. 한 사람을 사랑할 때, 우리는 보답을 바라지 않는다. 하지만 사랑이 물질과 맞닥뜨리게 되면, 사랑은 너무나 나약한 존재가 되어버린다. 그리고 사랑이 결혼으로 승화된다면, 이러한 물질로 인한 갈등도 함께 승화된다. 왜냐하면, 금전 문제로 싸우고 헤어지는 연인이 부지기수이기 때문이다. 그것은 과연 그들의 사랑이 깊지 않아서일까? 아니면 요즘의 사랑이 너무나 속물적인 탓일까?

　머우판의 여자친구는 아주 훌륭했다. 그녀의 훌륭함이 머우판에게 닥친 감정적인 유혹을 모두 다 뿌리칠 수 있게 했다. 그들은 서로를 아주 깊이 사랑했다. 캠퍼스의 아름다움과 낭만 속에서 그들을 감싼 것은 온통 그들을 향한 부러움의 시선이었다. 한때, 머우판을 짝사랑하던 여학생이 그들의 사랑은 영원하지 않을 것이라 저주를 퍼부은 적도 있었다. 하지만 여자친구는 그에 질세라 여학생에게 달려가 얄미운 표정을 하곤 자신들은 가장 행복한 한 쌍이 될 거라고 말했다.

캠퍼스에서 보내는 시간들은 즐겁고도 멋졌다. 그들은 거의 매번 서로의 손을 꼭 잡은 채 자습실에서 늦은 밤까지 함께 공부했다. 덥든 춥든, 날씨를 가리지 않고 기숙사 1층에서 서로를 기다려 주곤 했다. 추운 겨울, 그녀는 머우판을 위해 목도리를 짜는 법을 배웠다. 배우다 손가락이 다 트기도 했다. 이 일은 매우 오랜 시간 머우판을 행복에 젖게 만들었다.

그들은 종종 식당에서 함께 밥을 먹었고 함께 영화를 보고 함께 쇼핑을 했다. 함께 보낼 수 있는 시간들을 그들은 하나도 놓친 적이 없었다. 머우판은 자신이 탁구를 칠 때 그녀가 옆에서 자신의 옷을 들고 응원해 주는 모습을 좋아했다. 그의 낡은 자전거 뒤에 앉아 가볍게 자신의 등에 기대던 그녀의 느낌이 그리웠다.

머우판은 그녀를 위해 교정의 장미를 몰래 꺾은 적 있었고, 그녀에게 잘 보이고 싶어 다른 사람과 축구를 하다 날아오는 공에 맞아 안경을 망가뜨린 적도 있었다. 하지만 이러한 순간들은 머우판의 일생을 통틀어 가장 행복했던 나날들이었다.

졸업 후에도 그들은 계속 함께 있기 위해, 여자친구는 가족들과의 마찰도 불사했다. 가족들은 그들이 행복할 수 없을 거라고 말했지만, 가족들의 권고가 그들을 갈라놓지 못했다.

그러나 그들이 처음 셋방에 살게 된 그 날, 그들은 아무 말 없이 앉아만 있어야 했다. 처음으로 빈털터리가 된 기분이 무엇인지 깨닫게 되었기 때문이다. 그녀의 부모는 인텔리였고, 그녀는 그들의 유일한 자식이었다. 머우판의 부모는 비록 보통의 회사원이었지만, 어릴 때부터 외할머니댁에 맡겨져 사랑을 듬뿍 받고 자랐다. 이젠, 손 하나 까딱하지 않고 대접받던 시절은 다시 돌아오지 않는다. 다행히도 그들은 서로 진심으로 사랑했기에, 마주 보며 웃을 수 있었고, 서로 손뼉을 치며 새로운 삶을 함께 시작할 수 있었다.

사회로의 첫발은 그들에게 생생한 교훈을 주었다. 그들은 마음속 깊이 깨닫게 되었다. 학력이 높다고 해서 절대 쉽게 일자리를 구할 수 있는 것이 아니란 것을. 처음엔 봉급의 높고 낮음을 따지던 그들도 시간이 흐르자, 나중엔 돈이 된다면 뭐든지 다 하는 사람으로 바뀌었다. 그러면서 자연스레 삶의 고단함과 현실의 단면을 몸소 느끼게 되었다. 하지만 그들은 기뻤다. 그래도 함께 할 수 있었으니까.

첫 월급날 머우판은 그녀에게 스카프를 사주었다. 그리고 오리구이와 교자를 샀다. 그녀는 울고 말았다. 마치 아이가 그의 품 안에서 서럽게 우는 것처럼 말이다. 그의 마음이 너무나 아팠다. 그 순간 머우판도 너무나 힘들었다.

춥고 추운 겨울날 밤, 그들은 전기난로에서 불을 때 몸을 녹이고 있었다. 그녀는 지난날의 고생스러움을 잊지 않겠다는 표정을 한 채 머우판의 어깨에 머리를 기댔다.

그녀의 아름다운 큰 눈망울에서 나오는 눈빛이 머우판의 가슴을 시리게 만들었다. 머우판은 그녀의 귓가에 대고 반드시 당신을 행복하게 해주겠다 속삭여 주었다. "서로 사랑할 수 있는 것만으로도 이미 너무나 행복해. 뭘 더 바라겠어?" 그녀가 말했다. "너만 내 곁에 있어 준다면, 이렇게 영원히 우리 서로 기대고 의지할 수 있다면, 월급날 나에게 오리고기와 교자를 사주는 것을 잊지 않는다면, 나는 세상에서 가장 행복한 여자가 될 수 있을 거야. 그러니까, 그렇게 돈 많은 사람들이라고 해서 다 우리처럼 서로 사랑하고 행복하진 않을 거라구. 잊지마! 우리는 세상에서 가장 행복한 두 사람이야. 어떤 일이 발생한다 하더라도 날 떠나면 안 돼, 절대!"

그녀의 말이 머우판의 마음을 따뜻하게 만들었다. 머우판은 그녀를 꼭 끌어안았다. 그는 그녀가 강한 남자를 좋아한다는 사실을 알고 있었기에, 그녀에게 차마 자신의 눈물을 보여줄 용기가 없었다. 머우판은 마음속으로 스스로 노력해야겠다고 외쳤다. 그날 밤, 그들은 서로를 향해 굳건한 맹세를 하고 미래를 약속하고, 평생 서로를 떠나거나 버리지 않겠다고 다짐했다.

머우판은 생각했다. '우리들의 사랑이 극에 달하면 하늘도 감동할 거야.' 하지만 때마침 그날 밤, 방주인 아주머니는 그들에게 방세를 내라고 독촉했다. 그들의 행복에 아주머니도 감동한 눈치였지만, 아주머니 눈 속에 더욱 크게 자리한 것은 동정과 회의였다.

그들이 매번 가난함에 몸부림칠 때면, 자연스레 함께 했던 대학 시절이 떠올랐다. 그땐 이렇게 기분이 안 좋을 때면, 캠퍼스를 손잡고 걸어 다니기만 하면 그만이었다. 그때의 성탄절엔, 머우판은 도시의 명품 상점을 다 돌아 간신히 그녀가 갖고 싶어했던 바비 인형을 사다 주었다. 그때의 그녀는 그에게 공주와 왕자의 사랑 이야기를 들려주는 것을 제일 좋아했다. 그때의 그녀는 그의 살갗이 조금 벗겨진 것만 보아도 마음이 아파 눈물을 흘리곤 했다.

지금, 머우판이 그녀에게 줄 수 있는 행복은 그저 월급날 오리고기와 교자를 사다 주는 것뿐이다. 비록, 생활 형편이 조금씩 나아졌지만, 그저 예전보다 조금 나아진 정도일 뿐이었다. 그들은 현재 비교적 안정적인 일을 가지게 되었고, 돈도 어느 정도 모았다. 하지만 그때부터 그들의 화젯거리는 어떻게 집을 사는가가 되었다. 그들은 언젠가 자신들만의 아름다운 승용차가 생기는 날을 꿈꾸었다. 그녀는 그에게 어울리는, 그를 완벽하게 해줄 피에르가르뎅 옷을 봐 두었다고도 했다.

그러나 머우판은 알고 있었다. 매번 미용실을 지나갈 때마다 그녀가 가슴 아파하는 것을. 그녀의 그 아름다운 얼굴이 단지 가꾸지 못해서 어두침침해 보인다는 것을 느낄 때, 머우판은 순간 자신이 이 세상에서 너무나 미약한 존재라는 생각이 들었다. 그래서 그저 씁쓸한 웃음을 지어 보일 수밖에 없었다. 머우판은 600위안을 그녀에게 건네주며 화장품을 사라고 했다. 그때 그녀는 마치 아이처럼 기뻐하며 펄쩍펄쩍 뛰었다. 이러한 광경을 보며 그가 할 수 있는 것은 그저 긴 한숨을 내쉬는 것뿐이었다!

머우판은 그녀가 일하는 회사에 가 본 적이 있었다. 그다지 예쁘지도 않은 여자들이 이탈리아에서 산 가죽백을 메고 수천 위안이 호가하는 프랑스 명품 옷을 입고 있었다. 머우판은 그녀의 동료집에도 가본 적 있었다. 아름다운 방 안에 엄청나게 큰 고가의 평면TV가 있었고, 여럿이 누워도 넉넉할 것 같은 큰 소파가 있었다. 낭만적인 등과, 포도주도 있었다. 게다가 비싼 개까지 기르고 있었다. 여주인 역시 명품 옷과 고가의 액세서리로 치장한 모습이었다. 그녀들은 그저 돈 있는 남편을 골랐다는 이유만으로, 이런 호사를 누리고 있었던 것이다. 세련된 집을 보고 있자니, 머우판의 얼굴은 붉게 달아올랐다.

그녀들은 신나게 새로 개봉한 영화에 대해서 이야기하고 있었다. 그러나 그 순간 머우판은 자신의 여자친구가 시장에서 단 1마오, 2마오 때문에 주인과 승강이를 벌이던 모습을 떠올렸다. 사람들이 이렇게 예쁜 아가씨가 왜 이렇게 깐깐하게 구냐며 면박을 줄 때 부끄러워하던 그녀의 얼굴이 떠올랐다. 하루는 그녀가 거울을 보며 조용히 눈물을 흘리던 모습을 본 적 있었다. 부드럽고 아름다웠던 손은 빨래로 인해 투박해지고 거칠어졌다. 그는 알고 있었다. 이 모든 것들이 아직 그들이 이러한 생활을 누릴 수 있는 수준에 닿지 못했기 때문이다, 그들은 돈이 없었다.

머우판은 여자친구를 슬쩍 한 번 쳐다보았다. 그녀의 두 뺨이 붉게 달아올라 있었다. 조금 뒤, 그녀는 일이 있다며 먼저 일어나 보겠다고 말했다. 머우판은 알고 있었다. 그를 위해서 그런다는 것을… 머우판은 똑똑히 기억하고 있다. 그날 밤, 그들은 모두 잠을 이루지 못했다.

이후, 그녀는 행복하지만, 즐겁지 못한 여자가 되었다. 그녀는 그처럼 미친 듯이 일을 했고, 현실에 적응하기 위해 고군분투했다. 한때 천진난만했던 얼굴은 피곤에 절은 얼굴이 되었다. 그가 마음 아파할까 봐 억지로 웃는 그녀의 모습을 볼 때면 머우판의 마음은 찢어지는 것 같았다.

그래서 머우판은 더욱더 미친 듯이 일을 했다. 소처럼 마냥 일만

했다. 그들의 감정을 끌어안고 앞을 향해서만 묵묵히 걸어갔다. 그들의 미래는 전도유망할 것이다. 그들은 모두 똑똑했고, 능력이 있었으며, 게다가 열심히 노력하니까. 하지만 성공은 그렇게 쉽게 다가오는 것이 아니었다. 형편은 좀 나아진 듯했지만, 그들은 그들이 속해 있는 사회계층은 여전히 빈곤한 하층 농민이라는 것을, 스스로 너무나 잘 알고 있었다.

절대 잊을 수 없는 그날 밤, 그녀는 떠났다. 머우판의 마음을 찢어지게 하는 쪽지 하나만을 남기고서 말이다. '여보, 나는 정말 당신을 사랑해. 나도 알아, 당신도 나를 사랑한다는 걸. 당신을 위해서 나는 무엇이든 다 할 수 있어. 당신을 위해서 나는 내 자신을 희생하는 것도 감수할 수 있어. 당신은 나의 전부니까. 내 행복의 이유니까. 하지만 그래서 나는 당신을 떠나려고 해. 나는 나의 모든 눈물을 이 방 안에 남겨둔 채, 모든 정도 마음에 새긴 채 떠날 거야. 나는 당신이 나를 위해 미친 듯이 일만 하는 모습을 더 두고 볼 수 없어. 당신이 갈수록 스트레스로 말라가는 것을 더는 두고 볼 수 없어. 당신 알아? 당신이 나 몰래 술 먹고 들어올 때, 내 마음이 얼마나 아팠는지?

나는 어쩔 수 없어. 우리 모두는 어쩔 수가 없어. 나는 정말 모르겠어. 돈이 없는 우리의 사랑이 얼마나 더 지속될 수 있을까?

처음에, 당신을 위해, 나는 당신 곁에 남기로 결정했지만, 지금은 당신을 위해 떠나려고 해. 나의 가방에는 우리의 행복했던 기억들을 가득 담아 두었어. 어쩌면 내가 다시 돌아올지도 모르니까 말이야. 나는 당신을 사랑하니까. 당신이 없다면, 나의 삶은 흑백일 테니까. 하지만 지금은 날 놓아줘. 그래야 당신이 좀 더 가벼워지고 우리의 삶도 모두 조금씩 가벼워질 테니까, 알았지? 잘 지내.'

　돈이 없는 사랑이 얼마나 오래갈 수 있을까? 그녀가 떠난 후 머우판은 계속해서 이 가슴 아픈 구절을 되새기곤 했다. 그의 얼굴 위로 소리없이 눈물만이 흘러내렸다.

살아 보니

　사람들은 항상 '재물이 사회를 발전시킨다'고들 한다. 금전을 향한 인간들의 욕망과 금전을 가진 이들의 허영이 사회를 더욱더 앞으로 나아가게 한다는 것이다. 또한, 어떤 이들은 남자가 천하를 욕심내는 것은 바로 여자를 얻기 위해서라고 말한다. 여자는 도리어 그러한 남자를 통해서 천하를 얻는다는 것이다.

　돈이라는 것은, 태어날 때 없었던 것이고, 죽을 때 가지고 갈 수 없는 것이다. 후회 없는 진정한 삶을 누리고 간다는 것은, 우리의 존엄이며, 동시에 우리가 우리 스스로 그리고 타인에게 행하는 일종의 존중과도 같다.

고독을 견뎌라, 유혹을 이겨내라

Chapter 6

누군가는 말한다. [외로는 유행하는 거짓말과 같다. 할 수 있는 자들, 할 수 없는 자들 모두 그것이 진짜라고 여겨선 안 될 것이다.]

유혹은 너무나 많고 걱정은 너무나 적어진 시대, 삶의 리듬과 변화 역시도 너무나 빨라진 이 시대에, 상대를 향한 일편단심은 이미 사람들에게 칭송을 받아 마땅한 성품이 되었는지도 모른다.

마치 소설가 장아이링이 자신의 작품 〈색계〉의 마지막에서 이렇게 말한 것처럼 말이다. 그들은 원시사회의 사냥꾼과 먹잇감의 관계와 같다. 호랑이와 귀신의 관계와 같다. 가장 최후에 점령당하는 존재인 것이다.

고독을 견뎌라, 유혹을 이겨내라

때로 어떤 일들은, 지나간 이후에야 비로소 깨닫게 된다. 득과 실이 내 맘대로 되지 않는다는 사실을 말이다. 감정도 그렇다. 아파본 이후에야, 자신을 어떻게 보호해야 할지 깨닫는다. 바보같이 사랑에 빠져본 사람만이 사랑을 지속해야 할 순간과 떠나야 할 순간을 안다. 우리는 포기하는 법을 배워야 한다. 눈물 흘리기 이전에 뒤돌아서 떠날 줄 알아야 한다. 눈물과 맞바꾼 것은 믿을 만한 것이 못되므로. 어제를 마음속 깊이 묻고 가장 아름다운 기억으로 남길 줄 알아야 한다. 이로써 서로에게 더욱 새롭고 가벼운 시작이 오게 됨을 알아야 한다. 잡고 놓지 않으면, 단지 기억과 고통 속에서 스스로가 마른 나뭇가지처럼 말라갈 때까지 허우적댈 수밖에 없으리라. 그러니 손을 놓아라. 상대도 기억과 함께 떠나 보내라. 그래야 당신은 또 다른 하늘의 한 편을 발견할 수 있을 테니. 삶의 향기, 햇빛의 따뜻함을 다시 한 번 느끼게 될 것이다.

다음의 이야기를 통해 우리는 남자 주인공이 유혹을 대면했을 때 느끼는 내적 갈등에 대해서 알 수 있을 것이다.

어느 날 밤, 자신을 중화여자대학교 학생이라 소개하는 여자가 나를 메신저 친구로 추가했다. 게시판 속의 '도시 달인'이란 코너에서 나의 ID를 보았다는 것이다. 당시 나는 동창 모임에 참가했다 막 돌아오는 길이었고, 술을 마셔서 그런지 머리가 약간 아프고 어지러웠다. 그녀와 잠시 이야기를 나누고 난 뒤, 우리는 서로에게 자신의 휴대폰 번호를 알려주었다. 요즘 같은 시대에는 이상할 것도 없는 일이었다. 그녀가 오프라인 상태가 된 후에, 우리는 문자로 연락을 하기 시작했다. 그녀는 자신이 전 남친과 이틀 전에 막 헤어졌다고 했다. 그녀의 남자친구가 프랑스로 떠났기 때문이었다. 현재는 솔로이고, 167센티미터의 키에 51킬로그램의 몸무게를 가졌다고 했다. 나이는 22살이었다.

그녀는 서로의 학교까지 거리가 그다지 멀지 않다는 것을 알고는 당장 내일 아침 학교에 나를 보러 오겠다고 말했다. 나는 거절할 방도가 없었다.

다음날, 나는 잠결에 그녀의 전화를 받았다. 나는 그녀가 무슨 말을 하고 있는지 도무지 알 수 없었다. 3번째 걸려온 전화에서 그녀가 이미 학교 정문 앞에 왔다는 이야기를 했을 때야 비로소 정신이 번쩍 들었다. 나는 전광석화 같은 움직임으로 반팔 옷과 반팔 티를 챙겨 입었다. 그리고 얼굴을 씻고 이를 닦고 집을 나섰다. 여자를 오래 기다리게 하는 것은 예의가 아니지 않은가. 학교 문 앞에 도착했을 때, 미니스커트를 입고 핸드백을 든 한 여자가 나의 시야에 들어왔다. 오, 바로 저 여자군. 그리고 자세히 그녀를 훑어보기 시작했다. 몸매는 괜찮은 편이고, 포니테일로 머리를 묶었네. 꽤 생기발랄해 보여. 곧 5시가 되어 갔다. 나는 금방 일어나 아무것도 먹지 않았기에, 그녀를 데리고 내가 자주 가던 식당으로 갔다. 그리고 평소에 즐겨 먹던 음식 두 개를 주문했다. 감자고기볶음, 그리고 궁바우지딩이었다. 그리곤 음식을 먹으면서 이런저런 이야기를 나누었다.

그녀는 남자 기숙사가 규율이 그다지 엄격하지 않다는 것을 듣고선 기숙사를 구경하고 싶다고 했다. 건장한 남자로서 거절할 이유가 없었다. 어차피 주위에 딱히 놀 곳도 없으니, 기숙사에 가는 것이 낫겠다 싶었다. 기숙사에 들어서자, 그녀는 방이 조금 어질러져 있을 뿐, 게시판에 올라온 사진과 별반 차이가 없다고 말했다. 나는 당연하지라고 말했다. 사진을 찍었을 땐 일부러 방을 청소한 이후였으니까 말이다. 기숙사의 다른 룸메이트들은 여전히 깊은 잠에 빠져 있었다. 나는 컴퓨터를 켜고 그녀와 함께 시간을 보냈다. 그녀는 나의 MP3 플레이어를 귀에 꽂고 음악을 들었다.

기숙사에 그녀와 함께 있는 2시간 내내 나는 줄곧 심적 갈등의 상태에 놓여 있었다. 그녀는 대담하고 적극적인 여성이었다. 기숙사 안에서 우리는 조금 긴밀한 신체 접촉이 있었다. 물론 그저 단순한 접촉일 뿐이었다. 7시 반쯤 되어서야 우리는 기숙사를 나왔다. 학교 문을 나설 때 그녀는 나에게 이전에 우리처럼 이렇게 빨리 가까워진 여자아이가 또 있었냐고 물었다. 나는 있었다고 말했다. 그녀는 놀라는 기색이었다. 학교 문을 나선 후, 나는 학교 문 옆의 철제 난간에 앉아 있었고, 그녀는 나를 슬쩍 끌어당겼다. 나는 그때까지도 극도의 갈등상태에 놓여 있었다. 오늘 과연 어떻게 해야 할까?

　나는 건장한 남자이다. 당연히 여자가 필요한 순간도 있다. 하지만 단지 욕구 해소를 위해서 아무나 만나고 싶지는 않았다. 2년 동안의 대학생활을 보냈지만, 나는 단 한 번도 나를 그렇게 풀어줘 본 적이 없었다. 그런데 지금은? 단지 눈앞에 오늘 처음 본, 다분히 매력적인 이 여자 하나 때문에 나와의 약속을 어길 것인가? 이렇게 쉽게 자신의 감정을 타인에게 기댈 것인가? 어쩌면, 이때 그녀는 나보고 그녀의 학교까지 바래다 달라고 말했던 것 같다. 그녀 학교 근처에서 파는 밀크티를 먹고 싶다고 했다. 그리곤 학교 정문 맞은편의 호텔을 가리키며, 이틀 전 바로 저곳에서 그녀는 전 남자친구와 헤어졌다고 했다. 나는 바래다 주겠다고 말했다. 택시를 태워 그녀를 바래다 주었다. 15위안이 나오는 거리였다. 그렇게 먼 곳은 아니었다. 그리곤 그녀에게 밀크티를 한 잔 사주었다. 걸으면서 이야기를 나누다 9시가 다 되어서야 나는 농담처럼 그녀에게 물었다. "오늘 어떻게 할래?" 그녀는 망설이며 말했다. "너랑 함께 있고 싶지만, 너무 빨리 진도 나가는 건 싫어." 나는 알았다고 하며 먼저 택시를 타고 돌아가겠다고 했다. 그리고 나는 고개도 돌리지 않고 떠났다. 나는 알고 있었다. 나는 차마 돌아볼 수 없다….

　사실, 나는 택시를 타지 않았다. 그녀의 학교에서 나와 앞에 놓인 길고 긴 길을 보았다. 길에 가로등 하나 없었다. 나는 혼자 조용히 오랫동안 걸으며 많은 생각을 했다. 많은 반성을 했다. 그리고 대학생이 되기 이전의 연애에 대해서 떠올렸다. 중학생 때의 사랑. 함께 아침을 먹고, 공공장소에서 부끄러운 듯 손을 잡고, 주위에 사람이 없는 것을 확인하고는 입맞춤을 하던 그 순간들….

나는 그녀가 나를 붙잡지 않았음에 안도했다. 나에게 생각할 여유를 주었고, 비이성적인 행동을 하지 않게 해주었으니 말이다! 만약에 내가 그녀를 데려다 주기 전에 그녀를 붙잡았더라면, 그녀 역시도 거절하진 않았을 것이다. 내가 돌아가기 싫다고 했다면 그녀도 나와 함께 있었을 것이다. 하지만 나는 알고 있었다. 나는 매번 이런 이유로 몇 년간 줄곧 혼자 지냈던 것이 아니다. 그 어떤 여자와도 긴밀한 관계를 맺지 않았던 것이 아니다. 물론 욕정을 해결하고 싶을 때도 있었다. 나 역시도 결국 어쩔 수 없는 남자가 아니던가. 하지만 최대한 억누르려고 노력했던 것뿐이었다.

비록 이제는 더 이상 원나잇 스탠드나, 섹스파트너 같은 단어가 생소하지 않은 시대가 되었지만. 서로 원해서 하는데다, 게다가 목적을 달성한 이후엔 그 누구도 책임을 질 필요가 없으니 얼마나 편한 관계인가! 하지만 나는 내 삶에서 떳떳하지 못한 인생의 그 어떤 페이지 한 장도 남기기 싫었다. 나이가 들어 젊은 시절을 회상했을 때, 생각 없이 무책임한 행동을 했다는 사실을 떠올리기 싫었다. 차라리 마음에 드는 여학생과 뜨거운 사랑 한 번 하는 것이 나을 것이다. 그렇다면 적어도 기억하거나 추억할 만한 가치라도 있겠지.

나는 오래 걷는 것을 싫어한다. 슬리퍼를 신고 걷는 것은 더더욱 불편해서 싫다. 밤은 깊었고, 이쪽 길은 낯설었다. 버스가 있는지도 알 수 없었다. 내가 걸어온 길을 뒤돌아 본 다음, 나는 길게 한숨을 내 쉬었다. 만족스러웠다. 하지만 피곤했다. 그냥 택시를 타고 집에 가는 게 낫겠다 싶었다. 10위안밖에 하지 않는 데 뭐.

비록 대학생활이 너무 평탄해 심심했던 것도 사실이고 연애 한 번 제대로 못 해봤지만, 돌이켜보니 고독 역시도 하나의 즐거움이었던 것 같다. 외로움도 일종의 평온함 같은 것이다. 외로움이 꼭 나쁜 것만은 아니었다. 다 저마다의 매력이 있는 것이다. 어떤 사람이 조용히 브란덴부르크를 지나고 있다 치자. 한편으로 짙은 남색의 하늘을 바라보며 상쾌한 바람을 맞는다. 이 얼마나 멋들어진 순간일 것인가. 마치 지금의 나처럼 말이다. 한 캔의 콜라, 한 보루의 담배와 함께 컴퓨터 앞에 앉아 음악을 들으면서 글을 써 내려가는 이 순간은 정말이지 너무나 훌륭한 것이다. 고독의 맛은 누구나 다 맛볼 수 있는 것이 아니다. 고독을 깨닫는 자만이 즐거울 수 있다. 즐거움과 고독은 서로 반대되는 말이 아니다. 고독할 줄 아는 자만이 더욱 절실하게 즐거움을 느낄 수 있을 것이다.

남자도 때때로 고독이 필요하다. 고독 속에서 생각할 시간이 필요하다. 그 속에서 스스로를 더욱 더 뚜렷하게 볼 수 있을 것이다. 하지만 이 시대에 고독을 견뎌내고, 고독 속에서 강직하게 서 있을 줄 아는 남성은 너무나도 적다. 남자들은 마약, 술, 도박, 성매매 등 그 모든 것의 탓을 공허함과 고독으로 돌린다. 올바르지 않은 방법으로 자신의 욕망을 표출하는 것이다. 남자들은 고독 속에서 자신을 붙잡을 방도를 알지 못하고, 그 속에서 타락하면서 나쁘게 변한다. 그리고 하나같이 그들의 변명은 모두 외로움 때문이다. 외로움을 견뎌낼 수 없기에 유혹을 뿌리치지 못한다는 것이다. 여자는 정절을 지키며 '망부석'이 되지만, 남자는 외로운 나머지 방탕한 삶을 살게 된다. 외로움은 종종 남자들이 자신을 방종할 수 있게 만드는 면죄부가 된다. 외로움은 종종 남성의 타락과 부패의 시작이다. 남자는 외로움 속에서 성숙하는 것이 아니라, 외로움 속에 썩어간다. 남자는 외로움 속에서 영생하는 것이 아니라, 외로움 속에서 녹슬어 간다. 남자는 외로움을 통해 자신과의 싸움에서 이기는 것이 아니라 외로움 속에서 외로움의 노예가 된다. 건강하고 건전한 남자는 외로움을 견뎌낼 줄 알고, 유혹을 뿌리칠 줄 안다. 소위 말하는 다채롭고 아름다운 미녀들이 무리를 지어 몰려올 때, 유혹을 뿌리칠 줄 모르는 남자는 아편중독자가 마약을 끊을 수 없는 것과 같이, 삶 속에서 맞닥뜨리는 각종 고난을 견뎌낼 수 없다. 그러한 인생은 산송장과 같은 것이다.

사실, 외로움은 남자의 마음을 깨끗하게 닦을 수 있는 최고의 청결제이다. 외로움은 남자의 정절을 교육할 수 있는 새로운 공기 같은 것이다. 외로움이란 남자의 의지를 다질 수 있는 가장 냉혹한 시절이며, 외로움은 남자의 마음 됨됨이를 판단할 수 있는 가장 공정한 저울이다. 외로움은 남자의 품성을 판단할 수 있는 가장 좋은 시금석인 것이다. 외로움은 고통이지만, 동시에 즐거움이다. 외로움은 사람을 지치게 하지만, 또한 사람을 끌어당기기도 한다. 외로움은 추악하면서도 동시에 아름답고 매혹적이다. 외로움을 견뎌낼 줄 아는 남자야말로 진정한 남자이기 때문이다.

외로움은 단지 일종의 생활 상태일 뿐이다. 누가 외로움을 갈망하겠는가. 많은 사람이 외로움 속에서 타락하고, 자신을 잃어버리고, 그 안에서 헤어나오지 못한다. 나 역시도 보통 사람 중 하나이다. 욕구가 있고, 나의 진짜 사랑을 찾고 싶다는 바람도 있다. 하지만 단지 외로움 때문에 나의 기준을 낮추어 내 감정을 함부로 하고 싶지 않다.

어떤 시인이 이런 말을 한 것을 기억한다. '사랑은 순수함 그 자체입니다. 유혹을 견뎌낼 수 없는 자는 영원히 진정한 사랑을 얻을 수 없어요.' 그렇다. 이렇게 물질과 탐욕이 넘쳐흐르는 시대에 우리를 유혹하는 것은 너무나 많다. 자칫 잘못하다 비극적인 결말을 맞이할 수도 있다.

사회라는 것은 이토록 복잡하다. 도처에 유혹들이 우리에게 도전장을 내민다. 우리는 자주 이러한 이야기를 듣는다. "축하합니다. 당신은 우리 회사가 마련한 XX이벤트의 1등에 당첨되셨습니다. 당첨금은 1만 위안입니다. 수수료로 000원을 입금해 주세요." 이러한 메시지를 받은 우리들은 흥분을 감출 수가 없을 것이다. 고액의 유혹 속에서 우리는 대부분 바보 멍청이처럼 그것이 진짜라고 믿곤 한다. 거짓일 거라고는 꿈에도 상상하지 못하는 것이다. 그래서 바보처럼 돈을 부치곤 하늘에서 돈뭉치가 떨어지길 기대한다. 또한, 우리는 종종 상인이 고객을 사로잡는 테크닉에 대해서도 깨닫게 된다. '최저가노마진세일', '고객감사사은행사40프로대세일' 등의 달콤한 거짓말을 내놓는 것이다. 그들은 이러한 교묘한 술책으로 당신의 발걸음을 멈추게 한다.

수많은 유혹을 마주했을 때 우리는 반드시 굳건한 마음으로 태연하게 일체의 모든 유혹과 시험을 견뎌 낼 수 있어야 한다. 행복을 꿈꾸는 남자는 반드시 외로움을 견뎌 내야 하고 유혹을 뿌리칠 줄 알아야 한다. 단지 순간의 욕망으로 인해 자신의 원칙을 버려선 안 된다!

살아 보니

유혹은 진한 냄새를 풍기며 사람의 마음을 현혹시키는 탕과 같다. 마시면 쉽게 자신을 잃어버리고 방향을 놓친다. 유혹을 견뎌낼 수 없는 사람은 마치 유성과 같아, 단지 하늘 끝에서 찰나의 빛만을 내고는 사라진다. 유혹을 견뎌낼 수 있는 자는 항성과 같아, 빛은 미약하나 영원히 사람들을 고개 들어 우러러보게 한다. 당신은 인간 세상에 존재하는 수많은 유혹을 이겨낼 수 있는가?

사랑과 등지고 유혹과 사귀다

진정한 사랑은 어떤 모습일까? 어떤 이는 말하길 사랑은 일단 시작하면, 서로의 마음속에 깊숙이 뿌리를 내리는 것이라고 한다. 어떤 폭풍과 비바람이 몰아쳐도, 어떠한 모함과 유언비어가 들려도, 설사 제삼자가 생긴다 해도, 사랑하고자 하는 그 마음이 동요되지 않는 것이라 한다. 어떤 사람들은 사랑에 그렇게 많은 정력을 투자하는 것이 가치가 없다고 하지만, 진정한 사랑을 아는 그들은 그런 말에도 그저 아무렇지 않게 웃을 뿐이다. 혹시 다른 상대방의 외도에 관한 소문이 있다고 하더라도, 자신이 실제로 눈으로 보지 않는 이상 그러한 소문은 무의미하다고 여기고, 봄의 꽃처럼 변함없이 사랑을 따뜻하게 피워낸다.

북방의 겨울은 이상하리만큼 추웠다. 사람들은 모두 자신의 가방에 짐을 가득 쌌다. 겨울바람은 제멋대로 얼굴을 치고 지나갔다. 마치 가시밭길을 걸어가는 것처럼 쿡쿡 몸이 쑤셔왔다. 이 겨울은 너무나 하얗다. 어떤 이는 좋아하고, 어떤 이는 싫어했다. 그녀는 좋았다. 티끌 없이 하얀 이 색이 좋았다. 그 어떠한 잡물도 섞이지 않은 듯한, 공기 중에 휘날리는 눈송이를, 꽃비처럼 떨어지는 눈을 좋아했다. 그리고 그녀는 그것들과 함께 휘날렸다. 큼지막한 눈송이가 그녀의 머리에 떨어졌다. 그녀는 마치 천사처럼, 일 년 사계절 항상 흰 옷만 입었다. 폭포처럼 아름다운 그녀의 머리칼이 그녀의 귀여운 얼굴을 더욱 돋보이게 해주었다. 한 명의 아리따운 소녀가 이렇게 탄생했다.

그녀의 이름은 샤오마이였다. 남방의 도시에서 태어났지만, 2년 전 북방의 수준급 고등학교로 입학했다.

그녀는 그저 17살에 불과했지만, 순수했고, 귀여웠다. 이곳으로 온 뒤, 그녀는 더욱 이곳을 마음 깊이 사랑하게 되었다. 이곳의 공기와 날씨를 사랑하게 되었다. 남방의 공기는 항상 더워 '구운 돼지가 되겠다'는 말로도 설명할 수 없을 정도였다. 겨울이 되어도 눈이 내리지 않고 습하고 차가운 공기가 가득한 곳이었다. 그녀는 항상 TV로만 눈을 보았다. 그녀는 이렇게 상상한 적 있었다. 어느 날 하루, 이곳 남쪽 지방에도 갑자기 눈꽃이 내린다면, 주변은 온통 백색으로 물들고, 다시는 혼탁해지지 않을 거라고. 그녀는 눈송이를 손바닥에 올려놓고, 그것이 손 위에서 천천히 녹아 사라지는 것을 보고 싶었다. 녹아서 물로 변하면 그것을 가볍게 얼굴에 비비고 싶었다. 그렇게 하면 자신도 눈꽃처럼 깨끗하고 맑아질 것 같았다. 그녀는 또한 눈꽃송이를 잡아 얼른 입안에 넣은 뒤, 그것이 녹지 않게 최대한 빠른 속도로 삼켜 뱃속에 넣어두고 싶었다. 그렇게 하면, 그녀의 마음도 먼지 하나 없는 눈꽃송이처럼 맑아질 거라고 생각했다.

그녀는 온몸을 하얀 옷으로 치장하곤 했다. 헤드셋을 끼고 학교 교정을 천천히 걸었다. 그 음악은 아무리 반복해 들어도 질리지가 않았다. 그녀는 슬픈 것이 아니었다. 어린 여학생들처럼 우수에 젖은 것도 아니었다. 그저 그 노래의 선율이 너무나 좋았다. 그녀는 먹을 것만 있다면 곧 기분이 좋아졌다. 그리고 열심히 공부해서 좋은 성적으로 엄마에게 보답하고 싶었다. 엄마는 어릴 때부터 지금까지 그녀에겐 항상 제일 좋은 것만을 주었다. 자신은 먹을 것을 잘 못 먹고, 입을 것을 잘 못 입어가면서도 말이다. 엄마는 항상 그녀에게 이렇게 말하곤 했다. "샤오마이야, 엄마가 너에게 참 미안해. 네가 마땅히 누려야 할 삶을 누리지 못하게 한 것 같아서. 다른 네 또래 애들처럼 브랜드 옷을 입힐 능력이 없어서, 좋은 음식을 사 먹이지 못해서. 하지만 엄마는 노력할 거야. 최대한 노력해서 너를 행복하게 해 줄 거야. 엄마는 아빠의 사랑까지 너에게 다 줄 거야. 너에게 아빠 없는 가정에서 자랐다는 느낌을 주지 않을 거야." 매번 이 말을 다하고 나서 엄마는 소리 없이 흐느꼈다. 그녀는 엄마를 꼭 껴안으며 울먹거리며 말했다. "나는 행복해. 나에겐 나를 이렇게 사랑하는 엄마가 있잖아. 나는 브랜드 옷 필요 없어. 진수성찬도 필요 없어. 난 엄마만 있으면 돼. 엄마만 잘 있으면……."

엄마 이마에 패인 주름은 곧 그녀를 향한 사랑을 의미했다. 날로 늙어가고 쇠약해지는 엄마를 보고 있자니, 샤오마이의 마음도 함께 아팠다. 그녀는 엄마에게 자신은 공부를 포기하고 일을 하러 가도 상관 없다고 말했다. 그럼 엄마가 조금이라도 덜 힘들 테니까. 하지만 엄마는 그녀에게 항상 이렇게 말했다. "반드시 열심히 공부해야 해. 그래야 나중에 엄마에게 편안한 노후를 선물할 수 있어." 샤오마이는 엄마의 베개 아래쪽에, 몇 장의 빛바랜 사진들이 숨겨져 있는 걸 종종 발견하곤 했다. 사진 속 여자의 보조개는 꽃처럼 아름다웠다. 남자들의 입가가 절로 올라갈 것 같은 보조개였다. 마치 반달 같았다. 밝고 아름다웠다. 베개 위에 라일락이 몇 송이 피었다. 분명 엄마의 눈물일 것이다. 사진 속의 남자는 분명 얼굴 한 번 본 적 없는, 자신과 엄마를 버리고 다른 나라로 떠난 샤오마이의 아버지일 것이다. 그녀는 원망하지 않았다. 대신 아빠가 그곳에서 잘 지내길 바랐다. 그가 좋으면 그것으로 충분하다고 생각했다. 매일 별이 뜨는 밤에, 그녀와 엄마는 베란다에 나란히 앉았다. 그녀는 엄마의 어깨에 기대어 그녀와 그녀 아빠의 옛이야기를 들었다. 그녀는 자주 말했다. "어른이 되고 나면 꼭 아빠같이 잘생긴 남자와 결혼할 거야."

또다시 무료한 주말이 다가왔다. 샤오마이는 학교에서 그리 멀지 않은 복숭아꽃 정원을 찾았다. 새하얀 눈이 복숭아꽃의 잎을 모두 덮고 있었다. 그것들은 마치 곧 장가를 갈 신랑같이 수줍은 모습으로, 백색의 눈꽃 아래에 있었다. 자신의 꽃을 피울 시기만을 기다리고 있는 듯했다. 그녀 역시 그것들이 꽃을 피우고 싹이 돋을 그 날만을 손꼽아 기다렸다. 카메라로 사진을 찍어 엄마에게 보냈다. 물론, 화면에는 그녀의 벚꽃과 같은 함박웃음도 함께 들어가 있었다.

엄마가 사진을 받고 미소지을 모양을 상상하면 그녀는 웃음부터 터져 나왔다. 그 웃음소리에 이어 찰칵하는 소리가 함께 들렸다. 그녀는 앞을 둘러봤다. 한 명의 남학생이 카메라를 들고 만족한 웃음을 짓고 있었다.

"어이~ 너 왜 나를 몰래 찍는 거야?" 그녀는 앞으로 나아갔다. 숙녀답지 못한 큰 소리였다. 그녀는 남이 몰래 자신을 찍는 게 너무 싫었다. "나는 결백해." 정말로 무뢰한 같은 남학생이었다. 웃는 모습 또한 그랬다. 샤오마이는 식은땀이 흘렀다.

"상관 마라지." 샤오마이는 뒤돌아 자리를 떠났다. 그녀는 낯선 사람과 많은 이야기를 나누는 것이 싫었다. 엄마가 세상에는 나쁜 사람이 많다고 했기 때문이다.

"네 사진 받고 싶지 않은가 보지?" 이 남학생은 분명 그녀를 협박하고 있었다. 침착하자 침착해. 그녀는 스스로에게 주문을 걸 듯 말했다.

"줘!" 마음을 가다듬은 뒤 그녀는 뒤돌아서서 그에게 달콤한 미소를 지어 보였다. 말은 무척이나 흥분한 듯 뱉어냈지만, 그녀는 혼자 속으로 이렇게 생각하고 있었다. "사진을 받고 나서 어디 한 번 두고 보자!"

"그럼 내일 이맘때쯤 여기로 와서 사진 가지고 가." 그는 애써 승리의 기쁨을 감추려는 듯 보였다. 하지만 터져 나오는 웃음소리는 어찌할 수 없었다.

기숙사로 돌아와서도 그녀는 여전히 혼자서 그 못된 남학생을 속으로 욕하고 있었다. 하지만 잘생기긴 했어. 웃는 모습이 아빠랑 닮았어. 아니야, 걔를 아빠랑 비교할 순 없지? 걔가 얼마나 나쁜데! 샤오마이는 입을 삐죽 내밀었다. 이때의 그녀는 영락없는 개구쟁이 아이 같았다.

오후 날씨는 이전보다 훨씬 맑고 시원했다. 하늘은 짙푸른 색이었다. 샤오마이는 어제의 그 벚나무 아래에서 그 못된 남학생을 기다렸다.

"어이, 샤오마이, 너 약속 하나 기가 막히게 잘 지키는구나." 분명 어제의 그 목소리였다. 그녀는 사방을 둘러보았지만 그의 그림자조차도 찾을 수 없었다. 이상했다. 분명 목소리를 들었는데.

"고개를 들어 봐, 나 위에 있어." 샤오마이는 고개를 들었다. 그는 흰색 옷을 아래 위로 입고 있었다. 나무의 흰색과 어울려 정말 아름다웠다. 그는 나무에서 뛰어 내려와 왕자처럼 그녀에게로 다가왔다. 샤오마이는 여전히 자신의 환상 속에 빠져 있는 상태였다.

"어이, 뭘 보는 거야? 나 잘 생긴 거 이제 알았어?" 샤오마이는 왜 항상 그가 저렇게 웃는지 이해가 되지 않았다. 자기가 웃으면 사람들이 넋을 잃는 걸 모르는 걸까?

"치, 만약에 너보고 잘 생겼다고 하면 세상에 모든 남자가 다 연예인이게?" 거짓말 한 번 한다고 큰일 나진 않겠지. "내 사진은?" 그녀는 그녀를 바라보는 그의 눈빛이 부담스러워서 딴 곳을 쳐다보기 시작했다.

"내일 줄게, 아직 인화가 덜 됐어."

쟤는 대체 뭐길래 항상 웃는 거야. 그녀는 정말 미쳐버릴 지경이었다.

"너…" 샤오마이는 너무 화가 나서 말조차 나오지 않았다. 그는 분명 만만치 않은 상대였다. 그를 마주하기만 하면 샤오마이의 머리는 무슨 영문인지 잘 돌아가지 않았다. 갈팡질팡하기 일쑤였다.

"하지만 내일 나는 수업이 있는데." 그녀는 최대한 자신의 목소리를 차분하게 만들려 애썼다. 자신의 사진이 다른 사람의 수중에 들어가지 않기 위해, 참았다. 반드시 참아야 했다.

"괜찮아, 나도 내일 수업 있으니까. 내일 내가 네 교실로 가져다 줄게."

"뭐……?" 그가 뭐라고 했지? 교실이라고 했나? 설마 그가 그녀가 어느 학교에 다니는 것까지 알고 있다는 말일까? 심지어 그녀의 교실까지? 맞다. 금방 그녀의 이름도 부른 것 같은데? 샤오마이는 눈을 똥그랗게 뜬 채, 의심의 눈초리로 그를 바라보았다. 그가 무슨 변명이라도 해 주길 바라면서.

"그렇게 너무 이상한 눈빛으로 날 보지 말아 줄래? 우리는 같은 학교야. 나는 잘생긴 오빠, 고3이고, 1반이야. 쉐천천이라고 해. 샤오마이 동생, 안녕?" 그는 긴 오른손을 내밀었다. 악수를 청하는 것 같았다.

"어째서 난 선배를 본 적이 없지?" 샤오마이가 물었다. 동시에 스스로에게도 묻고 있었다. 동시에 학교 사람들의 얼굴을 쓱 떠올려 보았다. 하지만 아무리 생각해도 이런 얼굴은 본 적 없는데. 그는 어찌할 방도가 없다는 듯 양어깨를 으쓱거렸다.

세상에 많은 일이 어쩌면 이렇게 운명적으로 정해지는 것일지 모른다. 쉐천천이 샤오마이에게 사진을 전해줄 때, 반 모든 학생은 두 사람이 사귄다고 생각했다. 그들 역시도 딱히 무엇이라고 해명하지 않았기에, 그들은 친구가 되었다. 그렇게 시간이 흘러갔다.

봄날의 북방은 여전히 예전처럼 추웠다. 간혹 많은 눈이 내리곤 했다. 샤오마이는 강가의 의자에 앉아 이틀 전 그의 고백에 대해 생각하고 있었다. 그는 말했다. "널 좋아해." 그는 물었다. "우리 사귀지 않을래?"

샤오마이는 한참을 멍하니 서 있었다. 한 마디만 남기고 줄행랑을 쳤다. "생각할 시간을 좀 줘." 이렇게 그녀는 그를 이틀간 피해 다녔다. 그녀는 어떻게 그를 마주해야 할지 몰랐다. 마음이 복잡했다. 그녀는 그를 향한 감정이 무엇인지 알 수 없었다. 우정과 사랑 사이에 있는 것인지, 아니면 진짜 사랑인 건지.

그녀는 그들이 처음 만났던 그 벚꽃동산에서 그를 다시 만나기로 약속했다. 그의 고백을 받아들이기로 한 것이다. 그날, 그는 처음으로 그녀를 품에 안았다. 그는 그녀가 크고 나면 멋있게 그녀에게 청혼할 거라고 말했다. 그녀를 세상에서 가장 행복한 여자로 만들어 주겠다고 했다. 그는 그녀와의 결혼은 벚꽃이 있는 계곡에서 할 것이고, 결혼하는 그 날, 반드시 꽃이 만발한 그곳에서 그녀를 위한 동화를 읊어 주리라 말했다. 이미 머릿속에 다 준비되어 있다고 했다. 그녀는 행복하게 그의 품에 기대어 그의 쿵쾅거리는 심장소리를 들었다. 그곳에선 마치 그녀에게 이렇게 말하는 듯했다. "사랑해." 이렇게 그들 역시 수많은 커플 중에 두 사람이 되었고, 평안하고 행복한 나날을 보내게 되었다. 고3이 된 쉐천천은 항상 열심히 공부했고, 샤오마이는 그의 피곤한 얼굴을 볼 때마다 마음이 아팠다. 그럴 때면 그는 그녀의 머리칼을 어루만지면서 이렇게 말해 주었다. 그녀만 옆에 있다면 그는 하나도 피곤하지 않다고……

눈 깜짝할 사이에 봄은 지나고 초여름이 다가왔다. 곧 수능이 다가오고 있었고, 그 말은 즉, 그들이 헤어질 시기가 다가왔다는 뜻이기도 했다. 샤오마이는 말했다. "날 꼭 기억해 줘야 해." 쉐천천은 말했다. "매 순간 시시각각 너를 생각할 거야." 말을 끝낸 쉐천천은 그녀의 입술에 자신의 입을 맞추었다. 뒤에 만발한 벚꽃이 그들 사랑의 증인이었다.

헤어질 때 그녀는 미소를 띠고 있었다. 미소를 띤 채 기차가 그를 태우고 떠나가는 모습을 바라보았다. 그는 손을 흔들어 그녀에게 인사했다. 그는 다른 도시의 대학을 가게 되었다. 그곳에서 그녀를 1년간 기다리겠다고 했다. 그녀에게 1년 후, 꼭 다시 그를 찾아오라고 말했다.

만약 그리움이 달콤하다면, 눈물은 쓰기 마련이다. 만약에 맹세가 거짓이라면 마음은 아플 수밖에 없다. 1년의 시간은 그토록 길었다. 마치 몇 세기를 지나온 것 같았다. 그녀가 잔뜩 흥분한 마음으로 그가 있는 학교에 도착했을 때, 그는 다른 여학생과 희희낙락거리고 있었다. 그때의 모습은 마치 그들이 처음 연애를 시작했을 때와 너무도 닮아 있었다. 그녀의 심장이 뛰었다. 걸음이 반 박자 느려졌다. 그녀는 그들과 싸우지도, 그 자리에서 난리를 피우지도 않았다. 그럴 필요까진 없다고 생각했다. 그녀는 그들에게 다가가서, 애써 웃음을 보이며 말했다. "천천 오빠, 오랜만이야." 그는 당황한 기색으로 그녀를 쳐다보며 말했다. "샤오마이, 너 여긴 어쩐 일이야?" 이 말이 그녀의 마음에 비수가 되어 꽂혔다. 눈물이 흘러내리기 시작했다. 그가 설마 그녀에게 왜 여기에 있느냐고 물은 것인가. 그때, 여기에서 그녀를 기다리겠다고 하던 사람이 누구였는데. 그는 잊었다. 잊은 것이다. 모두 다 잊어버렸다. "그 사람이 여기에서 나를 기다리겠다고 했는데, 내가 왔는데 그가 안 보이네. 천천 오빠, 그가 어디로 갔는지 알아?" 샤오마이의 목소리는 조금씩 떨리고 있었다. 천천은 눈앞의 여학생을 보고선 마음이 불편해졌다. 그녀에게 완전 창피했다. 그는 어떤 말을 해야 할지 몰라 그저 가만히 서 있을 뿐이었다.

샤오마이는 눈물을 닦고선 그의 옆에 있는 여학생을 쳐다보았다. 알겠다. 이제 모든 것을 알겠다. 이렇게 아름다운 여학생을 보고서 그의 마음이 바뀐 것은 어쩌면 당연한 일일지 모른다. 모든 게 그녀만큼 예쁘지 않은 내 자신 탓이겠지. "안녕하세요, 저는 천천의 친구에요. 샤오마이라고 해요." 그녀는 눈앞의 여학생을 보며 웃었다. 가슴은 찢어질 듯 아파 숨이 멎어버릴 정도였다. 이어서 그녀도 자신의 소개를 했다. "안녕하세요." 그 여학생이 그녀를 안았다. "천천, 행복하길 바랄게." 그녀는 애써 쿨한 모습을 보이며 그 자리를 떠났다.

누구도 보지 못했다.

그 순간 그녀의 눈물, 그 제방이 터지는 모습을.

그날 이후, 샤오마이는 집에 혹은 기숙사에만 틀어박힌 채 그 누가 어떻게 불러도 집 밖을 나가지 않았다.

살아 보니

정력이 왕성한 남자는 쉽게 사랑이 변한다. 새로운 사물에 대해 깊은 관심과 호기심이 있는 남자는 보통 남자들보다 훨씬 다양한 취미를 가지고 있다. 사실, 바람기 넘치는 남자를 잡는 방법은 쉽다. 하지만 그들을 일편단심 하게 만드는 것은 어렵다. 다행히도 이래저래 풍문을 일으키고 다니는 남자들도 종종 결국 한 여자에게 굴복하는 경우가 많다. 그들도 그 후엔 바람핀 적도, 바람기가 있지도 않은 여느 착한 남자들처럼, 성실하게 한 여자만을 위해 살게 되는 것이다.

유혹을 견뎌낼 수 없는 결혼은 얼마나 될까?

십여 년의 결혼생활을 지속하게 되면, 배우자는 이미 자신의 가족처럼 느껴지게 되고, 한때 끓어오르던 열정적인 사랑은 담담한 정으로 바뀌게 된다. 오랜 세월을 거치며, 부부 사이의 담담한 정은 끓인 물과 같아져 이미 아무 맛도 없고 버려도 아쉽지 않은 존재가 되어버리는 것이다.

두 사람이 지켜 나가야 하는 결혼생활은 길다. 함께 나란히 베개를 베던 사람이 익숙해질수록, 한편으론 더욱 낯선 사람처럼 느껴진다. 이렇게 결혼생활은 갈수록 외로워지는 것이다.

오늘날, 급속하게 변화하는 세상 속에서, 너무나 많은 열정과 유혹이 외로운 결혼을 향해 돌진하고 있다. 결혼 생활 속에서 외로움을 겪는 남녀들을 유혹하려는 것이다. 일생의 결혼 생활이 길어질수록, 평생을 건 약속은 더욱 무거워진다. 계속 이어지는 결혼 생활 속에서 또 어떤 일이 벌어질지는 도무지 알 수가 없다.

많은 남자와 여자가 외로워 결혼하고, 또 외로워 이혼한다.

세상이 변하고 있다. 그 속에서 외로움을 견디고 유혹을 뿌리칠 수 있는 부부는 과연 얼마나 되겠는가? 그래서, 어느 누군가는 결혼 생활을 견디지 못하는 남녀에게 이렇게 충고한다. 새로운 누군가에 대해 호기심을 가지는 것은 괜찮다. 하지만 이곳저곳 마음을 주어선 안 된다. 과거를 추억하는 것은 괜찮다. 하지만 그 과거에 빠져 헤어나올 수 없으면 안 된다. 계획적으로 자금을 꾸려가는 것은 좋다. 그러나 한꺼번에 자금에 발이 묶여선 안 된다. 슬퍼하는 것은 괜찮다. 하지만 슬픔으로 극단적 선택을 해선 안 된다. 외로움을 견디고, 유혹을 뿌리칠 줄 알아야 한다.

그렇기에, 당신이 풍경을 꿰뚫어 보았든, 풍경을 찾지 못했든지 간에, 반드시 기억하라.

반드시 풍경을 발견할 수 있는 두 눈을 소중히 간직해야 함을.

당신이 외로움에 사무쳤을 때, 유혹에 맞닥뜨렸을 때, 다음의 이야기가 도움될 것이다.

여자아이는 이혼 가정에서 자란 아이였다. 사랑을 믿지 않는 아이였다. 그녀는 아주 빼어난 외모를 가지고 있었다.

남자아이는 행복한 가정의 아이였다. 사랑을 생명의 전부라고 믿는 아이였다. 그의 외모는 극히 평범했다.

인연이란 것은, 선율을 가진 향기로운 포도주 같은 것이다.

조용하고 평온한 캠퍼스 안에서 남자아이는 성실했고 여자아이는 아름다웠다. 그들은 이 멜로디 같은 술 향기에 흠뻑 빠져 있었다. 밤의 그윽한 바람과 함께, 그들의 사랑은 허브 냄새와 어우러져 캠퍼스 사방에 퍼졌다. 달은 그윽한 미소를 짓고 있었다.

무슨 이유에서인지는 모르겠지만, 여자아이는 이 평범하기 그지없는 남학생에게 호감이 생겼다. 아마도 사랑을 삶의 전부라고 여기는 그의 모습 때문이었을 것이다. 그들은 다른 커플들처럼, 하루하루를 행복하게 보내고 있었다.

남자는 산들바람이 지나갈 때 여자의 긴 머리가 휘날리는 모습을 좋아했다. 여자가 웃을 때 드러나는 두 개의 작은 송곳니를 좋아했다. 여자가 자신의 어깨에 기대 진심어린 말투로 이렇게 말하는 것을 좋아했다. "난 네 곁을 떠나지 않을 거야."

여자는 남자가 노래 부를 때 집중하는 모습을 좋아했다. 비록 음치였지만. 남자가 자신을 끌어안고 깊은 입맞춤을 해주는 느낌이 좋았다. 매번 가슴이 쿵쾅쿵쾅 뛰었기 때문이다.

그들은 함께 미래를 그렸다. 작고 아름다운 집, 노란색의 귀여운 차, 희고 통통한 아이 하나. 그들의 꿈을 위해, 남자는 출국을 결심했다. 떠나기 직전 여자는 울지 않고 씩씩하게 이렇게 말했다. "너와 결혼할 때까지 기다릴게." 남자는 미소를 지은 채, 이마 위의 머리를 들어 올려 여자에게 키스해 주었다. 이 입맞춤이 그들의 꿈을 더 단단하게 만들어주는 듯했다.

깊은 밤중, 타국의 벌레 울음소리를 듣고 있자니 남자는 머리가 복잡해졌다. 이런저런 생각 끝에, 자신도 모르게 그녀의 매력적인 미소가 떠올랐다.

그녀를 좋아하는 남자들이 많았다. 다들 똑똑했다. 그러나 그녀는 자신을 좋아하는 남자들을 모두 거절했다. 그의 마음속엔 그밖에 없었던 것이다. 깊은 밤중에 그녀 역시 돌연 타국의 그를 떠올렸다. 잘 지내고 있겠지? 빨리 돌아왔으면 좋겠어. 그녀는 끝도 없는 어둠을 향해 속삭였다.

시간은 흐르는 물처럼 빨랐다. 5년은 순식간에 지나갔다. 남자아이는 귀국행 비행기를 탔다. 아, 아니, 이전의 그 남자아이는 어느새 건장한 남자가 되어 있었다. 매끈한 정장, 성숙해 보이는 미소, 자신 있는 걸음걸이를 갖춘.

서늘한 바람이 회백색의 구름을 몰고 왔다. 깊은 가을날 먼지가 섞인 공기는 더욱 운치가 있었다.

익숙한 도시, 익숙한 사람들. 남자의 한 손에는 캐리어가, 남은 한 손에는 그들의 꿈을 꼭 쥐고 있었다. 그들의 미래가 거기에 있었다.

5년의 시간은 비록 많은 것들을 바꾸어 놓았지만, 남자는 그래도 그녀를 한눈에 알아보았다. 칠흑 같은 그녀의 머리가 원단처럼, 그녀의 흰 패딩 코트를 스쳐 지나가고 있었다. 그녀는 한 손에 잡지를, 한 손에는 뜨거운 김이 모락모락 나는 커피를 쥐고 있었다. 그곳은 그들의 대학시절 자주 오던 커피숍이었다. 또한, 그들이 5년 만에 재회하는 장소이기도 했다. 멜로디는 커피 향과 어우러져 그들의 무지개 같은 꿈 속을 떠다녔다. 오늘 그 꿈이 마침내 실현되는 것이다. 이렇게 거리를 두고 그녀를 바라보고 있자니, 남자는 더욱 긴장해 주먹을 꼭 쥐게 되었다. 녹색불이 켜졌다. 남자는 캐리어를 들고 그녀를 향해 달려갔다.

도시, 역시나 익숙한 이 도시. 단지 가을의 변덕스러운 날씨만이 사람들을 곤란하게 만들 뿐이었다. 창문 밖의 단풍이 원을 그리며 떨어지고 있었고, 바닥이 조금씩 젖고 있었다. 그녀는 창문 밖을 바라봤다. 그녀 역시 한눈에 그를 알아보았다. 그녀는 문을 열고 그를 향해 달려가 그를 끌어안았다. 그녀의 눈에는 눈물이 가득했다. 만감이 교차했다.

두 사람은 행복하게 서로를 안았다. 이후의 일은 말하지 않아도 알 것이다. 그들은 행복하고 달콤한 삶을 꾸려갔다.

삶은 열차와 같다. 차 속에는 항상 형형색색의 사람들이 빈번하게 오간다. 당신은 차 안에서 당신이 인연이라고 여기는 사람을 많이 마주칠 수도 있다. 하지만 열차도 멈출 때가 있다. 인생이란 이 열차에서 누군가는 타고 누군가는 반드시 내리게 되어 있는 것이다. 당신이 내릴 땐 손을 흔들며 떠나보낼 수 있어야 한다. 돌아선 당신이 기억할 것은 오로지 집으로 돌아가는 길뿐이다.

살아 보니

정인情人은 당신에게 잠시만의 쾌락을 가져다줄 뿐이며, 이 잠시의 쾌락의 뒤편엔 평생 지울 수 없는 고통이 서려 있다. 당신의 그 갈대처럼 흔들리는 마음을 접어 두라. 그리고 당신의 배우자와 아이 그리고 부모와 함께 행복한 일생을 꾸려 나가라.

고독이 샤넬을 완성하다

고독이라는 것은, 누구나 함께 하길 원하지 않는 것이다. 하지만 이 세상에 살아가는 한, 고독과 외로움의 고통에서 벗어날 수 없다. 고독이라는 것은 우리를 무력하게 만든다. 시끄럽고 복잡한 세상은 사람들로 하여금 자신이 고독에서 떨어져 있기를 바라게 하지만, 그것은 나타났다 사라졌다 할 뿐 영원히 자취를 감추진 않는다. 고난과 부담이 당신의 등을 무겁게 할 때, 희망과 꿈이 당신을 농락하고 도망칠 때, 요원한 목표가 삶이라는 쓰디쓴 현상액 속에서 종적도 없이 사라질 때, 마음속의 야망이 현실의 벽에 부딪혀 옴짝달싹도 못 할 때, 고독과 외로움은 예고 없이 찾아온다. 그것과 당신은 허심탄회하게 이야기하고, 속마음을 터놓는다. 그것은 당신을 위로하고, 몹시 다정하다. 외로움은 당신의 삶 속에서 시종일관 함께하지만, 결코 벗어날 수 없는 반려자와 같은 것이다. 인생이란 길목 속에서 털어버릴 수 없는 마음 상태인 것이다. 그것은 마치 덩굴이 나무를 감거나, 나무가 덩굴을 감는 모양새로, 인생과 함께 의지하고 동행한다. 마치 그림자와 사물처럼.

　코코샤넬이 검은색의 아름다움을 발견해내기 이전에, 검은색 옷이란, 그저 공인이나 하인들의 작업복 혹은 장례식에 입는 옷으로 여겨지기 일쑤였다. 코코샤넬은 이러한 흑색을 여성복에 도입하여, 대대적으로 유행시켰다. 이 색은 그녀로 인해 새롭게 해석된 것이다. 아서 카펠과 코코샤넬이 관계를 맺은 것은 1883년이었다. 그녀가 10살이 되기 이전의 삶에 대해서는 아직 알려진 바가 없다. 그녀는 줄곧 자신의 과거를 감춰왔고, 자신에 대한 다른 사람의 연구를 거부했다. 미루어 짐작할 수 있듯, 아마도 그 시절의 생활이 그다지 즐겁지 않았던 것 같다. 그녀의 일대기 『패션 선구자 샤넬』을 통해 알 수 있듯, 그녀의 어머니는 일찍 세상을 뜨셨고, 그녀는 어려서부터 여동생과 함께 잡화상이었던 아버지를 따라 수도원에 들어가 그곳에서 자랐다. 샤넬이 18살이 되어서야 수도원을 떠나 모랭스로 갈 수 있었다. 그곳에서 재봉점에서 아르바이트를 할 때, 그녀는 군관 백작 발상을 알게 되고, 그의 연인이 된다. 그와 동시에 그의 집으로 이사해 동거를 시작한다. 그녀는 이 시기의 사랑이 다분히 실리적인 면이 있다는 것을 인정한 바 있다. "그는 나에게 모든 것을 주었어요."

　하지만 둘은 신분 차이로 인해 결혼에 실패했고, 그녀는 매우 가슴 아파했다. 하지만 발상이 그녀를 상류사회의 모임에 데리고 갔을 때, 때마침 발상의 친구 아서 카펠을 알게 된다. 순간, 그녀는 벼락을 맞은 듯했다. 그녀는 진정한 사랑을 만났음을 직감했던 것이다. 그리고 곧 카펠을 따라 발상의 곁을 떠나게 된다.

아이러니한 것은, 카펠의 출신 배경 역시도 아주 볼품없었다는 것이다. 그는 정부의 아들이었고, 영국에서 나고 자랐으며, 순전히 자신의 힘과 능력으로 자수성가한 사람이었다. 이러한 경험이 그로 하여금 독특한 기운을 내뿜게 했고, 많은 정신적 영역에서 코코샤넬과 교류할 수 있게 해 주었다. 샤넬이 창업에 대한 뜻을 내비치자, 카펠은 자신의 자금을 털어 그녀에게 모자 가게를 열어 주었다. 처음엔, 여성 모자의 매출은 그리 좋지 않았다. 사업에 물정이 어두운 샤넬은 자신이 돈을 이미 벌었다고 여겼으나 자신이 사실상 카펠에게 기대어 살고 있음을 알게 되자, 극도의 흥분과 불안에 사로잡혔다. 이번만큼은 진짜 사랑이라 여겼기 때문이었다. 그녀에게 존엄과 독립은 무엇보다 중요했다. 의지하는 것도 좋고 빚을 지는 것도 어쩔 수 없는 일이겠지만, 어쨌든 그 모두 그녀의 존엄을 깎아내리는 짓이라 생각되었다. 다행히도 카펠이 유명한 가수에게 공연 무대에서 샤넬이 디자인한 모자를 써 달라고 부탁한 덕택에, 그녀의 사업은 상점을 연 지 1년 만에 진짜 호황기를 맞이할 수 있었다.

그들의 이야기는 널리 퍼져 하나의 미담이 되었다. 이에 파리의 유명한 만화가는 만화 하나를 그려 신문에 게재한 적 있었는데, 만화의 주인공이 바로 카펠이었다. 그는 만면의 웃음을 띤 채 세 가지를 안고 있었다. 폴로 스틱, 샤넬의 모자 상자 그리고 샤넬이었다.

그러나 카펠은 여전히 자신의 출신 배경에 대해 마음에 걸려 했다. 게다가 집안의 지독한 성화로 인해 가난한 샤넬과는 끝내 맺어질 수 없었다. 그는 결국엔 한 공작의 딸과 결혼하고 말았다. 하지만 정인,

혹은 베스트 프랜드라는 명목으로 그는 샤넬의 삶에 꾸준히 모습을 내비쳤다.

1918년 12월 23일, 카펠은 크리스마스 이브에 우연한 차 사고로 운명을 달리한다. 소문에 의하면 그는 마침 샤넬에게로 향하는 길이었다. 그녀와 함께 성탄절을 보내기 위해서였다. 심지어 샤넬에게 줄 진주 목걸이도 준비한 채였다. 샤넬은 얼른 사고현장으로 달려왔다. 한참 동안 눈물을 그칠 수 없었다. 하지만 그녀는 카펠의 장례식조차 참석할 수 없었다. 공개적으로 슬퍼할 수 있는 사람은 그의 부인 한 사람뿐이었기 때문이다. 소문에 의하면, 카펠의 장례식이 치러진 이후, 그녀는 '전 세계의 여인에게 검은 옷을 입게 하리.'라는 맹세를 하게 되었다고 한다. 그리하여, 검은색 롱스커트에 긴 진주목걸이를 매칭한 코코샤넬의 패션이 탄생하게 된 것이다. 1926년 10월 1일, 미국의 《패션》 잡지는 전 세계에 이러한 선포를 했다. '코코샤넬의 검정 긴 치마와 첫 번째 포드 자동차의 출시 모두 중요한 혁명적 사건이었다.'

카펠이 고인이 된 후, 샤넬은 일에 몰두했다. 그녀는 말한다. "카펠은 나의 파트너이자, 나의 친구요, 나의 아버지자, 나의 형제요, 나의 애인이었다. 그가 죽고 난 후, 나는 일에 몰두할 때만 그를 잊을 수 있었다." 이때, 그녀의 패션 세계 역시 천천히 자리를 잡아가고 있었다.

하지만 이후 그녀의 연애사 역시 매우 풍부했다. 화가 피카소, 시인 기욤 아폴리네르, 심지어 정계의 유명인사, 귀족까지 그녀와 깊은 관계를 맺은 남자의 이름은 셀 수 없을 정도다. 그러나 카펠이 그녀에게 가지는 의미는 특별했다. 그녀는 말했다. "카펠은 나에게 자신의 방식대로 살아갈 수 있음을 알게 해주었고, 나의 생각대로 사업을 꾸려 나갈 수 있게 해주었고, 나의 욕망에 따라 사랑을 선택할 수 있게 해주었다. 이것이 카펠이 나에게 준 가장 최고의 선물이었다."

그녀는 끝내 결혼을 하지 않았다. 세계를 바꾸는 운명을 타고난 이들에게, 그들을 일에 몰두하게 하고, 그들을 밝게 빛나게 하는 것은 어쩌면 고독일지 모른다. 그들에게 가장 좋은 반려자인 것이다.

고독하지 않은 인생은 뭔가 빠진 인생과 같다. 고독을 극복하는 인생이야말로 아름다운 인생이다. 사람은 때때로 고독과 지내는 방법을 배울 필요가 있다.

큰 일을 해내는 사람은 모두 외로움과 사귀고, 고독과 친구가 되고 유혹을 뿌리칠 줄 아는 사람이었다. 이것은 하나의 예술이며, 삶의 높은 경지이다.

살아 보니

고독과 외로움을 좋아하는 이는, 평생 편안히 먼 곳까지 갈 수 있다. 마음이 가벼워 유유자적할 수 있다. 고독과 외로움을 함께할 수 있는 자만이 삶의 심오한 함축적 의미를 얻을 수 있을 것이며 어떻게 이 마음의 외로움을 즐길 수 있는지 이해할 수 있다. 그러한 사람의 정신세계는 풍부할 수밖에 없고, 또한 그러한 사람만이 메마른 시공의 장애를 지탱해낼 수 있다. 동시에 지혜의 빛을 포착해 자신을 위한 마음의 등불을 닦을 수 있다.

여자라는 고통

　매우 다재다능한 여자가 있었다. 단 한 가지 아쉬운 점은, 그녀의 외모가 평범했고, 몸이 매우 말랐다는 것이다.

　그녀의 배우자는 비록 경찰이었지만, 잘 생기고 멋졌고, 언행이 남달랐다. 그가 그녀와 결혼하고자 할 때, 그는 그의 모든 가족과 등을 지게 되었다. 그의 가족들은 그가 사람 보는 눈이 없다며 질책했다. 갈수록 심해졌다. 그러나 그는 포기도 하지 않고, 싸우려 하지도 않고, 그저 조용하고 담담하게, 아주 단조로운 자세로 자신의 입장을 표현하곤 했다. 결국, 가족들은 두 손 두 발을 다 들 수밖에 없었다. 그와 그녀는 결혼한 지 20년이 되었다. 그녀의 몸이 허약했기에, 하루 이틀이 멀다 하고 잔병에 시달렸다. 그는 시종일관 그녀의 곁에서 그녀를 돌보았지만, 싫은 티 하나 내지 않았다. 슬퍼하지도 않았다. 그래서 그녀는 사람들을 만나면 항상 그는 최고의 남자이고, 그의 깊은 사랑이 마치 땅처럼 듬직하며, 성격은 옥처럼 온화하고 평온하다며 칭찬을 아끼지 않았다.

이어질 이야기는 남자와 여자가 얼마나 다른 마음가짐과 처지를 가지고 있는지 우리에게 알려준다. 어찌 됐건 부인할 수 없는 것은, '여자는 태생적으로 힘들다.'라는 것이다. 물론 셰익스피어의 '여자여, 당신의 이름은 약자라.'라는 말은 다소 불공평하고 편파적이지만, 사실 신체적으로 여자와 남자가 많은 차이점이 있다는 것은 부인할 수 없다. 그러니 선량한 사람들이여, 제발 곁에 있는 여성들을 존중하고 아껴 주기를!

남자는 단 몇 분만으로도 아빠가 될 수 있지만, 여자는 일생을 바쳐 엄마가 된다. 남자는 아침밥 한 번으로도 여자에게 감동을 줄 수 있지만, 여자는 삼시 세끼를 항상 걱정해야 하는 존재이다. 남자는 퇴근하면 침대에서 쉴 수 있지만, 여자는 퇴근하면 주방에 가 음식을 해야 한다. 남자가 밖에서 여자를 탐하는 것은 생물학적으로 어쩔 수 없다고 여겨지지만, 여자가 마음의 안식처를 찾는 것은 부도덕한 일로 취급받는다.

여자는 결혼식장에서 카펫을 밟는 순간, 당신에게 몸과 마음을 다하기로 마음먹지만, 일생을 바치고도 한 남자의 마음을 끝까지 얻는 것은 불가능하다. 여자는 남자의 외도를 용서할 수 있지만, 남자는 여자의 외도를 절대 받아들이지 않는다. 여자가 남자의 수발을 들어주는 것은 당연한 것이지만, 남자가 여자의 집안일을 돕는 것은 창피한 일이라고 여긴다. 여자는 한 번도 과한 욕심을 부려본 적 없다. 부모가 건강하면 안심하고, 아이가 방과 후에 집으로 들어와 엄마라고 부르는 말 한 마디에 마음이 따뜻해진다. 당신이 집 밖을 나서기 전에 가볍게 입맞춤을 해준다면 그것으로 그녀는 행복할 것이다.

그녀가 화가 났을 때, 자리를 뜨지 말고 그녀의 곁에서 맞장구쳐 주어라. 그녀는 안정이 필요한 것이 아니다. 그녀는 자신이 힘들고 고통스러울 때 그녀의 속마음을 털어놓기를 원하는 것이다. 그녀에게 괜히 모르는 사람을 찾아서 하소연하도록 하지 마라. 그녀가 위험에 부딪혔을 땐, 용감히 나서라. 그녀로 하여금 당신을 의지하는 것이 옳다고 느끼게 하라. 그녀가 울고 있을 땐, 넓고 두꺼운 당신의 어깨를 빌려 주어라, 그녀에게 당신이 얼마나 그녀를 생각하고 있는지 알게 하라. 그녀가 아플 땐, 그녀를 위해 뜨거운 물을 가져다 주어라. 그녀가 당신을 평생 고맙게 생각할 것이다.

부모가 갖은 고생으로 그녀를 길렀다. 그러나 그녀가 웨딩드레스를 입은 그 순간, 그녀는 몸과 마음을 당신에게 다하기로 마음먹는다. 당신은 그녀가 일생을 의지하고 기댈 존재인 것이다.

그 이후, 그녀는 당신을 위해 자식을 낳고 기르고 부모를 공경하고 집을 가꾼다. 시부모를 먼저 생각하는 것은 당연히 해야 할 도리라고 하면서, 그녀가 자신의 부모를 먼저 생각하는 것은 가정을 제대로 돌보지 않는 것이라고 여겨진다. 그러나 당신은 생각해본 적 있는가, 그의 부모가 당신과의 결혼으로 얻은 것이 대체 무엇인가?

그들은 단지 자신의 딸이 당신과 함께 행복하고 즐겁기를 바랄 뿐이다. 당신은 그렇게 해주었는가?

남자들이여, 피곤하다고 하지 마라. 당신이 밖에서 가정을 부양하기 위해서 고군분투하는 것은 당신의 책임이고, 당신이 집에서 정신없이 바쁘게 가정을 위해 헌신하는 것은 당신의 의무이다. 남자들이여, 힘들다고 하지 마라. 여자들은 당신을 위해 아이를 낳을 때, 상처가 찢어지고 터지는 아픔을 겪었다. 남자들이여, 웃지 마라. 여자들은 당신보다 마음이 넓고 크다. 그녀들은 가정을 위해, 아이를 위해 당신의 외도를 참아내고 있을 뿐이다.

남자들은 여자보다 속이 좁다. 존엄을 버리고 당신을 위해 모든 것을 바치는 아내라 할지라도, 남자들은 그녀들의 외도를 용납하지 못한다. 남자들이여, 본인의 아내를 잘 보아라. 이마엔 주름이 자글자글하고, 그녀의 뺨은 세월의 흔적이 가득하다. 이마 위로 흰 머리가 나기 시작했고, 그녀의 손은 더 이상 예전처럼 가늘고 곱지 않다.

이럴 때일수록 그녀를 무시해선 안 된다. 당신에게 시집 오기 전까지 그녀는 젊고 아름다웠다. 지금은 그 무엇도 남은 것이 없다. 이 모든 것이 그녀가 당신을 알고 난 후에 생긴 일이라고 여겨지진 않는가? 그녀는 자신의 가장 아름다운 청춘을 당신에게 바쳤다. 당신은 그녀가 그저 아줌마로 바뀌었다고 여기고선, 흥미가 떨어졌다며, 주색에 빠지진 않았는가?

당신의 마음속엔 진짜 일말의 찝찝함도 없는가. 당신의 양심은 스스로를 받아들일 수 있는가.

결혼생활에서는 누군가의 잘잘못을 따질 수 없다.

단지 누가 더 아끼느냐 아니냐만 있을 뿐이다. 아내가 떠나고 나서야 비로소 깨달을 것이다. 원래 당신은 그녀를 떠날 수 없다는 걸.

남자여, 자신의 맘대로 여자의 존엄을 짓밟지 말라. 그녀는 당신의 노예가 아니다. 남자여, 당신 마음대로 여자의 인내심을 시험하지 마라. 그녀는 당신에게 빚진 것이 없다.

남자의 눈물은 돌이키고 싶다는 후회를 말하고, 여자의 눈물은 그만하고 싶다는 포기를 의미한다. 그때 그녀의 눈물은 이미 말라버렸고, 마음은 식어버린 이후일 테니, 그녀가 당신을 떠나고자 마음먹고 난 후에야 당신이 그녀를 얼마나 사랑하고 있는지 말하지 마라.

여자는 남자의 대범함을 품어주고, 남자는 여자의 유약함을 이해하라. 무엇이 당연한 것인지 따지지 말고, 서로에게 최선을 다하라. 잘못은 순간의 후회지만, 놓쳐버린 것은 일생의 한이 된다.

살아 보니

여자는 비록 유약한 외관을 가지고 있지만, 여자의 마음은 남자보다 훨씬 강하다. 여자가 받는 고통은 남자가 받는 그것보다 훨씬 크다. 다른 것들을 차치하고서라도, 임신하고 육아를 하는 것은 여자의 희망인 동시에 재난이다. 그것은 직접 자신이 몸소 체험하지 않으면 상상조차 할 수 없는 것이다. 그러니, 남자여. 여자에게 관대하라. 여자에게 너그러워지라.

유혹이 마음을 시험할 때, 의지로 욕망을 극복하라

Chapter 7

삶이란 평범한 것이기에 비로소 진실되고 따뜻한 것이다. 하지만 많은 사람들이 이러한 사실을 알지 못한다. 오히려 평범함을 족쇄로 여기면서, 물불을 가리지 않고 감정의 소용돌이 속으로 빠져들고자 하는 것이다. 결과는 마치 자신의 몸에 불을 붙이는 꼴이 되어, 엄청난 후회만이 남을 것이다. 사람들은 어떻게 진정한 사랑의 기사가 될 수 있을까?

여자 마음속의 사막

어떤 사람은 말한다. 여자의 마음은 마치 최초의 황무지와 같다고. 아마도 평생 그곳을 개간할 적합한 남자는 없을 것이라고. 아버지, 아이, 남편, 애인, 친구, 모두 이 땅에 들어올 수 없다고. 하지만 오로지 한 사람만이 운 좋게 이 황무지를 개간할 수 있다면? 그것은 바로, 여자의 '남사친'일 것이다. 만약, 그런 사람을 만났다면, 잃지 않도록 소중히 하길.

그는 당신의 남편도, 애인도 아니다. 그저 당신 마음속에 숨겨둔 사람이다. 그는 잘 생기지도 않았고, 돈이 있는 것도, 지위가 높은 것도 아니다. 당신보다 나이가 많지 않을 수도 있지만, 그는 성숙하고 현명할 것이다. 모든 여자가 간절히 이런 사람을 만나길 바랄 것이다. 이 사람은 당신에게 안정감을 주지만, 당신의 가정을 위태롭게 하진 않는다. 그는 그저 보통의 남자로, 당신의 남편과 경쟁하지 않을 것이다. 그는 당신이 길을 잃었을 땐 당신의 손을 잡아주지만, 당신이 길을 제대로 찾고 나면 그 손을 남편에게 쥐어줄 수 있는 사람이다. 이 사람은 신선도 아니다. 그저 보통의 진짜 남자이다.

그는 남편과 같은 거침도 없고, 당신에게 무관심하지도 않다. 또한, 애인같이 욕심을 부리거나, 당신을 욕망하지도 않는다. 그는 남자다운 넓은 마음씨를 가지고 있고, 동시에 남자다운 강직한 기개와 부드러움도 가지고 있다. 그는 언제든지 묵묵히 당신의 하소연을 들어줄 뿐이다.

그는 당신의 남편을 제외하고 가장 당신을 잘 이해할 수 있는 사람이다. 심지어, 남편에게 할 수 없는 말도 그에게는 할 수 있다. 당신의 속마음을 그와는 나눌 수 있는 것이다. 이 사람이 있다는 것이 당신에겐 마치 당신의 심리상담가가 생긴 것처럼 느끼게 하고, 마음일기 한 권이 생긴 것 같은 기분을 안겨 준다. 그는 감정 휴지통 같아서 당신의 그 어떤 기분이라도 다 담을 수 있다. 그는 에어컨 같아서, 당신에게 더운 바람과 찬 바람을 번갈아 보내준다. 당신이 괴로울 때, 그는 당신의 가장 충실한 청중이 된다. 그가 당신의 가장 진실한 친구이기 때문이다. 그는 당신이 말이 너무 많다고 해서 당신을 떠나거나, 당신이 피곤하게 한다고 해서 당신을 무시하거나 하진 않는다. 그는 당신에게 가장 좋은 해결 방법을 알려줄 뿐이다. 당신을 위해 방안을 고심하고, 당신을 그 어둠에서 벗어나게 한다. 당신이 즐거울 때, 그는 당신의 시야에서 벗어나 조용히 당신의 즐거움을 생각해 본다. 그는 당신의 삶에서 진정한 의미로서의 친구인 것이다.

사람이라면 누구나 살아가면서 한 명 혹은 몇 명의 특별한 인연을 만나게 된다. 이런 사람들은 아마도 당신의 순수한 정신적 지주가 될 수 있을 것이다. 하지만 그를 단순히 보통 친구로 생각해선 안 된다. 당신에게 그는 이미 일반 친구를 넘어선 무엇이기 때문이다. 그러나 당신과 그는 사랑으로 발전할 가능성이 있는 그 어떤 생각이나 구체적 행동을 하진 않았다. 당신과 그는 심지어 손조차 잡아본 적이 없을 것이다.

당신과 그 사이의 이러한 감정은 일반적인 우정을 넘어선 것이다. 하지만 그렇다고 사랑 밖에 존재하는, 제4의 감정이라고 단순히 정의할 수도 없다. 그것은 사랑과 우정의 사이에 있을 수 있다. 혹은 당신이 그것을 사랑과 우정 그 이상의 것이라 여길 수도 있을 것이다. 당신은 마음속으로 그것을 사랑과 우정보다 더 깊고 풍부한 감정의 영역이라 여길 수도 있기 때문이다.

그는 아마도 당신이 힘들어할 때 가볍게 당신의 어깨를 두드려줄 것이다. 당신을 배려하기에, 당신의 손을 잡아줄 수는 없다. 당신이 울 때에도 따뜻하게 안아줄 수는 있지만, 그것에서 그칠 것이다. 평소의 그는 낭만적이고 감성적인 남자일 수 있지만, 적어도 당신 앞에서는 그 어떤 선을 넘는 행동도 하지 않을 것이다. 당신과 그는 다만 농담을 하며 친근함을 표시하고, 농담 중에 감정을 표시할 뿐이다. 그는 당신의 언행에 그다지 신경 쓰지 않고, 당신의 외모에 그다지 관여하지 않는다. 그러한 남자만이 당신의 외모를 넘어 마음 깊숙한 곳으로 들어올 수 있는 사람인 것이다.

당신은 조용히 그를 생각하고, 묵묵히 그를 그리워한다. 당신은 그를 그저 마음속에 묻어둔다. 당신의 정신세계 속에 보관해두는 것이다. 그는 종종 당신의 꿈에 나타난다. 당신의 외로움과 고독은 그를 만나 의지할 곳을 얻는다. 그는 줄곧 당신의 감정 상담소이다. 당신은 즐거울 때 가장 먼저 그에게 기쁨을 전하고 싶고, 고통스러울 때 역시 제일 먼저 그를 떠올린다. 그는 당신이 유일하게 마음을 털어놓고 싶은 남자이기 때문이다. 당신은 심지어 그가 당신의 곁을 지켜 주길 바란다. 당신에게 진정한 위로와 응원을 주길 바란다. 그러므로 당신의 마음이 점점 좋아지길 바란다.

어쩌면 시간이 흐르고 나면 당신은 매일 그를 생각하는 것이 습관이 되고, 매일 그와 연락하는 것이 익숙해질지 모른다. 때론 당신의 마음이 더 이상은 당신과 그 사이의 관계를 우정으로만 붙들어 맬 자신이 없어질지도 모른다. 감정이라는 것은 변하기 마련이니까. 사랑이 우정보다 커질까 두려워하는 것이다. 매번 이러할 때, 당신의 감정이 그에게 타오르려고 할 때, 똑똑하고 현명한 그라면 당신의 정신을 번쩍 차리게 도와줄 것이다. 당신이 차분하고 이성적인 사고를 할 수 있게 도와줄 것이다. 그는 당신과 그가 사랑에 빠져 다시 헤어나올 수 없는 것을 원하지 않기 때문이다. 친구는 평생을 함께하지만, 연인은 잠시일 뿐이니까.

살아 보니

이러한 친구 한 명이 있다는 것은 아마도 인생에서 가장 아름다운 그림이 될 것이다. 이것은 돈으로는 살 수도 없고, 그 가치를 매길 수도 없다. 서로 간에 일정한 거리를 유지한, 순수한 교제. 이러한 우정이야말로 오래갈 수 있는 무엇이다.

당신은 바로 이러한 남자를 가졌기에, 당신의 삶을 더욱 사랑할 수 있고 자신의 생명을 더욱 아낄 수 있다. 또한 이러한 남자가 있기에 당신의 삶은 더욱 빛나게 될 것이다. 이후에 당신과 그가 천천히 늙어갈 때, 마음 깊숙한 곳에서 서로를 그리고 떠올리게 될 것이다.

대답 없는 후회

4월 16일, 토요일이었다. 완전히 잠에서 깨기 전에, 비록 머리가 아프긴 했지만, 둰정밍의 정신은 그래도 맑은 편이었다. 오늘은 출근할 필요가 없는 날이다. 날은 밝은 듯했지만, 여전히 몽롱했다. 햇빛이 그의 얼굴 위에서 아른거렸다. 둰정밍은 마침내 깨어났다. 머리는 무거웠다. 그는 습관적으로 손을 뻗어 침대 머리맡의 휴대전화를 찾았다. 시간을 보기 위해서였다. 손을 뻗었지만, 그의 손에 잡힌 것은 휴대전화가 아닌 둥그런 등이었다. 낯선 물건이었다.

둰정밍은 결국 눈을 떴다. 자신이 완전히 낯선 곳에 누워있다는 것을 깨달았다. 침대보는 흰색이었다. 마치 호텔에서 보던 것과 같았다. 분명 그의 침대가 아니었다. 아내 푸룽은 흰색 침대보가 때가 잘 탄다고 싫어했었다. 그녀가 뉴질랜드로 간 지도 4개월이 다 되어간다. 그 후 둰정밍은 한 번도 침대보를 빨지 않았다. 왜냐면 흰색이 아니었기 때문이다. 둰정밍은 불현듯 이전에 맡아본 듯한 향수의 향을 느꼈다.

그리고 그는 마침내 자신이 어디에 누워 있는 것인지 깨달았다. 돤정밍은 자신의 여자 동료 류메이의 침대 위에 있는 것이다. 화장실에선 마침 물 흐르는 소리가 들렸다. 아마도 그녀가 먼저 일어난 듯했다. 그는 자신의 엉망인 모습을 떠올리곤 재빨리 몸을 돌려 일어났다. 흩어져 있는 옷을 찾았다. 그의 허둥지둥 대는 모습은 마치 아주 익숙한 영화의 한 장면 같았다. 이때, 돤정밍은 비로소 자신이 류메이와의 하룻밤을 상상해본 적은 있었지만, 이렇게 실제로 일어날 수 있으리라고 생각해본 적이 없었음을 떠올렸다.

류메이가 나왔다. 흰 잠옷을 아래위로 입은 채였다. 머리는 단정하게 풀어 맑고 상쾌해 보이는 모습이었다. 그녀는 무표정한 채로, 문에 기대어 서서 돤정밍을 바라보고 있었다. 그녀는 회사에서 한 번도 이러한 표정을 지어본 적 없었다. 회사에서 보던 그녀는 항상 당당한 모습이었기 때문이다. 그래서 이러한 그녀의 모습을 보았을 때, 그는 놀라서 입을 벌리지 않을 수 없었다. "밥 먹을래요?" 그녀가 물었다. 목소리는 차가웠다. "우유와 빵 있어요. 계란도 필요해요?"

돤정밍은 아무 말도 하지 않았다. 너무 난감했다. 그녀의 몸을 비집고 나가 화장실에 도착했다. 문을 잠그고 수도꼭지를 틀자, 그제서야 잠시나마 마음에 안정이 찾아왔다. 돤정밍은 거울을 보았다. 낯빛은 누렇게 떴고, 머리는 산발이었다. 입 안은 씁쓸했다. 어제 저녁 과음한 탓이었다. 돤정밍이 얼굴을 씻을 때 류메이가 바깥에서 소리쳤다. "분홍색 수건을 써요."

미혼여성의 집에 와 화장실을 쓰는 것은 난생 처음이었다. 크지 않앗지만 깨끗했다. 일체형 욕실이었다. 화장실 곳곳마다 인테리어에 신경쓴 흔적이 역력했다. 사람들은 이 고급주택가에 위치한 집이 바로 사장이 류메이에게 사준 것이라고들 했다. 그들은 2년 전에 연인 관계였다. 그러나 소문만 분분했을 뿐, 둘의 관계가 진짜 어떠한 것인지는 그 누구도 알지 못했다.

수염을 깎던 돤정밍의 손이 갑자기 멈췄다. 며칠만 지나면 아내 푸룽이 돌아온다는 사실이 불현듯 생각난 것이다. 돤정밍과 푸룽은 결혼한 지 4년 차가 되었다. 그녀는 그보다 4살이 어렸다. 그의 동창이 소개해 주었다. 당시 돤정밍의 나이는 적지 않았지만, 여전히 이리저리 놀러 다니길 즐기곤 했다. 그는 상하이에 가서 일하고 싶은 마음이 있었기 때문에 그렇게 결혼을 빨리 서두르고 싶지 않았다. 그러나 푸룽은 그를 처음 본 순간 마음에 들어했었다. 소개해 준 친구에게 운명을 만났다고까지 했으니 말이다. 그녀는 소개자에게 말했다. 자신이 맘에 들면 사귀고, 그렇지 않으면 다시 만날 필요는 없을 것 같다고….

푸룽은 귀여운 면이 있었다. 일반적인 남방 여자들이 가진 새침한 구석이 없었다. 대범했지만, 때와 장소를 가려 가며 애교를 부리곤 했다. 돤정밍은 그녀를 놓치기 싫어 반년 교제를 했고, 이후 그녀에게 적극적으로 구애를 해 결혼까지 성공했다.

푸룽은 독립적이고 의지가 강한 여자였다. 그것은 그녀의 장점이자, 단점이었다. 장점은 당신은 그녀를 위해 걱정할 필요가 없다는 것이다. 그녀의 일과 삶이 모두 아주 완벽하게 구성되어 있기 때문이다. 단 하나 아쉬운 점은 자기 주장이 너무 강하다는 것이다. 그들은 결혼한

지 3년이 되었지만, 그녀는 스스로 공무원을 그만두고, 외국계 기업으로 입사해 소위 화이트칼라의 삶을 살고자 했다. 하지만 하루하루가 피곤해 죽을 지경이었다. 반년 전에 회사가 네덜란드에서 설비 하나를 들여왔다. 물건을 받은 후에 문제가 있다는 것을 알게 되어 직접 네덜란드로 가 협상을 해줄 사람이 필요했는데, 그녀로 결정된 것이다. 한번 가면 4개월을 그곳에서 지내야 했다. 업무가 바빠 여행을 할 시간도 없는 듯했다. 어떨 땐, 급하게 된정밍에게 전화해서는 두세 마디 불평만을 늘어놓고선 바로 끊어버리곤 했다.

하지만 이것이 된정밍이 외로움을 느낀 전부의 이유일까?

류메이는 푸롱의 중학교 동창이었다. 푸롱이 회사에 온 이후 알게 된 사실이었다. 푸롱은 그에게 말했다. "걔 건드리지 마요. 초등학교 2학년 때부터 연애했던 애야. 남자라면 손바닥 보듯 훤해. 개랑 엮이게 되면 돌이킬 수 없을 거예요."

된정밍은 말했다. "내가 그 여자랑 왜 엮여? 그 여자는 우리 사장의 애인이야."

류메이가 회사에 온 지 2년 차, 그녀는 직원 중에 승진이 가장 빨랐다. 된정밍은 그녀가 처음 발표를 했던 날을 기억한다. 정장을 입었음에도 불구하고, 목 부분에 매우 큰 꽃장식을 달고 왔었다. 깊은 자주색이었는데, 쉽게 잊히지 않을 만큼 이미지가 강렬했다. 그녀의 태도는 대담했고, 눈빛은 맑고 빛났다. 얼마 지나지 않아, 3층에 있던 모든 사람이 수군거리기 시작했다. "그 여자 대체 이름이 뭐야?"

이러한 여자는 남자의 주목을 받기 마련이다. 예쁘고, 똑똑하고, 분

272

위기 있는 여자. 그녀는 나이가 적지 않았지만, 아직 미혼이었다. 퇴근후, 남자 동료들이 술을 마시러 갈 때, 그녀를 부르면 그녀는 통쾌하게 따라 나서곤 했다. 게다가 술도 매우 잘 마셨으니, 어찌 이런저런 말이 퍼지지 않겠는가? 아주 빠르게 각종 소문이 그녀를 따라다니기 시작했다. 시작은 그녀와 회사의 한 남자 직원이었는데, 그 남자 직원이 유부남이라는 것이다. 그 남자는 이 소문을 알게 된 후, 필사적으로 반박하고 나섰는데, 심지어 자신의 부인까지 회사로 데려와 해명했다. 결국엔 류메이와는 인사도 하지 않는 사이가 되었다. 소문이 잠잠해진 뒤, 또 다른 소문이 퍼지기 시작했다. 이번엔 사장이었다. 그것이 사실이라 한들 따질 사람이 없을 터였다. 어떤 사람이 말하길, '눈에는 눈, 이에는 이'라고, 류메이가 사장의 다리 위에 앉아 그에게 물을 따라주고 있는 것을 보았다는 것이다.

그 후로 얼마 되지 않아, 류메이가 지사의 관리자가 되었다. 함께 회의할 때에도 그녀와 사장의 관계는 매우 자연스러워 보였다. 적어도 모두가 열심히 할 때에는 함께 분투하고, 모두가 불만을 가질 때는 함께 불만을 토로했다. 두 사람이 회의에서 토론할 때, 말투와 눈빛에서도 딱히 특별한 점을 찾아볼 수 없었다. 자연스럽게 천천히 그러한 소문도 자취를 감추게 되었다.

그러나 류메이의 이미지는 이 두세 번의 사건으로 매우 나빠졌다. 그녀는 그다지 신경 쓰지 않는 모양이었다. 평소와 다름없이 많은 남자 동료들과 끊임없이 친밀한 관계를 유지하고 있었다. 오늘은 이 남자와 함께 밥 먹고, 내일 퇴근 때는 다른 남자의 차를 타고 어디론가

떠났다. 어찌 됐든, 그녀의 업무성과는 차치하고서라도, 사생활만큼
은 매우 복잡해 보였다.

푸롱과의 관계 때문에 돤정밍과 그녀는 다른 동료들보다는 꽤 가까
운 관계를 유지했다. 그녀의 그에 대한 태도도 호의적이었다. 다른 남
자 동료들과는 다르게 자신에겐 농담도 하지 않았다. 하루는 회사 워
크숍으로 낚시를 가게 되었는데, 돤정밍이 마침 그녀와 나란히 앉게 되
었다. 그녀는 선글라스를 끼고 먼 곳을 바라보고 있었다. 그 모습이 돤
정밍으로 하여금 마음을 열게 했다. 돤정밍이 말했다. "당신, 결혼 안
해요? 결혼하면 편해질 텐데."

류메이는 한참 동안 아무 말 하지 않다가 이내 낮은 목소리로 물었
다. "내가 힘들어 보이나요?"

돤정밍은 그녀가 목소리에서 울음을 느끼곤, 더 이상 말할 용기가
나지 않았다. 화제를 돌려서 몇 마디를 더 하곤 입을 닫았다.

푸롱이 출장을 간 이달에, 돤정밍은 다시 솔로 같은 생활을 하게 되
었다. 말할 수 없이 즐거웠다. 동료들과 같이 저녁을 먹은 후, 늦게까지
노는 것이 일상이 되었고, 류메이와의 만남도 자연스레 많아지게 되었
다. 그녀는 외로워 보였다. 너무 외로워 모든 남성의 주목을 받고 싶은
것처럼 보였다. 어떤 의미에서 보자면, 류메이는 사회의 소위 '커리어우
먼'이라는, 세련되고 잘나가는 여자라는 새로운 유행의 피해자일지도
모른다. 그들은 겁이 많고 집착과 의지가 강하지만, 한편으로는 제멋
대로인데다 미치광이 같은 구석이 있기 때문이다.

은은한 불빛과 음악 속에서 술기운이 도는 돤정밍의 마음이 그녀

에게 가지 않았다고는 단언하기 힘들 것이다. 푸롱이 없다는 사실이 류메이의 과감성을 더욱 끌어올렸다는 것도 부인할 수 없었다. 춤을 출 때 그녀는 적극적으로 그의 몸에 자신의 몸을 바짝 붙였고, 그녀의 허리에 그의 손을 갖다 댔다. 그녀의 더운 입김이 그의 얼굴에 부딪혔고, 그의 어깨에 올린 그녀의 두 손 그 사이로 완벽한 가슴이 거리낌도 없이 그의 눈앞에 펼쳐졌다. 욕망은 인간의 복성이다. 억누르기 어려운 것이다.

푸롱은 일주일 뒤에 돌아온다. 그녀를 맞이하기 위해 돤정밍은 며칠의 휴가를 냈다. 방을 청소하고 음식을 좀 사두기 위해서다. 류메이와의 사건 이후, 그는 그녀와 일절 연락하지 않았다. 사실, 휴가를 낸 것도 어떻게 그녀와 마주해야 할지 도저히 판단이 서지 않았기 때문이기도 했다. 그날 밤의 일이 완전히 기억나고 있었다. 그가 그녀에게 내뱉었던 바보 같았던 말들도 함께 말이다. 술을 많이 먹긴 했지만, 정신이 아예 없을 정도는 아니었다. 그렇지 않았다면, 돤정밍은 그렇게 급하게 그녀를 바래다 주겠다고 떼쓰지 않았을 것이며, 그녀의 집 앞에 도착했을 때에도 그렇게 죽기 살기로 돌아가지 않겠다고 떼쓰지 않았을 것이므로….

푸롱은 많이 야윈 모습이었다. 들어오자마자 침대에 쓰러져 잠이 들었다. 돤정밍이 해 놓은 밥을 그녀는 저녁이 되어서야 먹었다. 돤정밍은 그녀를 쓰다듬었다. 가슴이 뛰었다. 그러나 류메이가 남긴 그림자가 그의 눈앞을 스쳐 지나갔다. 돤정밍은 최대한 이 모든 것을 잊고 싶어서 푸롱에게 온 신경을 다 써서 말하고 있었다. 그렇지만 누가 알

앴겠는가. 몇 마디 하지도 않았는데, 푸롱이 먼저 류메이 이야기를 꺼낼 줄이야. "걔는 어때? 결혼했대?"

"아니" 돤정밍은 더 이상 말하고 싶지 않은 말투로 대답했다.

"왜?" 푸롱은 아무것도 눈치채지 못하고 다시 물었다. "그걸 내가 어떻게 알아?" 말하고 나서야, 돤정밍은 자신의 말투에 짜증이 섞여 있음을 깨달았다.

푸롱은 이상하다는 눈빛으로 그를 쳐다보며 말했다. "당신 맨날 걔랑 같이 있잖아. 근데도 몰라?"

"누가 우리 맨날 같이 있는데?" 돤정밍은 불쑥 일어나 주방으로 가 간장을 가져왔다. 주방에 도착해서야 자신의 등이 축축히 젖어 있음을 깨달았다.

저녁이 되자, 돤정밍과 푸롱은 침대에 누웠다. 그녀는 자연스럽게 그에게 다가왔다. 몇 달을 보지 못했으니, 서로 그리워함은 당연할 일이다. 그러나 그 순간 류메이의 그림자가 다시 어른거리기 시작했다. 흰 잠옷을 입은 채였다. 그녀는 마치 창밖에 서 있는 듯했다. 돤정밍은 불을 끄고, 정신을 집중했다. 여전히 힘들었다. 그녀를 떠올리기만 하면, 그는 너무나 괴로웠다.

푸롱이 손을 내밀어 돤정밍의 이마를 만지며 물었다. "당신, 무슨 일 있어?"

"아마도 떨어져 있는 시간이 너무 길었던 것 같아." 돤정밍은 말했다.

다음 날 아침잠에서 깼을 때, 돤정밍은 출근을 해야 할지 말아야 할지 고민하기 시작했다. 사실 그는 하루 더 휴가를 낼 수 있었다. 그러나 푸롱이 집에 하루 종일 있는 모습을 보는 것 또한 마주할 자신이 없었다. 그는 그의 마음이 이미 흔들리기 시작했다는 것을 깨달았다. 불안하고 우울했다. 결국엔 돤정밍은 출근하기로 마음먹었다. 설사 류메이를 마주쳐야 한다고 해도 말이다.

생각치도 못하게, 회사의 정문에서 돤정밍은 류메이를 마주쳤다. 그녀는 얇은 치마를 입고 머리를 틀어 올린 모습이었다. "안녕하세요." 그녀가 먼저 그를 향해 인사를 했다. "푸롱이 돌아왔다면서요?" "응" 돤정밍이 대답했다. "회사로 놀러 오라고 하시지." 그녀의 목소리는 아주 평온했다. 평소와 다를 바가 하나도 없었다. 엘리베이터를 기다렸다가 같이 탔지만 그녀는 그를 등지고 서서 그 어떤 말도 하지 않았다.

돤정밍이 마침내 우물쭈물하며 먼저 말을 건넸다. "그날 일은 미안하게 되었어." 그는 자신이 아주 비열하다고 느꼈다. 왜 지금에서야 말하는 거야? 푸롱이 알까 봐 두려워서?

"아." 그녀는 대답했다. "괜찮아요, 그래도 한 번은 올 줄 알았는데."

류메이는 여전히 그를 쳐다보지 않았다. 하지만 도리어 그가 긴장하기 시작했다. 돤정밍이 말했다. "다른 생각은 하지 않았음 좋겠어." 그는 최대한 그녀를 상처 주지 않기 위해 노력했다. 동료와 이런 일이 있었다는 것이 회사에 퍼지면 정말 골치 아플 것이다.

퇴근할 때가 다 되었을 즈음, 류메이는 돤정밍에게 불현듯 전화를 걸었다. 저녁에 함께 술을 마시지 않겠냐는 것이었다. 거절할 이유는 없었다. 그는 그제서야 비로소 한 여인과 몸을 섞은 이후엔 어떠한 무거운 짐이 생긴다는 것을 깨달았다. 그는 두려워하며 술집에 도착했다.

류메이는 먼저 도착해 있었다. "남자들은 왜 다 그래요?" 돤정밍이 침묵하자 그녀가 먼저 말을 꺼냈다.

돤정밍은 그녀가 무슨 말을 하려는지 알았다. 그녀는 하소연을 하려는 것이다.

"제가 우스워 보여요?" 그녀가 말했다. "다른 사람은 그렇다 치고, 당신은 그래도 날 알잖아요. 근데 당신도 어쩜 똑같아요?"

"나는, 사실 당신을 잘 알지 못해." 모든 것은 이 말을 뱉은 순간 순식간에 무너져 내렸다. 돤정밍은 그녀가 그의 도망침 속에서 후회와 사죄의 뜻을 알아차리길 바랐다.

"아니, 당신은 날 알아요." 그녀는 완강했다. "낚시하러 가던 그때 기억해요? 당신이 그랬잖아요. 결혼할 때가 되었다. 결혼하면 편해질 거다."

"그건 그냥 당신을 위해서 한 소리지. 그 누구라도 그렇게 얘기했을 거야."

"그렇게 말해준 사람은 아무도 없었어요. 다른 사람들은 그저 나를 농락할 생각만 했다고요. 당신과 그 사람들은 달라요." 돤정밍은 사실 자신도 그들과 같다고 말하고 싶었지만, 그날 밤 그 역시 파렴치한 행동을 하지 않았던가. 그 어떤 말도 감히 할 수가 없었다.

"푸룽이 돌아왔어." 돤정밍이 말했다. "당신도 알잖아. 우리 부부 사이 좋은 거. 그날은 정말 미안해. 내가 술이 과했어."

"술 핑계 대지 마요." 그녀가 말했다. "남자라는 동물은 그냥 책임 미루기에만 바빠. 나는 당신한테 바라는 거 아무것도 없어요. 그냥 종종 나를 보러 와줬으면 좋겠어요."

"안돼." 된정밍은 말했다. "푸룽에게 더 이상 미안한 일은 할 수 없어."

그녀는 아무 말도 없었다. 그리곤 담배를 꺼내 입에 물었다. 그녀 역시 매우 침착하다는 것을 알 수 있었다. "한 번은 되고, 열 번은 안 된다는 건가요?"

"안된다면 그런 줄 알아." 된정밍은 일어나 그녀에게 눈길 한 번 주지 않은 채 계산을 하고 서둘러 자리를 떠났다.

된정밍은 자신이 어떤 악순환에 빠졌음을 알게 되었다. 푸룽에겐 미안하면서도 류메이에겐 가여운 마음이 들고, 동시에 이러한 자신이 너무나 혐오스럽게 느껴졌다.

그는 갑자기 빛을, 그리고 사람들을, 만나는 것이 두려워졌다. 친구들이 함께 놀자고 해도, 도무지 흥미가 생기지 않았다. 그저 방 안에 혼자 있고 싶을 뿐이었다.

그날 밤 된정밍은 한 때의 외로움을 견디지 못한 대가가 이토록 크다는 것을 뼈저리게 깨달았다. 그날 이후, 여자 공포 증세도 생겼다. 회사에서 된정밍은 최대한 여자 동료와 농담하기를 자제하였다. 류메이는 말할 것도 없었다. 그녀는 이미 그에게 너무나 큰 트라우마로 남아 있었다. 그녀를 보는 날이면 반나절은 괴로웠다.

어찌 된 영문인지, 그날의 일이 점점 소문으로 퍼지기 시작했다. 보름 후 어느 날, 한 남자동료가 불현듯 그의 등을 치며 물었다. "어쭈, 조그만 게 감히 여자를 건드려? 회사에까지 퍼트리고 말야."

"무슨 말을 하는 거야?" 순간 된정밍의 머리는 멍해졌다. 입도 굳었다. 누가 말한 거지? 설마 류메이가? 이 사실이 돤정밍을 화나게 했다. 사무실로 돌아가 그는 곧바로 그녀에게 전화를 걸었다. "어떤 사람이 당신과 나의 관계를 묻던데, 어찌 된 일이야?" "뭐가 어찌 된 일이야?" 류메이는 담담한 목소리였다. "아마 당신이 취했거나, 내가 취했겠지."

"그 말은 당신이 술 취해서 말했다는 거야?"

"그건 나도 모르지." 그녀는 별 신경 쓰지 않는 듯했다. "그럴 수도 있고 아닐 수도 있고."

"당신 어떻게 이럴 수 있어…" 돤정밍은 순간 역겨워졌다. 참지 못하고 욕을 뱉었다. "당신은 정신병자야!"

그녀에게 남아 있던 일말이 호감과 연민마저 사라졌다. 마침내 그녀에게 진 빚을 모두 갚았다는 생각이 들었다. 그렇게 일희일비하던 마음이, 마침내 평안을 되찾은 것이다.

소위 말하는 상처란, 당신이 타인에게 준 만큼 스스로도 받게 되어 있다. 금방 왔다 사라지는 기쁨은 그저 마음을 지나가는 나그네 같은 것이다. 마치 급히 스치는 칼날 같은 것이다. 비록 얕지만, 그 흉터는 평생을 갈 수도 있다.

표면상으로는 돤정밍이 두 여자에게 상처를 준 것처럼 보이지만, 실제로 가장 깊은 상처를 입은 것은 바로 돤정밍 자신이었을 것이다.

이 일 이후로 그는 여성들과의 정상적인 사회생활이 힘들어졌다. 이러한 트라우마를 어떻게 나약한 자아가 극복할 수 있겠는가? 하지만 삶에서 이러한 일이 없으리란 보장 또한 없는 것을.

살아 보니

후회하는 마음이 없으면, 양심의 추격을 피할 수 있다. 진정한 용서와 편안함은 반드시 부부 중 한 사람만이 해줄 수 있다. 부부라는 힘만이 당신을 그 위험 속에서 구해줄 수 있다.

만약 당신이 결혼 전에 난처한 애정사가 있었다면, 혹은 결혼 후 우연히 외도를 하게 되었다면, 그것들은 당신의 영혼을 평안하게 해주지 않을 것이다. 배우자에게 알려짐과 동시에 그 결과가 어떠하든 간에, 결국엔 영혼을 발가벗기는 일이 될 테니까 말이다.

외도는 그저 속 빈 감정일 뿐

사랑하는 것은 쉬우나, 지키는 것은 어렵다. 인연은 두 개의 마음을 한 데 갖다 놓아 줄 수 있을 뿐, 그것이 자연스레 결실을 볼지, 흐지부지 끝나게 될지는 그 누구도 알 수 없다. 사랑의 결실을 얻는 데 필요한 것은 열정뿐만이 아니다. 더 중요한 것은 사랑을 지키고자 하는 굳건한 의지다. 어찌 되었건, 이 화려한 세상 속에, 유혹은 너무나도 많다.

드라마 〈누추한 집〉[3]의 송쓰밍을 기억하는가? 단순히 한 남성의 매력적인 측면에서만 말한다면, 송쓰밍은 여인으로 하여금 끊임없이 그를 사랑하고 좇게 만드는 존재이다. 네티즌들은 곧잘 그를 이렇게 평가하곤 한다. "너무 남자답다." "의리 있고 정도 있다." "내가 하이자오라고 해도 거부할 수 없었을 것이다." 심지어, "정인이라도 되고 싶다."

_____

3. 2009년 중국에서 방영된 인기 드라마

"송쓰밍 입덕각" "송쓰밍 사랑한다."는 팬심 가득한 말들도 많다. 순식간에, 수많은 여인이 온 마음으로 이 '나쁜 남자'를 두둔하고 나선 것이다. 그에 대한 애모의 마음을 유감없이 드러내면서 말이다.

그러나 소설의 원작자도 인정했듯, 송쓰밍과 하이자오는 사랑하는 관계가 아니다. 진짜 송쓰밍을 사랑하는 것은 그의 부인뿐이었다. 외도를 꿈꾸고 경험하고자 하는 젊은 남녀들은 더 말할 것도 없을 것이다.

한 때, 펑쟈오는 자신이 길을 잘못 들었다고 생각했다. 그 이후 하늘이 그녀를 가엾게 여겨 이렇게 행복한 시간이 다시 찾아온 것이라 여겼다. 하지만 지금에 와서야 깨닫게 되었다. 그것 역시 공중누각에 불과했다는 것을. 그녀가 진짜 사랑을 찾았다고 생각했지만, 사실 그것 역시도 하나의 속 빈 강정이었을 뿐이었다.

2001년 초봄, 펑쟈오와 동쥔은 결혼했다. 동쥔은 말했다. "이가 다 빠지고 세상이 끝나는 그날까지 우리를 함께 있게 해주세요. 난 당신이 흔들의자에 의지할 수밖에 없는 상태가 된다고 하더라도 여전히 사랑한다고 말할 거야." 그의 이 말이 그녀의 마음을 움직였다. 모든 여자가 그렇듯, 그녀 역시 자신의 사랑이 영원하길 바랐다.

동쥔을 알게 되었을 때, 펑쟈오는 28살이었다. 적지 않은 나이였다. 이전의 연애는 나름의 이유로 결혼이라는 결실을 맺지 못했다. 많은 아름다운 여성들이 이렇게 허송세월을 보냈을 것이다.

미인박명이란 말이 괜히 생긴 말은 아닐 것이다. 아름답게 태어났기 때문에 까다롭게 굴게 되고, 자연스럽게 남자들과 교제할 시간이 많다고 여겼을 것이다. 하지만 삶을 뒤돌아보았을 땐, 자신의 눈가에도 이미 적지 않은 주름이 생겼을 것이다. 그리고 그제서야 결혼을 하고 싶다고 생각하게 되는지도 모른다.

처음 동췐과 만났을 때, 펑쟈오는 소개해 준 친구에게 화를 냈다. "이런 남자를 내게 소개해 준 거야? 돈이 많은 것도 아니고 그저 그런 일개 공무원인 남자를? 생긴 것도 그저 그런 데다 키도 나랑 똑같은데, 뭘 믿고 그 사람한테 시집가라는 거야!" 하지만 반년 뒤 펑쟈오는 그에게 시집을 가게 되었다. 그녀가 가장 결혼하고 싶을 때 그를 만나서만은 아니었고, 그가 그녀에게 주는 안정감이 좋았기 때문이었다. 그는 매일 비가 오나 눈이 오나 그녀의 출퇴근길을 마중하고 또 배웅해 주었고, 퇴근 후엔 앞치마를 두르고 주방에서 일을 도왔다. 펑쟈오의 이전 남자친구들은 대다수가 술고래에다 현실적이지 않은 이야기만 늘어놓는 사람들이었다. 그러나 동췐은 펑쟈오를 공중에서 지상으로 내려오게 만든 사람이었다. 그는 펑쟈오를 보며 이렇게 말하곤 했다. "펑쟈오, 누구나 결국엔 현실에 부대끼며 살아가게 돼." 이 말이 펑쟈오의 마음을 울렸다. 그래. 설사 그녀가 왕비라 하더라도, 결국엔 아이를 낳고 살림을 살 수밖에 없겠지. 그래서 펑쟈오는 그와 결혼하기로 마음먹은 것이었다.

펑쟈오는 자신이 즐겁게 동췐과 보통의 삶을 꾸려 나갈 수 있을 것이라 생각했다. 하지만 얼마 가지 않아 그러한 삶도 귀찮아졌다. 시간이 지나자 동췐의 섬세함과 사랑도 삼시 세끼 밥 먹는 것처럼 그 어떤 감흥도 없어졌다. 펑쟈오는 오히려 이러한 그가 시어머니나 엄마 같다고 여겼다. 남자답지 못하다는 생각이 든 것이다. 그때는, 그들이 결혼한 지 3년째 되던 해였다. 36평의 집으로 이사도 했고, 차도 생겼다. 둥쥔은 회사의 부사장의 자리까지 올랐다.

살림살이는 하루가 다르게 나아지고 있었지만, 펑쟈오의 마음은 하루가 다르게 우울해지고 있었다. 퇴근 후 집으로 돌아오는 길을 가다 서다 반복하며, 종처럼 갈피를 잡지 못하고 있었다. 집으로 간들 뭐 없잖아? 밥 먹고 TV보고 인터넷하고 자겠지 뭐, 똑같은 나날의 반복이야. 이렇게 생각할 때쯤, 펑창이라는 남자가 그녀 앞에 등장했다. 그는 사나운 불길처럼 그녀라는 마른나무에 옮겨붙었다.

그날 퇴근 후 집으로 돌아가는 길, 엘리베이터에서 나온 그녀는 긴 머리를 한 남성과 마주쳤다. 헤져 구멍이 난 청바지와 체크무늬 남방을 입은 채 자신의 집 문 앞에 앉아 있었다. 멀리서 그 광경을 보고 펑쟈오는 발길을 멈추었다. 처음엔 강도인 줄 알았다. 하지만 자세히 보니 누구인지 알 것 같았다.

"펑창." 펑쟈오는 그의 이름을 불렀다.

그가 고개를 들어 물었다. "저를 어떻게 아시죠?"

펑쟈오는 열쇠를 꺼내 문을 열며 말했다. "저는 이 집 주인입니다, 알 겠어요?" "펑쟈오?" 그 역시 그녀의 이름을 내뱉었다.

"아뇨." 펑쟈오는 말했다. "형수라고 불러요. 둥쥔이 당신보다 생일이 반년 빠른 거 알아요."

그는 웃으며 말했다. "근데 제가 그쪽보다 나이가 많은 걸요? 그냥 서로 이름 부르죠."

펑창은 둥췬의 대학동창이자 절친이었다. 태생적으로 떠돌아다니는 것을 좋아하고, 격식 있고 틀에 박힌 삶을 싫어한다고 했다. 그래서 졸업 후 이곳저곳을 유랑하기 시작했는데, 펑쟈오는 둥췬이 그들의 결혼식에서 한 말을 기억하고 있었다. "펑창이 돌아왔으면 좋았을 텐데, 근데 걔는 지금 티베트에 있어."

그녀를 따라 집으로 들어온 펑창은 큰 가방을 바닥에 내려놓으며 펑쟈오에게 물었다. "둥췬은 언제 돌아와요? 우리 벌써 2년 동안 연락을 못했어요. 보고 싶어 죽겠네요."

펑쟈오는 말했다. "둥췬은 출장 갔어요. 몰랐죠?"

"아" 그는 펑쟈오를 한번 쳐다보더니 말했다. "그럼 저 그냥 호텔 가서 지낼게요."

펑쟈오가 말했다. "이왕 왔으니 여기서 좀 있다 가요." 펑쟈오는 둥췬에게 전화를 걸어 펑창을 바꿔주었다. 그들은 감격에 젖은 듯했다. 펑창은 말투가 약간 거칠었는데, 둥췬 역시 그와 함께 흥분한 상태였다. 둥췬같이 평범하고 착한 사람도 이렇게 큰소리를 칠 때가 있다니 의외였다. 마지막에 펑창은 펑쟈오에게 전화를 바꿔주었다. 둥췬이 펑쟈오에게 부탁한 것은 "절대 펑창을 보내면 안 돼. 나 이틀 뒤면 돌아가니까 우리 동생한테 맛있는 거 해줘. 걔 고추 좋아하니까 많이 사둬."였다.

보내지 말라고? 다 큰 성인 남자를 여자밖에 없는 집 안에 두라고? 전화를 끊고 나서 그녀는 둥췬의 말이 조금 이상하다고 생각했다. 더 기이한 것은 그녀 역시 이 상황이 내심 기쁘게 여겨졌다는 것이다. 남자와 단둘이 있는 것이 얼마만이었던가?

그날 밤 펑쟈오는 홍사오위, 치옌완도우푸, 마포도우푸, 위샹치예쯔 등 많은 음식을 차렸다. 거의 대부분 매운 음식이었다. 펑창은 식탁 위를 채운 음식을 보더니 말했다. "동췐은 진짜 복 받았어. 이렇게 솜씨 좋은 여자를 부인으로 맞다니 말이야." 펑쟈오의 얼굴은 어쩔 수 없이 붉어졌다.

그날 밤, 펑창은 떠나지 않았다. 밤새도록 펑쟈오는 그와 함께 사진첩을 보았다. 티베트와 칭하이에서 찍은 아름다운 사진첩이었다. 그가 잡지에 발표한 사진작품도 있었다. 한편으로 사진첩을 보면서, 한편으론 그의 여행기를 들었다. 신기한 것은 펑쟈오가 그의 눈을 볼 자신이 없었다는 것이다. 어쩌다 그와 눈이 마주치기라도 하면, 펑쟈오가 항상 먼저 눈을 피했다. 그날 밤 펑쟈오의 마음은 17살로 돌아간 듯했다. 다음날, 펑쟈오는 그의 큰 체크 무늬 셔츠를 빨아 발코니에 널어 말린 뒤 정성스럽게 개어 두었다. 옷에 베인 그의 냄새를 맡았다. 어지러웠다.

동췐은 예정보다 일찍 돌아왔다. 펑창은 뛰어 마중을 나갔다. 두 사람은 얼싸안고 기뻐했다.

그날 밤, 동췐은 그녀와 잠자리를 하길 원했다. 펑쟈오도 기분 좋게 응했다. 그러나 머릿속에는 온통 펑창 생각뿐이었다. 그때, 펑창은 바로 그들의 옆방에 있었다. 펑쟈오는 그가 천린의 〈그냥 사랑할 테야〉 노래를 흥얼거리는 것을 들었다. "그래, 그냥 사랑하는 거야~" "저 미친놈!" 동췐이 말했다. "그렇게 많은 여자를 울려 놓고선, 쟤도 이젠 결혼할 때가 됐어."

펑쟈오는 동쥔을 껴안았다. 눈물이 그의 가슴 위로 떨어졌다. 얼마나 무서운 일인가. 펑쟈오는 저 야생마 같은 남자를 사랑하게 된 것이다. 그녀는 사실 어릴 적부터 이렇게 방랑 끼가 있는 남자를 좋아해 왔다. 그런 남자와 방방곡곡을 떠돌고 싶었다.

동쥔의 만류로 펑창은 마침내 정착의 뜻을 품게 된 것 같았다. 며칠 후, 그는 집을 얻어 이사를 나가겠다고 했다. 그날, 그는 떠나기 전 펑쟈오를 보곤 눈웃음을 치며 "안녕"이라고 말했다. 자석 같은 "안녕"이라는 말에 펑쟈오도 웃으며 답했다. 하지만, 마음속에는 눈물이 흐르고 있었다. 어쩔 수 없다. 모든 사건의 시작이 그렇듯, 이것도 사건의 발단에 불과했다. 펑쟈오는 자신이 이 유혹 앞에서 어쩔 수 없다는 것을 알고 있었다.

과연, 다음날 펑창에게 걸려온 전화를 받았다. "펑쟈오, 잠시 나 좀 도와줄 수 있어? 여기 너무 어지러워. 어떻게 정리를 해야 할지를 모르겠어." 정말 그의 말처럼 어지럽긴 어지러워 보였다. 펑쟈오가 편한 옷으로 갈아입고 집을 정리할 때, 그녀의 마음속엔 불현듯 크나큰 기쁨과 행복이 솟아올랐다. 원래, 한 사람을 사랑한다는 것은 이토록 행복한 일이었구나. 비록 집안일을 대신 해준다 해도, 그 피곤함까지 기쁨으로 느껴지는 것이었구나. 순간, 펑쟈오는 동쥔이 떠올랐다. 그가 그녀에게 이렇게 해 주었을 때도 지금처럼 기뻤겠지?

이틀간 펑쟈오가 청소한 덕택에 방은 깨끗하고 깔끔해졌다. 커튼엔 해바라기가 수놓아져 있었고, 베란다에는 연록색의 식물들이 자리잡고 있었으며, 붉은 소파 위에는 펑쟈오가 사온 중국매듭이 놓여 있었다. 펑쟈오가 그를 위해 탕을 데우고 있었을 때, 그가 갑자기 그녀의 뒷편에서 그녀를 껴안았다. "펑쟈오, 당신은 나에게 집이라는 아늑함을 안겨 주었어." 펑쟈오는 발버둥을 치다 오히려 그의 품에 안기고 말았다. 이 식물같이 맑고 신선한 남자야말로, 일찌감치 펑쟈오가 바랐던 꿈속의 남자가 아니었던가!

이것은 펑쟈오와 그의 이야기의 서막에 불과했다. 하루가 멀다 하고 펑쟈오는 그녀와 그의 밀실에 드나들었다. 펑쟈오는 그를 위해 음식을 하는 것을 좋아했고, 불을 켜 놓고 그가 돌아오기를 기다렸다. 동쿤이 전화를 걸어올 때면 펑쟈오의 대답은 항상 '나 야근중'이었다. 불쌍한 동쿤은 이 말을 믿고선 그 어떤 낌새도 채지 못했다. 펑쟈오가 밤늦게 돌아오면 식탁 위엔 그가 그녀를 위해 끓인 탕이 있었다. 야근하면 건강을 해치기 쉽다며 그가 만들어 둔 것이었다.

아이러니한 것은 그때조차도, 펑쟈오의 머릿속엔 온통 펑창의 생각으로 가득 차 있었다는 것이다. 동쿤의 사랑을 받으면서도 마음 깊은 곳에는 일말의 죄책감도 없었다. 심지어 그가 그녀의 손을 잡을 잡기라도 할 때면 펑쟈오는 즉시 뿌리치며 이렇게 말했다. "자꾸 귀찮게 할래?" 그때, 펑쟈오의 마음은 온통 펑창으로 가득 차 있었다. 우연히 동쿤이 그의 이름을 말할 때면 그녀의 심장은 쿵쾅쿵쾅 뛰었다.

만약에 그녀에게 큰 병이 없었다면, 그녀는 여전히 두 남자 사이를 방황하고 있었을지 모른다. 갑자기 들이닥친 큰 병이 그녀에게 무엇이 진짜 사랑인지 깨닫게 해주었다. 회사 건강 검진에서 펑쟈오는 유방에 종양이 있음을 발견했다. 의사는 양성인지 음성인지 아직 확실하진 않지만, 만약 조직검사에서 악성으로 나오면 유방 절제술을 해야 한다고 했다.

이 놀라운 소식을 펑쟈오는 제일 먼저 펑창에게 알렸다. 그는 그녀의 풍만하고 섹시한 가슴을 여러 번 칭찬한 적 있었다. 그의 말에 따르면 그녀의 가슴은 '소녀처럼 탱글탱글하고 젊은 부인같이 풍만한' 것이었다. 하지만 그러한 펑쟈오의 유방이 이제 곧 두 개의 구멍으로 남게 될지 모르는 것이다. 그래서 그녀는 제일 먼저 그의 위로를 받고 싶었다. 하지만 펑쟈오가 이 소식을 그에게 알려줬을 때, 그의 첫 마디는 이랬다. "가슴 없는 여자도 여자야? 그게 어떻게 가능해?" 펑쟈오는 멍해졌다. 눈물이 흘러내렸다. 그리곤 수화기를 내려놓았다. 펑쟈오는 마치 벼락 맞은 듯 정신이 번쩍 들었다. 원래 그녀의 아픔은 펑창과는 무관한 것이었다. 그가 원했던 것은 그녀의 아름다운 용모였을 뿐이었다. 진정한 사랑을 비로소 찾았다고 생각했는데, 그것이 이토록 속 빈 강정이었을 줄이야.

펑쟈오의 병을 알게 된 동췬은 그날 윈난에서 급히 돌아왔다. 그는 수십억이 되는 프로젝트를 놔두고 퇴사의 위험까지 각오하며 그녀에게 달려온 것이었다. "내 아내보다 세상에 더 중요한 것이 뭐가 있겠어? 유방이 있고 없고가 무슨 상관이야? 난 당신만 있음 돼." 펑쟈오는 울고 싶지 않았다. 그녀의 당황함을 감추고 싶었기 때문이다. 하지만 흘러내리는 눈물이 그녀의 비밀을 말해주고 있었다. 다른 남자를 탐냈던 여자가 과연 그의 사랑을 받을 자격이 있는 것일까?

불행 중 다행인 것은 마지막 조직검사에서 펑쟈오가 양성종양 판정을 받았다는 것이다. 화학치료와 약물처방만으로 그녀의 유방을 온전히 보존할 수 있게 되었다. 병이 완치된 그날, 동쥔은 그녀를 데리러 갔다. 펑쟈오는 말했다. "난 당신 아내로 부적합해. 당신을 항상 기다리게 하고, 당신이 한 음식을 다 식게 하잖아. 우리 그냥 이혼하자." 동쥔은 펑쟈오의 손을 잡으며 말했다. "바보야, 가자. 어서 집에 가자."

그는 이어서 말했다. "내가 다 부족해서 그런 거야. 그래서 당신이 다른 남자한테 간 거야. 다 용서할 게."

원래, 한 사람을 사랑한다는 것은 이런 것이었다. 펑쟈오는 동쥔을 꼭 끌어안았다. 눈물이 그의 머리 위로 떨어졌다. 가장 아끼고 사랑하는 사람이, 바로 그녀의 곁에 있었는데, 그녀는 자칫 그것을 잃을 뻔한 것이었다. 다시 얻게 된 사랑, 이번 생에 그녀는 꼭 붙잡고 다시는 놓지 않을 것이다.

살아 보니

사랑이 비록 좋긴 하지만, 수많은 사람이 진심으로 사랑을 대하지 못한다. 많은 사람의 사랑은 갈팡질팡하고 이리저리 흔들린다. 그들은 한편으론 자신에게 말한다. 길가의 꽃은 꺾으면 안 돼. 인연이란 원래 어려운 것이니까. 그러면서도 한편으로는 상대가 먼저 배신할까 두려워한다. 그래서 자신에게 은근슬쩍 보험을 만들어 두는 것이다. 이것은 이해득실을 따지는 마음이라기보다는, 그들의 마음에 너무 많은 유혹과 잡다함이 섞인 것이라 말할 수 있을 것이다. 삶이란 원래 평범한 것이며, 사랑은 완벽할 수 없다. 사랑은 어렵지 않다. 그것의 소중함을 배우기만 하면 된다.

언제든지 간에 난 집으로 돌아갈 거야

만약 남자들에게 가슴에 손을 얹고 솔직하게 마음을 말하게 시킨다면, 그들 대부분은 자신들 내부에 숨겨진 욕망이 있음을, 누구나 한 번쯤 외도를 꿈꿔본 적 있음을 실토할 것이다. 그래서 좋은 남자의 기준은 어쩌면 욕망에 대한 자제력이 있느냐, 그것을 실지 행동으로 옮기느냐의 여부가 될지도 모르겠다.

남자들은 사업상 외부에서 잦은 술자리를 가지기 마련이지만, 얼마나 늦든지 간에 집에는 돌아가야 한다. 여자들도 외박하지 않는 남자를 소중히 여겨야 할 것이다. 만약 아직도 세상에 진짜 사랑이 있다고 믿는 여자가 있다면, 부탁이다. 꿈 깨라.

우리는 어쩔 수 없이 사회에 적응해야 하고, 남자들은 여자를 찾아나서기 마련이다. 자신의 가정을 사랑하지 않아서 그런 것이 아니라, 남자들이란 게 원래 그렇다. 남자들은 태생이 그런 것이다. 남자들은 실컷 즐기고 난 뒤에도 집으로 돌아가 당신 곁을 지킬 것이다. 당신 앞에선 가장 부드러운 얼굴을 하고 말이다. 그가 아직도 당신을 사랑한다고 느낀다면, 이 정도는 귀엽게 넘어가자. 왜 군이 긁어 부스럼을 만들 것인가. 어떤 문제는 영원히 답을 찾을 수 없다.

그는 또다시 밤이 깊어서야 집으로 돌아왔다. 그녀는 두 손으로 대문의 자물쇠를 꽉 잡았다. 비록 잘 잠겨 있다는 것을 알고 있었지만 말이다. 그는 밖에서 성질을 부리며 발로 문을 걷어차면서 손으로 뭔가를 부수고 있었다. 예전 같았으면 그는 그녀에게 애걸복걸하며 빌었을 것이다. 최악의 경우는 그가 담을 넘어 들어오는 것이었다. 그러나 지금은 완전히 달라졌다. 그는 이미 예전의 가난한 남자가 아니었다. 지금의 그는 그녀와 말 한 마디 하는 것도 귀찮아하는 사람이 되었다. 그런데 담 넘는 것을 말해 무엇할까. 살찐 배 때문이 아니라, 그도 지위가 있다는데, 어떻게 그런 남자가 담을 넘는, 낯 깎이는 짓을 하겠느냐 말이다.

언제부터인지 모르겠지만, 그녀는 그들 사이의 거리감을 느끼기 시작했다. 주식, 양주, 스포츠카, 인터넷 등등 그가 대충 흘리는 말들은 그녀에게 아리송하게 다가왔다. 그가 사귀었다는 가수, 축구선수 친구들 이야기도 그녀로 하여금 그와 자신이 전혀 다른 세계에 사는 것 같은 느낌을 주었다. 그는 더 이상 그녀와 싸움을 반복하면서도 여전히 함께 붙어살던, 그 남자가 아니었다.

그녀는 거칠게 문을 열었다. 얼큰하게 취한 그가 어떤 준비도 되지 않은 상황에서, 그녀와 함께 엉겨 붙어 싸우기 시작했다.

이전에 그녀는, 갈등이 해결되지 않으면 그와 한판 거하게 싸우곤

했다. 그러다 싸움이 흐지부지 끝나고 나면 오히려 감정은 더욱 깊어지는 듯했다. 하지만 그가 대단한 인사가 된 것처럼 변한 이후에는, 다시는 그녀에게 손찌검하지 않았다. 대신 경멸하는 눈빛으로 그녀를 바라보기 시작했고, 그런 그의 행동은 그녀를 절망감에 휩싸이게 했다.

하지만 이번엔, 무슨 일이 있어도 그녀는 그와 통쾌하게 한번 싸우고자 결심했다. 수년간 쌓여왔던 분노를 터트리고 그와 이혼하기로 마음먹었다. 그들은 문밖에서 집안, 집안에서 거실, 거실에서 침대로 자리를 옮겨가며 싸웠다. 그는 도망가고 그녀는 쫓아갔다. 그는 화가 끝까지 나자, 그녀의 뺨을 한 대 때렸다. 그녀는 어안이 벙벙해졌다. 예전에 그토록 많이 싸웠어도 이렇게 아팠던 적은 없었다. 그러나 지금 뺨에 느껴지는 것은 분명히 얼얼한 느낌이었다. 그녀는 그에게 다가가 반격을 노렸으나, 그는 침대에 구부린 채 어떤 대응도 하지 않았다. 심지어 그대로 잠이 들어버렸다.

한밤중에, 바닥에 앉아 그녀는 그를 바라보았다. 준수했던 얼굴엔 덕지덕지 살이 붙었고 허리는 박스 마냥 굵어졌다. 그녀는 종종 돈 있는 남자의 추악한 면모를 그에게 투영시켜, 그에 대한 나쁜 감정을 품어 보기도 했다. 하지만 깊은 잠에 곯아떨어져 침까지 흘리고 있는 이 남자를 보고 있자니 마음은 다시 봄눈 녹듯 스르르 녹아내렸다.

그녀는 30분에 걸쳐 그를 침대로 옮겼고 와이셔츠를 벗겼다. 그녀에게 쫓기면서 긁힌 상처 때문에 맺힌 핏자국을 보았다. 와이셔츠 맨 위의 단추도 떨어진 상태였다. 그 새하얗던 셔츠는 단추 하나가 부족하다는 이유로 너무나 망측해 보였다.

무슨 이유에서인지 모르겠지만, 그녀는 모든 불을 다 켜고 사력을 다해 그 단추를 찾아 헤맸다. 마침내 구석에서 단추를 찾았다. 그리곤 바늘과 실을 찾아 한 땀 한 땀 그것을 다시 꿰매었다. 그녀는 그가 깨어났을 때, 단추 하나가 떨어진 것을 보면 분명히 와이셔츠를 버릴 것이라고 생각했다. 그는 돈밖에 없는 남자니까. 또 그녀는 십여 년 전 그가 입었던, 단추를 몇 번이나 다시 달아주었던, 그 낡은 셔츠를 떠올렸다. 그녀가 불빛 아래에서 열심히 단추를 달 때면, 그는 웃통을 벗은 채 그녀 옆을 지켰었다.

사랑은 단추와 같다. 시간이 지나면 자연스레 떨어지기 마련이다. 만약 제때 다시 달아준다면 옷은 여전히 입을 만할 것이다.

결혼은 정말 사실 철 지난 옷과 같다. 단추가 떨어지는 것도 당연하다. 몇 년간, 그녀는 이 오래된 옷을 깁고 또 기웠다. 여기까지 생각하니, 그녀의 금방 녹아내렸던 마음이 다시 아프기 시작했다. 마지막 한 땀을 깁다가 바늘에 손을 찌르고 말았다. 그녀는 손가락에 맺히는 핏방울을 바라보며 소리 없이 울었다.

그녀는 미처 몰랐다. 자는 줄만 알았던 그가 일찌감치 일어나 웃통을 내보인 채 그녀를 보고 있었다는 것을. 그 역시 이미 눈물을 떨구고 있었다.

살아 보니

　소설가 장아이링은 말한다. '수많은 사람들 속에서 당신이 원하는 사람을 만났다면, 그것은 수만 년의 세월 중 끝도 없는 시간의 황야 속에서도 우리의 걸음이 단 한 걸음 빠르지도, 단 한 걸음 느리지도 않았기 때문일 거예요. 그리고 그런 사람을 만났다 해도, 그저 조용히 이렇게 말할 수 있을 뿐이겠죠. 당신도 여기에 있었군요.' 하지만 그녀는 자신의 연인 후란청에게 보내는 사진 뒷편엔 이런 말을 적어 놓았다. '당신 앞에서 저는 너무나 작아집니다. 마치 먼지가 된 기분이에요. 하지만 제 마음은 기뻐요. 그 흙 속에서 꽃이 피어나거든요.' 이 이야기는 우리의 심금을 울린다. 진짜 사랑은 바로 이런 것이 아니겠는가.

마음은 그날 밤 떠나갔다

사람이라면 누구나 살아가면서 각양각색의 유혹을 만나게 된다. 사람의 욕망이란 끝이 없는 것이다. 만약 현재의 생활에 만족하지 못한다면, 외도 역시 마음대로 되지 않을 때가 많다.

사랑의 길은 본래 평탄하게 고정된 것이 아니다. 그 길의 도중엔 예상치 못한 일이 너무나 많이 발생한다. 만약 유혹이 나타났을 때, 그것에 대항하지 못하면, 마음은 쉽게 흔들리게 된다. 만약 한 쪽이 굳건하지 않으면, 상대방은 미련없이 떠날 수 있다. 그렇다면 사랑 역시도 골치 아픈 것이 되어버린다.

외로운 여자들은 빈틈이 많다고들 한다. 물론 그것도 까닭 없는 말은 아니다. 여자가 외롭게 오래 지내다 보면, 극도의 고독을 견디지 못해 쉽게 실수를 하게 되기 마련이니까. 상대에게 성적 매력으로만 어필하려 하거나 가볍게 사람을 바꿔서 만나거나, 히스테릭해지게 되는 것이다. 그 후의 결과에 대해선 어떤 고려도 하지 않은 채.

번화한 거리를 걷고 있는 뤄뤄의 눈은 마치 안개가 자욱하게 낀 듯했다. 마음은 파도가 치듯 어지러웠다. 그녀는 믿을 수가 없었다. 줄곧 전통적이고 보수적이라고 생각했던 자신이 낯선 남자와 잠자리를 가지다니. 그녀에겐 결코 있을 수 없는 일이었다. 그러나 얼떨결에 그렇게 되어버렸다. 뤄뤄는 끊임없이 자신에게 질문했다. 그저 외로워서 그랬던 걸까? 아니면 자신 내면에 또 다른 자신이 숨어 있었던 것일까?

며칠간 내리던 비가 어둠이 찾아오자 마침내 멈추었다. 뤄뤄는 높고 긴 창문 앞에서 황혼이 내려앉는 도시를 바라보았다. 그녀는 순간 밖에 나가 걷고 싶은 마음이 들었다. 바람은 창밖에서 천천히 불어왔다. 부드러웠다. 촉촉하고 서늘한 느낌이었다. 바람은 그녀의 흩어진 머리칼을 이리저리 들어올리기도 하고 그녀의 머리칼 사이를 지나가기도 했다. 그렇게 조용하고 쓸쓸한 집 안을 배회하고 있었다.

갑자기 고개를 돌려 뤄뤄는 전신거울 속의 자신을 보았다. 쓸쓸한 모습이 마치 고독한 영혼처럼 보였다. 옥란화가 창백한 눈망울 속에서 쓸쓸하게 비쳤다.

'외로움이 사람을 늙게 하지.' 순간 뤄뤄의 마음속에 누가 말했는지 기억나지 않는 이 한 마디가 스쳐 지나갔다. 얼굴을 때려보았다. 얼굴엔 분명 아직 젊음이 남아 있는 듯했다. 그저 동공 속에 자리한 외로움이 사그라드는 등불처럼 보였다. 진한 여운을 남기며.

'벽오동 잎 사이로 부슬비가 떨어지네. 황혼이 깃들어도 여전하네. 이 풍경을 어찌 근심이라는 말 한 마디로 표현할 수 있겠는가.' 끊임없이 송대 여시인 리칭자오의 이 글귀가 머리에 맴돌았다. 뤄뤄는 웅크린 채, 다시 거울을 보았다. 외로움은 깊은 밤의 그림자가 되어 끝없이 커졌다. 거울을 비집고 나와 물처럼 사방을 뒤덮었다. 뤄뤄는 외로움에 둘러싸여 숨이 막힐 지경이었다. '나가! 나가!'라는 목소리가 마음 깊숙한 곳으로부터 울려 퍼졌다.

뤄뤄는 재빨리 옷장을 열었다. 한눈에 분홍색의 캐미솔을 바로 찾을 수 있었다. 가슴 앞에 푸른 목단화가 그려진 캐미솔. 첫눈에 맘에 들어 바로 사버린 옷이었다. 사고 난 다음 날, 남편은 출장을 떠났다. 뤄뤄는 한 번도 이 옷을 입지 않았다. 이 캐미솔도 마치 뤄뤄처럼 한 달간 외로움에 떨었을 것이다.

캐미솔의 외로움을 뤄뤄는 알아볼 수 있었다. 뤄뤄의 외로움도 누구든지 알아챌 수 있었을 것이다. '장사꾼들은 이익은 중시해도 헤어짐은 가벼이 여긴다.' 했던가. 1,000년 전에도 고독에 떨었을 비파녀를 떠올리니, 뤄뤄는 동병상련의 마음이 느껴졌다. 그가 그렇게 돈이 많을 줄 알았더라면, 과연 내가 그와 결혼했을까? 뤄뤄는 자신에게 물으면서 외로운 캐미솔을 걸쳐 입었다.

뤄뤄가 대학교 3학년이 되던 해, 그를 알게 되었다. 당시, 그는 과학연구원에서 일하는 보통의 기술 엔지니어였을 뿐이었다. 뤄뤄는 그의 자상함과 배려심, 그리고 그의 재능에 사로잡혀 대학을 졸업한 다음 해에 바로 그와 결혼을 했다.

사람들은 모두 뤄뤄가 남편을 도와주는 팔자라고 했다. 남편이 일하던 과학연구원은 원래 국유기업이었는데, 결혼한 다음 해에 구조조정이 이루어졌다. 그러면서 남편과 몇 명의 연구원이 자금을 모아 연구원을 사들여 주식회사로 만들었다. 과학연구원의 원래의 직원들은, 퇴직한 직원을 빼곤 모두 주식회사의 관리 산하로 넘어가게 되었고, 남편은 그중 회장으로 선출되었다. 구조조정 후 남편과 동료의 노력이 빛을 발하면서 과학연구원의 사업은 날로 번창했고, 전국 단위의 프로젝트까지 맡게 된 것이었다. 사업이 잘 풀리자 남편의 출장 일수도 날로 많아졌다. 출장을 갔다 하면 두세 달은 기본이었다. 그때마다 남편은 이렇게 말하곤 했다. "뤄뤄, 나도 이렇게 살기 싫어. 당신하고 같이 있고 싶어, 하지만 나는 직원들을 책임져야 하잖아."

뤄뤄는 남편의 어깨에 올려진 짐이 얼마나 무거운지 잘 알고 있었다. 남편이 얼마나 힘든지도 잘 알고 있었다. 하지만 남편이 옆에 없을 때마다, 외로움은 봄풀처럼 자라나 그녀의 마음속에 빼곡히 들어찼다. 캐미솔을 걸치곤, 뤄뤄는 자색 주름치마를 입었다. 높게 묶어 올린 머리도 자색 리본으로 장식했다. 은은하게 화장도 했다. 뤄뤄는 최대한 젊은 느낌으로 꾸미고 싶었다. 노인 같은 이 외로움을 몰아내기 위해서였다.

때마침 일요일 밤이었다. 밤에는 홍등이 현란했고 차들로 북적거렸다. 뤄뤄는 순간 이러한 광경이 낯설게 느껴졌다. 발걸음을 돌려, 시끌 벅적함을 벗어나 강가로 향했다. 우아한 광경이 펼쳐진 그곳엔 확실히 차들의 경적 소리가 적었다. 대신 연인들이 많이 눈에 띄었다. 외롭고 쓸쓸한 뤄뤄는 집안에 가두어 둔 고독이 다시 자신을 쫓아오고 있음을 느꼈다. 다시 호흡이 곤란해졌다.

그녀는 옆으로 손을 뻗었다. 뭐라도 잡아야 했기 때문이다. 하지만 바람은 그녀의 손가락 사이를 빠져나갔다. 너무나 후회스러웠다. 아들을 시부모 댁으로 보내 버린 것이다. 3살 난 아들의 손을 잡고 있었더라면, 조금 편안하기라도 했을 텐데. 자상한 남편은 매번 출장을 갈 때마다 시어머니께 아이를 돌봐 달라고 부탁했다. 그녀가 아이 돌보랴 출근하랴 피곤할까 봐 걱정된 것이었다. 뤄뤄는 고개를 떨군 채, 천천히 걸었다. 그녀의 그림자가 그녀의 앞에서 서성거렸다. 길고, 외로워 보였다. 뤄뤄는 자신의 그림자를 밟고 고개를 떨군 채 걸었다. 눈시울이 뜨거워졌다. 코도 맹맹한 듯했다. 바람이 그녀의 치마를 들어 올렸다. 마치 자주꽃이 핀 것 같았다.

차 한 대가 소리도 없이 그녀 앞에 멈춰 섰다. "아가씨, 힐튼 호텔 어떻게 가는지 아나요?" 뤄뤄는 머리도 아픈데다, 몽롱해진 눈가 때문에 남자의 얼굴이 제대로 보이지 않았다. 그저 상대의 따뜻한 미소만이 느껴졌을 뿐이었다.

길 물어보는 외지 사람이구나. 뤄뤄는 코를 들어마신 후, 그에게 길을 알려주었다. 그리고 계속해서 고개를 떨군 채 갈 길을 걸어갔다.

뤄뤄는 검은색 차가 자신의 근처를 지나가는 것을 아예 보지 못했다. 그저 어떤 물건이 자신의 뒤를 따라오고 있다는 생각이 들 뿐이었다. 뒤를 돌아보니, 타지역 번호판을 단 검은 색 차가 자신의 뒤에 있었다. 달팽이처럼 자신을 따라오고 있었다.

뤄뤄는 깜짝 놀라 차를 바라보았다. 남자는 창문 밖으로 머리를 내밀고 말했다. "아가씨, 무슨 일 있나요?"

뤄뤄는 고개를 저었다. "아뇨!"

"당신 우는 걸 봤어요."

"아니라니까요!" 뤄뤄는 서둘러 눈물을 닦았다.

남자는 차를 세우더니 차에서 내려 뤄뤄의 앞으로 다가왔다. "제가 얘기 하나 해드려도 될까요?"

뤄뤄는 멍해졌다. 처음 보는 낯선 남자가 자신에게 무슨 이야기를 해 준단 말인가.

"예전에 아주 장난기 많은 돼지 한 마리가 있었어요. 뭐라고 묻든 간에 무조건 대답은 '아뇨.'라고 하는 거예요. 이렇게 물어요. "밥 먹었어? 아뇨~ 학교 다녀? 아뇨~ 아빠 있어? 아뇨~" 여기까지 말하고서 남자는 잠시 이야기를 멈추더니 다시 물었다. "이런 이야기 들어본 적 있나요?"

뤄뤄는 말했다. "아뇨!"

남자는 의미심장한 웃음을 지었다. 뤄뤄는 갑자기 뭔가를 깨달은 듯했다. 뤄뤄가 화가 난 얼굴로 한 마디 내던졌다. "재미없거든요!" 그리곤 몸을 휙 돌려 가버렸다. 남자는 쫓아가 뤄뤄의 앞길을 막고서 말했다. "미안해요. 저는 그냥 그쪽을 기분 좋게 해주고 싶어서 그랬던 건데. 화내지 마요. 네?"

이때, 뤄뤄는 남자를 비로소 똑바로 보았다. 서른 중반쯤 돼 보이는 남자였다. 검은색 캐주얼 차림이었고, 키가 컸다. 소위 말하는 훈남이었다. 성실해 보였다. 뤄뤄가 웃었다. "용서해 줄게요. 얼른 호텔 찾으러 가세요. 난 산책 좀 해야 해요."

남자는 뤄뤄의 두 뺨에서 솟아오르는 백련 같은 웃음, 그리고 잠시 밝아졌다 이내 흐려지는 눈을 보았다. 그도 같이 웃으며 말했다. "저는 여기 출장을 왔어요. 차를 끌고 돌아다니던 중이었는데, 길을 잃었어요." 그는 말을 잠시 멈추었다 다시 말했다. "어차피 저도 혼자, 그쪽도 혼잔데, 둘이 걷는 게 더 낫지 않을까요?"

뤄뤄는 말없이 그를 쳐다보고만 있었다.

남자는 또 웃었다. 그는 손을 벌리고 뒤돌아서서 말했다. "잘 봐, 나는 무서운 이리야~ 빨간 모자, 너를 잡으러 왔단다."

뤄뤄는 웃었다. "하지만 나는 아직 이리를 만나보지 못했는걸요. 그럼 이리가 빨간 모자를 어떻게 잡아먹는지 좀 볼까요?"

남자의 말이 뤄뤄의 승부욕을 자극했다. "나는 독사다~ 네가 무서울 줄 아느냐?" 뤄뤄는 곰곰이 생각하다 뒤돌아서서 걷기 시작했다. "차 타요. 우리 바람이나 쐬러 가요."

낯선 사람의 유머가 뤄뤄 마음속의 외로움과 슬픔을 내보내고 동시에 그에 대한 알 수 없는 신뢰감을 들게 한 것이다.

아름다운 풍경을 끼고 차는 천천히 이동하고 있었다. 두 사람은 딱히 무슨 말을 해야 할지 몰랐다. 남자는 끊임없이 백미러를 통해 뒤에 앉은 뤄뤄를 훔쳐보고 있었다. 뤄뤄는 창밖의 풍경을 바라보고 있었다. 알 수 없는 미묘한 기운이 차 안에 일렁이기 시작했다. 뤄뤄는 조금 덥다고 느꼈다. "춤 좀 춰요?"

"좋아해요?"

"대학 다닐 땐 자주 갔죠. 결혼하고서도 몇 번 갔고, 애기 생긴 다음엔 한 번도 못 갔어요." 뤄뤄는 한숨을 쉬었다.

차는 순식간에 〈아름다운 시절〉이라는 클럽에 도착했다. 시끄러운 클럽은 마치 파도가 넘실대는 바다 같았다. 그러나 순간 뤄뤄는 기분 좋은 것은 남의 일일 뿐, 자신은 아무것도 가진 것이 없다는 생각이 들었다. 움츠러든 뤄뤄는 마치 연약한 작은 꽃같이 보였다.

남자는 뤄뤄에게 풀 죽어 있을 틈도 주지 않고 그녀를 스테이지로 끌고 갔다. 그는 뤄뤄의 허리를 감고서 그녀의 귓가에다 큰 소리로 말했다. "아무것도 생각하지 마요. 눈감고 그냥 춰요!"

남자는 그녀를 응원해 주었다. 그의 손에서 전해오는 따뜻한 온기가 뤄뤄를 응원해 주었다. 그녀는 정말로 눈을 감고, 클럽의 음악에 자신을 마음껏 맡겼다. 기쁨은 가벼운 공기가 되어, 그녀의 몸을 들어 바람에 나부끼게 하는 듯했다. 클럽의 불이 별안간 꺼졌다. 음악도 소리 소문없이 잦아들었다. 조금 쉰 목소리의 남성이 깊은 목소리로 노래를 불렀다. 어둠 속에서 누군가가 뤄뤄의 허리를 끌어안았다. 뤄뤄는 그 사람이 누구인지 알고 있었기에, 자연스레 몸을 붙였다. 뜨거운 가슴과 콧바람, 그리고 낯선 남자의 땀 냄새가 뒤섞여 매혹적인 느낌을 주었다. 뤄뤄는 그의 품속에서 깜짝 놀라 고개를 들어 그의 눈을 바라보았다. 남자의 눈은 어둠 속에서 찬란한 불꽃처럼 타오르고 있었다. 탁탁거리는 소리가 생생히 들리는 듯했다.

뤄뤄는 온몸이 달아오르는 것이 느껴졌다. 그녀는 눈을 내리깔았지만, 머리는 남자의 가슴에 파묻은 채였다. 마치 이 남자에게 일생을 맡긴 것처럼 말이다.

순간 같았던 20분의 블루스 타임이 이렇게 끝이 났다. 빠른 음악이

다시금 울려 퍼졌다. 뤄뤄는 마치 아주 짧은 꿈을 꾼 것 같았다. 남자의 얼굴이 번쩍이는 등 아래에 더욱 선명히 보였다. 남자는 여자의 손을 잡고 말했다. "그만 추고 나가요!" 뤄뤄는 아무 말이 없이 남자가 그저 이끄는 대로 무대 밖을 나섰다.

차는 아주 능숙하게 힐튼 호텔 앞에 섰다. 남자는 여자를 부축해 주었다. 그녀를 아주 호화스러운 방으로 안내했다.

뤄뤄가 말했다. "당신은 원래 이곳으로 오는 길을 잘 알고 있었군요!"

"당신의 외로워 보이는 뒷모습에 차마 발길이 떨어지지 않았어요. 어쩔 수 없이 그렇게 서툰 방법으로 당신에게 말을 걸 수밖에 없었죠." 남자의 눈은 진실해 보였다. 뤄뤄는 울고 싶어졌다. 너무 오랫동안 외로웠다. 조금 따뜻한 말 한 마디에도 그녀는 금방 울음이 터질 것 같았다.

그는 뤄뤄의 머리를 쓰다듬으며 말했다. "나의 외로운 여전사님, 가서 먼저 씻으시지요."

뤄뤄는 흰색 목욕 가운을 입고 나왔다. 어깨 위의 긴 머리는 젖은 채였다. 부끄러운 듯 방 중앙에 서 있었다.

남자는 부드럽게 뤄뤄의 머리를 자신의 무릎에 갖다 대었다. 축축하게 젖은 검은 머리카락이 그의 두 다리 위에 흩어졌다. 뤄뤄는 눈을 감고 그의 다리 사이에 파묻혀 낯선 남자의 숨결을 느꼈다. 헤어드라이기의 소리와 함께 마음도 같이 쿵쾅쿵쾅 뛰었다.

남자는 뤄뤄의 머리를 다 말려준 뒤, 부드럽게 말했다. "침대에서 좀 쉬어요, 나도 씻고 올게요." 뤄뤄는 넓은 침대 위에 누웠다. 베개 위에 퍼져 있는 단향목의 향을 맡았다. 마치 꿈을 꾸는 것 같았다.

남자 역시 흰색 잠옷을 입은 채 욕실에서 나왔다. 나오면서 방 안의 불을 껐다. 침대 위의 작은 등만이 은은한 피부색으로 방 안을 비추고 있었다. 남자는 실눈을 한 뤄뤄의 눈을 톡톡 두드리며 말했다. "뭐예요, 자는 거예요?" 뤄뤄는 별 같은 두 눈을 떠 그에게 아름답게 웃어 주었다.

"포도주 좀 마실래요?" 뤄뤄는 남자의 건장한 가슴을 바라보며 고개를 끄덕였다. 술이 들어가자 뤄뤄의 얼굴은 발그레해졌다. 그녀의 얼굴은 붉은빛 아래에서, 마치 활짝 핀 복숭아꽃 같았다. 남자는 잠시 신음을 내더니 뤄뤄를 자신의 품으로 껴안았다. 그녀의 이마, 얼굴, 눈을 차례대로 훑으며 격정적인 키스를 퍼부어 주었다. 그리고 마지막으로 그녀의 붉은 입술에 입맞춤을 해주었다.

신선한 자극이 뤄뤄를 어지럽게 했다. 잠옷이 언제 벗겨졌는지 뤄뤄는 기억나지 않았다. 에어컨에서 차갑고 선선한 바람이 흘러나와 뤄뤄의 맨몸을 훑고 지나갔다. 뤄뤄에게 야릇한 쾌감을 가져다주었다. 그녀의 몸이 조금씩 떨리고 있었다. 감동 때문인지, 아직 남아 있는 갈망 때문인지는 알 수 없었다.

살아 보니

외롭고 고독한 여인은 어떻게 용감히 자신을 구해야 하는지를 배워야 한다. 격정은 정신없이 시작되지만, 흐지부지 끝나기 마련이다. 삶은 평탄하기에 비로소 진실하고 따뜻한 것이다. 하지만 많은 사람들이 이러한 삶의 진리를 잘 알지 못한다. 오히려 평탄함을 족쇄로 여기고 물불을 가리지 않고 감정의 소용돌이 속으로 빠져든다. 뒷일은 얼마나 후회스러울지 전혀 생각하지도 않고 말이다.

워터 피렌체

　낭만적인 사람은 자신과 배우자와의 만남을 이렇게 설명한다. "수많은 사람 속에, 수많은 시간 속에 우리는 빠르지도 느리지도 않게 때마침 만났다."

　어떤 만남은 필연이다. 그리고 어떤 외로움은 말로 설명하기 힘들다.

　마치 그녀와 그의 만남처럼 말이다. 봄날, 피렌체에서였다. 수백 년의 역사를 가진 도시, 피렌체는 그래서 농익은 여인처럼 느껴졌다. 나이가 들면서 더욱 매력적인 중년 여자 같았다.

　그녀는 머무르기로 한 숙소를 찾지 못했다. 그녀는 그 숙소에 신비로운 불꽃을 연상시키는 고딕양식의 긴 창이 있다는 것만 알았다. 아주 아름답고 호화스러우며 사치스러워 보이는 붉은색이 벽과 지붕을 장식하고 있다고 했다.

　때마침 이때, 그녀는 그를 만나게 되었다.

　그녀는 중국어로 그 숙소의 주소를 물었다. 그렇다. 그녀는 상대를 중국인이라 생각한 것이었다. 하지만, 아니었다. 그는 중국인이 아니었다. 그의 맑고 준수한 얼굴이 당황스러움으로 가득 찼기 때문이다.

아, 그는 한국인이었다.

그래서 어쩔 수 없이 그녀는 서툰 영어를 뱉기 시작했다. 자신이 길을 잃었다는 것을 말하고 있었다. 그는 미소를 지으며, 한국 남자 특유의 우아한 손짓으로 그가 타고 가던 택시에 동행하게 했다. 20분 후, 그녀는 그녀가 찾던 숙소를 찾았다. 몇 세기 이전에 만들어진 듯 보이는 비취가 밝게 빛나고 있었고, 휘날리는 꽃무늬가 철공예로 만든 창문 위에 그려져 있었다.

예상치도 못하게, 다음날 그가 그녀를 찾아왔다.

그는 수줍어하며, 그녀에게 커피 한 잔을 마시러 가자고 청했다. 피렌체라고 불리는 커피숍이었다. 그는 말했다. "오스카 와일드부터 많은 역사적 인물이 이곳에서 커피를 마시고 갔어요. 유럽에서는 이렇게 역사 깊은 곳을 보존하고 있다는 것이 가장 아름다운 문화유산으로 꼽히죠. 사람들은 기다렸다가 와일드가 앉았던 이 의자에 앉아서 자랑스러워 하곤 한답니다."

그녀는 생각했다. "자신의 연애사를 말하는군." 하지만 나쁘지 않았다. 맞은편에 앉은 이 남자의 외모는 괜찮은 편이었다. 멋있고 준수했다. 또한, 매우 교양 있어 보였다. 그녀는 피렌체서 일주일을 머무를 예정이었는데, 이 일주일 동안 그녀는 그와 함께 시간을 보내고 싶었다.

그들은 서로 자신들의 이름을 알려 주었다. 그녀는 온라인에서 쓰는 아이디를 알려 주었다. 류예메이. 진짜 이름은 가르쳐 주지 않았다.

하지만 그는 정재명이라는 자신의 실명을 알려주었다. 그녀는 생각했다. 한국에 정재명이란 이름은 너무나도 흔할 거야.

그 후 며칠간, 그들은 함께 성모백화대성당을 구경했다. 그곳은 피렌체에 놀러 오는 사람이라면 누구나 들르는 곳이었다. "유럽의 가장 아름다운 거실"이라 불린다고 했다. 그들은 그곳에 앉아 사람들의 기도를 들었다.

그러고 나서 그들은 함께 메디치 가문의 저택과 베키오 궁전, 조토의 종탑, 우피치 미술관 등등을 구경했다.

그들은 백 년 이상의 역사를 가진 오래된 커피숍에 앉아 소규모 현악단의 연주를 들으며, 한 잔에 20유로나 하는 고급커피를 마셨다. 이번 생에서 어쩌면 마지막 피렌체 여행이 되겠지. 취하지 않는다면 이게 다 무슨 소용일 것인가. 마음껏 누리지 못할 이유가 없어 보였다.

마지막 날이 되자, 그는 그녀의 눈을 보며 말했다. "당신을 좋아해요. 나랑 같이 한국에 가요." 그녀는 조금 설레었다. 하지만 단지 한 차례의 풋사랑일 뿐이라 믿었다. 그래서 그녀는 웃으며 그의 제안을 거절했다. 그리곤 부드럽게 말했다. "우리 대신 친구해요. 매년 5월, 피렌체에 와서 일주일을 같이 보내요. 오래된 친구의 만남처럼. 피렌체의 약속, 어때요?"

"진짜로요?" 그가 물었다. 그 순간, 그녀의 말은 진심이었다. 헤어질 때, 두 사람은 서로를 꼭 끌어안았다. 조금 슬펐다. 시간이 흐르고 난 뒤, 그러한 외로움과 절망은 단지 자신만이 분명히 알 수 있을 것이다. 이 세상에서 어떤 설렘은 절망과도 같은 것이니까. 자신만이 그것이 얼마나 절망적인지 알 수 있을 테니까. 그때 그녀는 막 결혼을 앞두고 있었다. 결혼 후에는 다시는 이러한 낭만적 마음으로 피렌체를 올 순 없을 것 같았다.

그는 그녀에게 알려 주었다. "보부아르와 사르트르가 자주 이 피렌체에 와서 만났어요." 그녀는 조용히 웃었다. 그녀는 보부아르가 아니고, 그 역시 사르트르가 아니지 않은가. 그녀는 그저 아주 평범한 여자에 지나지 않는데, 그녀는 피렌체에서 달콤한 꿈 한 번 꾼 것이라고 생각했다.

비행기를 타고 나서도, 그가 손을 흔들던 모습이 잊히질 않았다. "내년 5월 10일에, 피렌체에서 당신을 기다릴게요."라고 말하던 순간을. 그녀는 단지 이것이 우연한 만남이라고 여겼다. 순간의 충동으로 내뱉은 말 정도라고 생각했다. 삶이라는 게 어찌 그들이 보낸 일주일처럼 아름답고 다채롭고 낭만적이기만 할 수는 없으니까. 그는 일찍이 서툰 이탈리어로 그녀를 위해 〈나의 태양〉이라는 노래를 불러준 적 있었다. 하지만 그녀는 크고 작은 길을 빠져 나와 조토의 종탑에서의 깊은 숨을 내쉬었다. 그녀는 그의 태양일 수 없었다.

귀국 후 그녀는 서둘러 결혼을 했고, 아이를 낳았다. 바쁘고 부지런한 나날의 연속이었다. 6년 후, 아이는 학교에 들어갔고, 그녀는 돈과 여유 모두를 가진 여자가 되었다. 그때 그녀는 피렌체의 약속이 떠올랐다. 6년 전의 피렌체, 그녀가 쉽게 내뱉은 그 말이 떠올랐다. 1분도 더 지체할 수 없었다. 달력을 보니 이미 5월이 지나가고 있었다. 벌써 6월이었다. 그녀는 바로 실소를 터트렸다. "설마? 어릴 때 그냥 한 약속인데, 그저 맘 가는 대로 뜻 없이 한 약속이었는데, 누가 진짜 지키겠어?"

"그래도, 가 보자."

6월이 한참 지났지만, 피렌체는 여전히 피렌체다웠다. 더 소박해졌고 화려해진 듯했다. 세월을 머금어 더욱 분위기가 있었다. 가문 대대로 이어온 가게를 맡고 있는 뚱뚱한 여사장도 그대로였다. 그녀는 그때가 그리웠다. 그래서 그때의 그 숙소를 다시 찾았다.

여사장은 소리를 쳤다. "어머, 세상에! 어쩜 여기를 다 왔어요, 류에 메이, 결국 당신이 왔군요."

그녀는 멍해졌다. 이 여주인의 기억력이 제아무리 좋다 하더라도 그녀의 이름과 얼굴을 기억할 순 없는 일 아닌가?

사장은 허겁지겁 말했다. "늦었어요. 그 사람 금방 떠났어요."

"누구요? 누가 금방 떠나요?"

"정재명이요. 그는 매년 5월 10일 와 이곳에서 일주일을 묵고 갔어요. 오페라를 보고, 커피숍에서 쉬면서 당신을 기다렸어요. 하지만 당신은 단 한 번도 오지 않더군요."

그때, 그녀의 발끝에서부터 서늘한 기운이 퍼져 왔다. 생전 처음 느껴보는 냉기였다. 너무나 차가워 온몸이 떨렸다. 그 사람은 자신이 별 뜻 없이 뱉은 말을 진짜라고 여긴 것이다. 너무 경솔했던 그녀 자신이 원망스러웠다.

눈가가 촉촉이 젖어 왔다. 자신이 함부로 뱉은 말을 지키지 못했기에, 어긋난 그들의 추억을 기리기 위해, 정말 이곳으로 왔었던 그를 위해 그녀는 눈물을 흘렸다. 한국에서 베네치아까지, 이 가깝지 않은 거리에도 불구하고 그는 매년 이곳으로 왔다. 오로지 그녀를 기다리기 위해서. 그의 이름이 정재명이라는 것을 빼곤, 그녀는 그의 그 어떤 연락 수단도 알지 못하고 있었다.

그녀는 예감하고 있었다. 내년 5월, 그는 반드시 베네치아에 올 것이다. 무슨 일이 있든 간에, 그녀 역시도 베네치아에 올 것이다.

장장 1년간의 기다림이었다. 이 5월을 다시 맞이하는 동안, 그녀는 마치 자신이 기다림에 늙어버린 듯 느꼈다. 그녀의 이러한 비밀을 아는 사람은 없었다. 이곳은 그녀 혼자만의 베네치아였으므로….

이번엔, 그녀가 먼저 도착했다. 그녀는 파리에서 유행하는 봄옷을 샀다. 신상품이었다. 가격도 낮지 않았다. 7년이 흐른 지금, 그녀는 이미 서른을 넘긴 나이가 되었다.

거울 속에 비친 것은 우아하고 젊은 한 부인이었다. 입술은 장미처럼 붉었다. 그녀는 애인을 기다리는 것이 아니었다. 그녀가 기다리는 것은 하나의 약속이었다. 그녀는 7년간 약속을 어겼다. 이번에도 어길 순 없었다.

하지만 그는 오지 않았다. 그는 결국 오지 않았다. 일주일간, 그녀는 그와 한때 같이 여행했던 곳곳을 다니며 그리움에 잠겼다. 그가 왜 오지 않았는지 이유를 알 수 없었다. 어쩌면 외로움과 절망을 견디다 못해 결혼했을지도 모른다. 그래서 어쩌면 그녀와 같이, 결국엔 다른 사람들처럼 그렇게 살아가게 되었는지도 모르지.

베네치아를 떠나던 그 날, 여주인이 그녀를 불렀다. "류예메이, 전화에요! 당신에게 걸려온!" 그녀의 심장은 미친 듯이 뛰었다. "분명, 그 사람이야!"

그러나 아니, 아니었다. 바로 그의 여동생이었다. 여동생은 말했다. "우리 오빠가 베네치아에 전화를 걸어 달라고 했어요. 어떤 여자가 자신을 기다리고 있을지 모른다고 하면서요."

"당신 오빠는요?"

"금방 세상을 떠났어요. 작년 겨울부터 계속 아팠어요. 베네치아에 줄곧 가고 싶다고 했는데, 이제 갈 수 없게 되어버렸네요."

영화 같은 일이었다. 너무나도 영화 같은 이야기였다. 실감이 나지 않았다. 그녀는 어리둥절한 채, 방으로 올라갔다. 그 붉은, 마치 타버릴 것 같이 붉은 장미가 마음속에서, 그리고 꿈속에서 튀어 오르고 있었다.

원래, 이 세상에서 어떤 사랑은 말로 이루다 할 수 없고, 잊으려야 잊혀질 수 없는 것이다. 단 일주일간의 시간이었지만, 그것은 그녀에게 평생 잊을 수 없는 꽃으로 남았다. 너무나 깊숙한 곳에 피어 누구도 알지 못한다 하더라도, 비록 일주일이 지나면 시들어버린다 하더라도 말이다. 하지만 꽃은 명백히 알고 있다. 그럼에도 불구하고, 자신은 최선을 다해 피어 있고자 했다는 것을.

그녀는 다짐했다. 이후 매년 5월, 그녀는 반드시 베네치아에 와야 한다. 꽃이 피는 계절에, 그녀는 크고 작은 골목을 누비면서, 그 먼지처럼 자욱한 옛일들을, 그 아름다운 사랑을 추억해야 할 것이다.

살아 보니

얻을 수 없는 것이 가장 아름다운 것이다. 이루어질 수 없는 사랑은 종종 사람들에게 가장 아름다운 추억을 남긴다. 어쩌면 삶 속에서 가장 아름다운 것은 맺지 못하는 사랑일 것이다. 모든 것은 표현하기에 부족하고, 모든 것은 아마도 죽음 혹은 실수로 인해 얼어붙거나 사라질지 모른다. 살아 있는 우리는 단지 기억으로만 조금씩 그 따뜻함을 추억할 수 있을 뿐….

떠나야 할 때를 아는 것도 사랑이다

한 사람을 사랑할 때에는, 상대를 이해해 줄 수 있어야 하고, 달래 줄 수도 있어야 하는 것이며, 용서를 빌 줄도 알아야 하고, 감사 인사를 할 줄도 알아야 한다. 잘못을 인정할 수도 있어야 하고, 잘못을 고치기도 해야 한다. 친절하면서도 동시에 아량도 있어야 한다. 그것은 참아내는 것이 아니라 겸허히 받아들이는 것이다. 방임하는 것이 아니라 너그러워지는 것이다. 지배하는 것이 아니라 지지하는 것이다. 따지는 것이 아니라, 위로하는 것이다. 질책하는 것이 아니라 허심탄회하게 털어놓는 것이다. 잊어버리는 것이 아니라 가슴 깊이 새겨 두는 것이다. 일상적 보고가 아니라 상호간의 교감을 나누는 것이다. 그것은 상대를 향해 끊임없는 요구하는 것이 아니라, 상대를 위해 묵묵히 기도하는 것이다.

가랑비가 부슬부슬 내리던 날, 그녀는 남자친구와 다투었다. 화가 잔뜩 난 채로 남자친구 곁을 떠났다. 원래도 기분이 좋지 않았었는데

비탈길을 지나가면서 그만 발밑의 자전거가 미끄러지고 말았다. 자전거는 저 멀리 내동댕이쳐졌고, 손쓸 틈도 없이 그녀의 팔뚝과 무릎이 전부 까지고 말았다. 피가 번져 나와 땅에 고인 물 사이로 스며들었다. 구불구불 흩어지는 피의 모양이 마치 섬뜩한 뱀처럼 보였다.

그가 길을 지나갈 때, 그녀는 이미 그 자리에서 펑펑 울고 있었다. 얼마나 울었을까, 더 이상 비에 젖는 느낌이 들지 않았다. 이상하다는 생각에 그녀가 고개를 들었을 때, 우산을 든 한 남자가 자신을 바라보고 있었다. 그녀의 몸 위에 우산을 씌워 주느라, 굵은 빗방울은 그의 얼굴로 튀고 있었다. 뺨에서 수십 개의 물방울로 갈라져 떨어지고 있었다.

그를 다시 만났을 땐, 그녀는 이미 남자친구와 다시 잘 지내고 있는 상태였다. 퇴근길, 그녀가 회사에서 나왔을 때, 눈앞에 똑바로 서 있는 그를 마주쳤다. 그녀를 보자, 그의 눈은 빛났다. 성큼성큼 다가와 손에 들고 있던 캐릭터 단추를 내밀었다. "차 안을 청소하다 발견했어요." 그 작디작은 단추는 그녀가 길거리에서 산 것이었다. 가격도 싸서 가방에 달고 다녔는데, 언제부터인가 보이지 않았던 것이었다. 그녀는 그 자리에서 멍해졌다. 이 단추가 뭐라고, 직접 그녀에게 갖다 주려고 하는 것일까.

얼마 되지 않아 그녀는 남자친구와 또 싸웠다. 그녀와 남자친구는 항상 싸움이 끊이질 않았다. 마치 애정소설에서 등장하는, 미운 정 고운 정 다 든 사이랄까. 남자친구는 처음부터 그녀에게 습관을 고치라고 말한 적은 없었다. 그는 뒤도 돌아보지 않고 그녀를 버려 두곤 자리를 떠났다. 그녀의 마음은 엉망진창이 되어버렸다. 갑자기 말할 수 없이 아프고 슬펐고, 억울했다. 순간 그가 떠올랐다. 그녀는 처음 그를 만났을 때 그가 남겨준 전화번호를 찾았다. 솔직하게 그에게 말했다. 자기와 함께 있어줄 수 있느냐고.

그는 아주 빨리 도착했다. 차 안에서 그녀는 그에게 줄곧 앞으로만 운전하라고 주문했다. 이 도시의 야경이 쉴 새 없이 스쳐 지나갔다. 그녀는 격앙된 목소리로 남자친구에 대한 불만을 토로했다. 그는 약간의 웃음을 띤 채 어떤 말도 하지 않았다. 그녀가 갈수록 흥분하는 것처럼 보이자, 음악을 틀었다. 조용하고 부드러운 음악이었다. 크지도 작지도 않은 크기의 소리였다. 마치 샘물처럼 딩동딩동 그녀의 귓가로 흘러들어왔다. 신세 한탄에 지쳤는지 그녀가 조용해졌다. 금방 자신이 한 행동을 떠올리고는 웃음을 금할 수 없었다. "제가 이렇게 쓸데없는 소리를 하는 게 싫진 않나요?" 그가 대답했다. "사실 나는 당신 이야기 듣는 것이 좋아요. 비록 그것이 쓸데없는 소리라 할지라도요."

이렇게, 그녀는 끊이지 않고 남자친구와 싸우고 화해하고를 반복하고 있었다. 잘 지낼 때는 남자친구만 눈에 보이다가도, 남자친구와 싸우고 나면 억울한 마음에 그를 떠올리는 식이었다. 하루는, 그녀가 그에게 전화를 걸었다. 늦은 밤이었다. 평소와 같이 그는 아주 빨리 달려왔다. 그녀는 흥분해서 신세 한탄을 했다. 그는 기침을 잦게 할 뿐이었다. 그녀의 토로가 격해지자 그의 기침도 덩달아 심해졌다. 몇 번이나 애써 손으로 입을 가리며 기침을 자제하고 있었다. 하지만 효과는 미비했다. 도리어 기침을 오래 참은 탓에 심장과 폐가 모두 튀어나올 정도로 위험해 보였다. 그녀는 결국 하소연을 멈추고 물었다. "괜찮아요?" 그는 바로 대답했다. "괜찮아요, 괜찮아. 정말 괜찮아요." 그의 얼굴엔 미안함이 가득했다. 마치 그가 이래서는 안 되는 것처럼 말이다. 그는 그저, 그녀가 이러한 자신으로 인해 속 시원히 마음을 털어놓지 못했을까 걱정이 될 뿐이었다.

그때, 그녀는 왠지 모르게 마음이 괴로워졌다. 그는 이렇게 아프면서도, 가장 빠른 속도로 자신의 쓸데없는 소리를 들으러 달려와 주었던 것이다. 그녀는 순간 자신이 너무나 이기적이고 냉정하다는 생각이 들었다. 줄곧, 그는 아무 말 없이 그녀를 위해 달려와 줬다. 그는 웃으며 그녀의 요구를 들어주었다. 왜 그녀에게 이렇게 잘해주는 것일까? 그녀도 바보가 아니기에, 이유는 예전부터 알고 있었다. 사실, 그녀는 이 헤어지고 만나고의 수 없는 반복 속에, 단지 자신의 말을 들어줄 천사가 필요했던 것뿐이었다. 언제든지 자신의 마음을 편안하게 해줄 그런 사람 말이다. 그 사람이 어떻게 생각할지, 혹여 나 자신한테 이용당했다고 생각할지, 그런 것 따위는 염두에 두지도 않았던 것이다.

그날 밤, 그녀는 그를 어르고 달래, 함께 병원에 가서 진료를 받기로 했다. 링거를 맞을 때, 그녀는 그와 함께 있어 주었다. 그와 처음으로 낮고 부드러운 목소리로 이야기를 나누었다. 마치 그가 그녀에게 틀어주었던 그 음악처럼. 진료실 문을 나오면서 그는 그녀의 손을 잡으며 말했다. "고마워요. 고마워."

특별할 것 없는 세 글자였지만, 그는 쉰 목소리로 그러나 너무나 진실한 마음을 담아 이렇게 말한 것이다. 손을 빼내기가 민망했지만, 독하게 마음먹고 그녀는 그의 따뜻한 손에서 그녀의 손을 빼냈다.

다음날, 그녀는 휴대전화 번호를 바꾸고 그의 번호도 지워버렸다. 동료들에게도 미리 알려 두었다. 혹시나 그에게서 그녀를 찾는 전화가 오면, 그녀가 자리에 없다고 말하라고 부탁한 것이다. 물론, 그녀 역시 다시는 그에게 연락하지 않았다. 남자친구와 얼마나 심하게 싸우든 간에, 그가 미친 듯이 그녀의 사무실로 전화를 한다 한들, 출퇴근 시간에 맞춰 그녀를 기다리고 있다 하더라도 그녀는 독한 마음을 먹고 그를 다시는 보지 않았다. 그녀는 그의 전화를 받지 않았고, 출퇴근 시간엔 마치 숨바꼭질을 하듯, 뒷문을 이용해 도망갔다. 그녀는 원래 이렇게 결단력이 있는 사람은 아니었지만, 그 앞에서 그녀는 냉정해져야 한다는 것을 알고 있었다. 그녀는 가장 날카로운 도구로 그를 아프게 해, 그가 가장 빠른 속도로 그녀를 잊어 주길 바랐다. 그녀는 또한 알고 있었다. 그녀는 이곳저곳 마음을 퍼주는 사람이 아니기에, 여전히 자신의 사랑은 온통 남자친구를 향해 있다는 것을 말이다. 이러면서도 일말의 여지를 주며 그를 곁에 두는 것은 할 수도 없고, 다시는 해서는 안 될 일이었다. 그렇게 하는 것은 그에게 분명 불공정한 일이었다. 어떨 때는 떠나는 것 역시도 사랑의 한 부분인 것이다. 그에게 사랑을 줄 수 없는 그녀가 해 줄 수 있는 건 떠나는 것뿐이었다.

그가 원하는 사랑은, 자연스럽게 이후 만나게 된 착한 한 여인을 통해 얻게 되었다.

그들의 만남은 사실 아주 우연적인 것이었다. 그녀는 음식점에서 아르바이트를 하는 농촌의 한 아가씨였다. 얼마 안 되는 월급으로 병든 노모와 공부하는 동생들을 뒷바라지하고 있었다. 그러나 그는 아버지가 그를 위해 모든 것을 다해 주는 부유한 가정에서 태어났다. 그는 은행에서 일하고 있었고, 삶에서 스트레스라고 꼽을 만한 점은 딱히 없었다.

그가 처음 음식점에 들어섰을 때, 그는 그녀의 아름답고 단정한 외모에 사로잡혔다. 그리고 그녀의 분위기에 매료되었다. 그녀와 다른 점원들은 근본적으로 다른 무엇인가가 있었다.

그의 안목은 틀리지 않았다. 그녀가 음식점에서 일하는 것은 그저 생계를 꾸려 가기 위함이었고, 그녀는 사실 현실에 안주하지 않는 진취적인 사람이었다. 그녀는 대학 졸업시험 통과를 눈앞에 두고 있었다. 전공은 무역영어였다.

그는 최선을 다해 그녀를 도왔다. 그녀의 모친이 병환으로 입원해 있었을 때도, 그는 고액의 병원비를 부담했다. 대학 졸업증을 딴 뒤로는 그녀를 위해 사방으로 취직을 도왔다. 그녀는 비교적 수익이 높은 외국 무역회사에 취직했다. 그녀의 노력 끝에 몇 년 후 그녀는 수출부문 담당자가 되었다. 하지만 그때까지도 그는 여전히 보통 은행원에 머물러 있었다.

모든 사람이 생각했다. 그들의 미래는 밝아. 하지만 그녀는 그에게 이렇게 말하곤 했다. "당신의 은혜 꼭 갚을게." 그는 이런 그녀에게 항상 은은한 미소를 지어주었다. 그리곤 고개를 떨구곤 했다. 씁쓸했다. 그가 원하는 것은 돈이 아니라 사랑이었다. 그는 이미 오랜 세월을 기다려온 터였다.

하지만 그녀는 그럴 수 없었다. 사랑에 빠지는 이유는 다양하다. 존경심, 좋아하는 마음, 심지어 증오하는 마음까지. 하지만 유일하게 불가능한 것은 상대를 향한 미안한 마음이다. 그는 그녀를 위해 그렇게나 많은 희생을 했고, 그리하여 그녀는 그의 그림자 속에서 살게 되었다. 그는 그녀에게 소중한 것을 너무나 많이 주었다. 그녀의 현재는 모두 그의 도움이 만들어낸 것이다. 하지만 이것이 도리어 그녀를 견딜 수 없게 했다.

겨울이 되자, 그는 그녀에게 말했다. "나 결혼해." 그녀는 너무 놀랐다. 그는 이어서 말했다. "돈 좀 빌려줘. 우리 피로연이랑 신혼여행 가야 하거든."

그날 밤, 그녀는 돈을 갖다 주러 그의 집에 들렀다. 그는 마침 아주 예쁜 여자와 함께 텔레비전을 보고 있었다. 그가 말했다. "잉쯔라고 해." 그녀는 여자를 보며 웃었다.

그녀가 그에게 목돈을 건네주었을 때, 그녀는 그제야 무엇인가로부터 해방되었음을 느꼈다. 이후, 그녀는 순조롭게 연애하고 결혼하고 아이를 낳았다.

몇 년 후, 어떤 사람이 우연히 그의 이야기를 꺼냈다. 곧 마흔이 다 되어가는데도, 여전히 혼자라는 것이었다. 그녀는 너무 놀랐다. 어찌 그럴 수가 있지?

이후 그녀는 알게 되었다. 그때 그 여자는 그의 사촌동생이었고, 그가 일부러 그녀를 속이기 위해 데리고 온 것이었다. 그의 사랑이 그녀에게 상처만 된다고 생각이 들자, 그는 그녀를 떠남으로써 마지막 사랑을 전해 주고자 마음먹은 것이었다.

사랑이란 것은 다른 사람에겐 종종 황당하게 보일 수도 있다. 사랑이란 것 자체가 이미 '정신 이상'의 일종이기 때문이다. 세월이 흐르고 사람은 변하지만, 이 사랑에 빠진 마음은 영원히 변하지 않는다. 그것이 진정한 사랑이다.

살아 보니

감정이란 것은 아주 신기한 것이다. 달콤한 함정과도 같다. 영원히 강대할 것처럼 보인다. 그것은 우리로 하여금 위험을 느끼게 하면서도 동시에 빠져들게 만든다. 1초만 더 제자리에 머물러 있으면 더욱 깊이 빠져들고 말기에 감정이란 또한 늪과도 같다. 포기할 수 있을 때 포기하라. 집착은 때때로 더 큰 상처가 된다. 포기가 오히려 그것에서 벗어나는 길이 될 수 있다.

당신을 매일 안고 출근할래요

이것은 어떤 기혼 남성의 경험담이다.

아내가 말했어요. "당신이 나를 안고 이 집으로 데리고 왔으니, 이혼하려면 다시 나를 안고 밖으로 데려가 달라"고. 아내와 결혼할 당시, 저는 아내를 안고 이 집으로 들어왔죠. 당시 우리가 살던 곳은 단층집이었어요. 웨딩카가 문 앞에 멈춰 섰을 때, 친구 한 놈이 아내를 차에서 안고 내리라고 부추겼던 거죠. 그래서 박수소리를 받으며 저는 아내를 안고 식장 문까지 갔었던 겁니다.

당시 제 아내는 성숙하고 풍만하면서도 수줍음을 타는 한 소녀였어요. 저는 건장한 사내였고요. 이것은 10년 전의 일이에요. 결혼 후의 삶은 흐르는 물처럼 순식간에 지나갔어요. 아이를 낳고, 장사를 하고, 그러면서 보고도 못 본 체하던 것들이 서서히 눈앞에 드러나기 시작했죠. 돈은 갈수록 모였지만, 감정은 점점 옅어지고 있었던 겁니다. 아내는 행정기구에서 일하는 공무원이었어요. 저희는 매일 함께 출근하고, 거의 같이 퇴근했어요. 아이는 학교 기숙사에서 생활했고요. 다른 사람이 보기에는 저희 삶은 더할 나위 없이 행복했겠죠. 하지만 이렇게 평온한 행복이 지속될수록 급격한 변화가 일어날 확률은 더 높아지는 것 같아요. 제게 여자가 생긴 겁니다. 삶이 물처럼 무색무취하게 느껴질 때엔, 별거 아닌 음료수에도 큰 매력을 느끼게 되니까요. 그 여자 이름은 뤼얼이었어요. 날이 아주 좋은 날에, 베란다에서 뤼얼은 팔을 뻗어 내 뒤에서 나를 꼭 껴안았어요. 제 마음도 그녀에게 안겨 있는 듯했죠. 숨을 쉴 수조차 없었어요. 그곳은 제가 뤼얼을 위해 사준 집이었어요. 뤼얼은 말했어요. 당신과 같은 남자는 여자들이 가장 눈독들이는 남자야. 저는 순간 아내를 떠올렸어요. 갓 결혼했을 때, 그녀도 그런 말을 한 적 있었던 것 같았거든요. 당신과 같은 남자는 일단 성공하기만 하면, 여자들이 줄을 설 거라고 말했었어요. 아내의 예지력을 떠올리면서 저는 마음을 다시 다잡았죠. 저도 잘 알아요. 아내에게 미안하지만, 이미 멈추려고 해도 멈출 수가 없었어요.

저는 뤼얼의 손을 밀어내며 말했어요. "가구는 알아서 사. 오늘 회사에 일이 좀 있어." 뤼얼은 분명 기쁘지 않은 듯 보였어요. 그녀와 함께 가구 사기로 약속을 했었거든요. 이혼 생각은 제 마음속에 날로 커져만 갔습니다. 원래 불가능하다고 생각했던 일이, 점점 더 제 마음속에 가능한 일로 바뀌고 있었어요. 단지, 어떻게 아내에게 말을 꺼내야 할지 몰랐어요. 분명 그녀를 상처 줄 것이 뻔하니까요. 아내는 제게 잘 못한 것이 없어요. 항상 주방에서 바쁘게 저를 위해 저녁밥을 준비해 주던 사람이었죠. 저는 TV를 보고, 신문을 보는 게 다였어요.

그녀는 서둘러 상 한가득 저녁 밥상을 준비했고, 같이 밥을 먹었습니다. 식사를 마치고 난 뒤엔, 함께 TV를 보거나 혼자서 계산기를 두드리다 멍하니 있던 적이 많았어요. 뤄얼의 몸을 떠올리는 것이 제 자위의 방식이 된 겁니다.

저는 아내에게 말해 보기로 했어요. 만약에 우리가 이혼하면 당신은 어떻게 할 거야? 아내는 눈을 한번 흘기더니 아무 말이 없었어요. 마치 그런 일은 사신에게 일어나지 않을 것 같다는 듯이 말예요. 일단 제가 말을 꺼내고 나면 아내가 어떤 태도로 나올지 저는 상상할 수도 없었습니다.

아내가 회사에 와서 저를 찾았을 때, 뤄얼이 막 저의 사무실에서 나오고 있었어요. 회사 사람들의 눈빛이 무언가를 말하고 있었어요. 사람들이 보내는 동정의 눈빛과 무엇인가를 덮으려고 하는 말투를 느꼈을 때, 아내는 결국 모든 사태를 알게 되었죠. 하지만 그녀는 예전과 다름없이 저의 부하직원들에게 웃으며 대했어요. 저는 급하게 몸을 숨기려고 하던 그녀의 눈빛에서 그녀가 상처받았음을 알 수 있었죠.

뤄얼은 재차 저에게 말했어요. 당신, 그녀와 이혼하고, 나와 함께 있자. 저는 고개를 끄덕였어요. 제 마음속에서도 이미 이 일은 말하지 않고는 견딜 수 없을 정도로 커져 버렸거든요. 아내가 마지막 밥상을 차렸을 때, 저는 그녀의 손을 잡고는 말했어요. "할 말이 있어." 아내는 앉아서 조용히 밥을 먹었어요. 저는 그녀의 눈에서 보았던 그 슬픔이 떠올랐어요. 그리고 그 슬픔이 그때 다시 떠오르는 것도 보았어요.

너무 급한 거 아닌가, 라는 생각도 들었지만, 일이 이 지경까지 왔으니 말해야 한다고 생각했어요. 우리 이혼하자. 저는 평온할 수 없는 일을 너무나 평온하게 말했죠.

아내는 별다른 반응이 없이 그저 담담하게 그 이유를 물었어요. 저는 웃으며 말했죠. "아니, 장난하는 거 아니야. 진짜 이혼하자." 아내의 태도는 갑자기 바뀌었습니다. 젓가락을 집어 던지며 소리를 쳤어요. "당신은 인간도 아니야!"

밤중에, 우리는 누구도 서로를 건드리지 않았어요. 아내는 조용히 울고 있었습니다. 저는 그녀가 이혼을 요구하는 이유를 알고 싶어한다는 것을 알고 있었어요. 하지만 저는 말해줄 수 없었어요. 저는 이미 뤄얼이 주는 감정에서 헤어나올 수가 없었어요. 저는 합의 이혼서를 작성해 아내에게 보여주었어요. 그 안엔 집과 차, 그리고 회사의 30 퍼센트의 지분을 그녀에게 준다고 적혀져 있었죠. 이 내용을 쓸 때, 마음속엔 아내에 대한 미안함이 가득했습니다. 아내는 그것을 갈갈이 찢어 조각을 낸 후 다시는 저를 상대하려 하지 않았어요. 저도 갑자기 마음이 아파오는 것을 느꼈어요. 그래도 10년을 함께 산 아내니까요. 따뜻했던 눈길도 이젠 처음 보는 길처럼 낯설어질 것이었어요. 이것이 저를 건딜 수 없게 했지만, 이미 한 번 뱉은 말을 다시 주워담을 수는 없었습니다.

아내는 결국 제 앞에서 대성통곡을 하기 시작했어요. 이것은 제가 줄곧 얻고 싶어했던 것이었어요. 마치 무엇인가가 제 안에서 해방된 듯한 느낌이었습니다. 몇 주간 걸쳐 억눌려 있었던 것이 아내의 울음소리와 함께 명랑해지고 단단해지는 기분이었어요.

고객과 술자리 후 반쯤 취한 상태로 집으로 돌아왔을 때, 아내는 무엇인가를 쓰고 있었습니다. 저는 침대에 누워 잠이 들었고, 제가 일어났을 때 아내는 여전히 그 자리에 있었어요. 저는 몸을 돌려 다시 잠이 들었습니다.

마침내 이혼하지 않고는 견딜 수 없는 상태가 되어서야, 아내는 저에게 선언했어요. 그녀는 무엇도 원하지 않는다고 했습니다. 단지 이혼 전에, 그녀의 약속 하나만 들어 달라고 했어요. 아내의 요구는 간단했어요. 한 달의 시간을 달라고요. 다음 한 달이 지나면 아이의 여름방학이 끝나기 때문이었습니다. 그녀는 아이에게 부모가 헤어지는 모습을 보여주기 싫다고 했어요. 그리고 이 한 달은 이전과 같이 아무 일 없었다는 듯 살아 주기를 원했습니다. 저는 요구를 받아들였어요. 그녀는 저에게 물었습니다. "당신은 내가 어떻게 시집왔는지 기억해?" 갑자기 신혼 때의 기억이 아프게 떠올랐어요. 저는 고개를 끄덕이며 말했습니다.

"기억하지."

아내는 말했어요. "당신이 나를 안고 들어 온 거야. 나 하나 요구조건이 더 있어. 이혼하려면, 당신이 나를 안고 밖으로 나가야 해. 당신이 주도적으로 해야 해. 이 한 달 동안 매일 출근할 때, 당신이 나를 안고 침실에서 대문으로 나가는 거야." 저는 웃으며 알겠다고 말했습니다. 저는 아내가 이 방식으로 자신의 결혼을 마무리 짓는다고 여겼어요. 혹은 과거에 대한 아련함 때문일 수도 있겠지요. 저는 아내의 요구를 뤄얼에게 말해 주었습니다. 뤄얼은 조금 경박하게 웃으며 말했어요. "어떻게 해도 이혼할 건데, 그렇게 복잡하게 난리칠 건 또 뭐람." 그녀는 아내를 무시하는 듯했어요. 제 마음도 그리 썩 편하진 않았고요.

약속한 한 달의 첫날, 우리들의 행동은 딱딱하기 그지없었어요.

이혼이란 말을 꺼내고 난 뒤, 우리 둘은 한참 동안 스킨십이 없었습니다. 아이는 뒤에서 손뼉을 치며 말했어요. "아빠가 엄마를 안았다, 아빠가 엄마를 안았어!" 아이의 말에 마음이 쓰렸습니다. 침실에서 거실, 그리고 방문을 나와 대문까지의 거리를 걷는 동안 아내는 제 품에 안겨 있었습니다. 아내가 조용히 눈을 감은 채로 저에게 말했어요. "오늘부터 시작이야. 아이한텐 모르게 해야 해." 저는 고개를 끄덕였어요. 쓰라린 가슴이 다시 한 번 아려 왔습니다. 제가 아내를 문밖으로 데리고 나갔고, 그녀는 버스를, 저는 제 차를 타고 출근했어요.

다음날, 저와 아내의 동작은 한결 자연스러워졌습니다. 그녀는 가볍게 제 몸에 기댔고, 저는 그녀의 향기를 맡을 수 있었죠. 아내는 정말 많이 늙어 있었습니다. 저는 최근에 이렇게 가까이서 그녀의 얼굴을 본 적이 없었어요. 윤택이 나던 피부에는 주름이 자리하고 있었어요. 아내에게 이렇게 주름이 많다는 사실을 왜 몰랐을까요. 뼛속까지 익숙해진 이 여자에게 이토록 무관심했다니요.

셋째 날, 아내는 제 귀에다 대고 말했어요. "정원의 화단을 엎었어. 조심해. 넘어지지 않게."

넷째 날, 거실에서 아내를 들어 올렸을 때, 저는 착각이 빠진 듯했어요. 우리가 여전히 너무나 가까운 사이라고 느껴진 겁니다. 여전히 그녀는 저의 공주인 듯했어요. 저는 그녀를 힘껏 안고 있었죠. 뤄얼에 관한 상상들이 모두 희미하게 느껴졌어요.

다섯째 날, 여섯째 날, 아내는 매번 내 귓가에다 이런저런 이야기를 해주었습니다. 옷을 다 다리고 나면 어디에 걸어 놓아야 하는지, 밥 할 때 어떻게 해야 하는지, 기름을 튀지 않게 어떻게 조심해야 하는지 등등. 저는 고개를 끄덕였어요. 마음속에 착각들이 갈수록 강렬해졌어요.

저는 뤄얼에게는 아무 말도 하지 않았죠.

갈수록 아내를 들어 올리는 게 수월해졌어요. 매일 단련한 탓이겠죠. 저는 아내에게 말했어요. "지금 당신을 안으니, 하나도 힘들지 않아."

아내는 옷을 고르고 있었어요. 저는 그녀를 안고 나가려고 기다리고 있었죠. 몇 벌을 입어보더니 다 맞지 않는지 한숨을 쉬었어요. 옷이 다 너무 크다고 했어요. 저는 웃었어요. 그저 살짝 웃었어요. 갑자기 자신이 이렇게 힘들지 않은 것이 단련되어서가 아니라, 아내가 너무 야위어서가 아닐까, 라는 생각이 들었어요. 그녀는 마음속의 고통을 다 안고 있을 테니까요.

순간, 마음이 급격히 아프기 시작했어요. 저는 손을 뻗어 아내의 관자놀이를 눌러주려고 했어요. 아이가 방문을 열고 들어왔습니다. 아빠, 엄마를 안고 나갈 시간이에요. 아이가 우리를 재촉하더군요. 마치 아내를 안고 밖으로 나가는 것이 아이의 삶의 일부분이 되어버린 듯 말입니다. 아내는 아이를 데리고 와 꼭 끌어안았어요. 저는 고개를 돌려 보지 않았어요. 제 성급함이 이 불행의 이유가 되는 것이 두려웠어요. 침실에서 거실, 거실에서 대문까지 제가 그녀를 안고 나가는 동안 아내는 자연스럽게 두 손으로 제 목을 끌어안고 있었습니다.

꼭 그녀의 몸을 끌어안고 있으니, 마치 신혼 때로 다시 돌아간 듯 느껴졌어요. 갈수록 가벼워지는 그녀의 몸을 안고 있자니, 더욱 울고 싶어졌어요. 마지막 날, 제가 아내를 안았을 때, 멍하니 그 자리에 선 채 발걸음이 떨어지질 않았어요. 아이는 학교에 갔고, 아내는 텅 빈 얼굴로 제게 말했죠. "사실, 당신이 나를 이렇게 평생 안아 주길 바랐어." 저는 아내를 꽉 끌어안고 말했어요. "사실, 우리는 살면서 당신을 안고 밖을 나가는 이 애틋함마저 잊고 살았던 것 같아. 차가 멈추었을 때, 나는 차마 미처 차 문을 잠그지 못했어. 나는 시간이 나의 이러한 생각을 없애는 것이 두려웠던 것 같아."

저는 문을 두드렸어요. 뤼얼은 잠이 덜 깬 상태였죠. "미안해 뤼얼, 나 이혼 안할 거야. 절대 안할 거야." 뤼얼은 믿을 수 없다는 듯 저를 바라보았어요. 손을 내밀어 제 머리를 쓰다듬으며 말했어요. "당신 어디 아픈 거 아니지?" 저는 뤼얼의 손을 뿌리치며 말했습니다. "미안해 뤼얼, 미안하다는 말밖에 할 수가 없다. 나 이혼 안해. 아마도 나와 아내는 감정이 없어진 것이 아니라, 너무 삶이 평온해서 그저 서로를 잊고 살았던 것뿐인 것 같아. 나는 오늘 깨달았어. 내가 그녀를 안고 집 밖을 나갈 때, 그녀는 내 자식을 낳아준 사람이란 걸. 나는 죽을 때까지 그녀를 안고 함께 집 밖을 나설 거야. 그래서 당신에겐 그저 미안하다는 말밖에 할 수 없다."

뤼얼은 그때야 뭔가 깨달은 듯 분노하며 저의 뺨을 때렸어요. 문을 닫고 큰 소리로 울기 시작했죠. 저는 내려가 차를 몰고 회사로 출근했습니다. 출근길에 항상 꼭 지나치는 꽃집을 마주쳤을 때, 저는 아내에게 줄, 그녀가 가장 좋아하는 무초 한 다발을 주문했습니다. 꽃집의 아가씨가 저에게 편지 한 장을 쓰라고 카드를 주더군요. 저는 웃으며 이렇게 썼습니다.

'매일 당신을 안고 출근할 거야. 죽을 때까지 영원히'

살아 보니

미치 앨봄의 치유소설『단 하루만 더』에서, 라틴어 '이혼'이라는 말은 '분리라는 뜻이 아니라 물길이 바뀌다' 라는 뜻이라고 한다. 한때 함께 같은 길을 걷던 사람이 어떤 지점에 오게 되어 방향이 바뀌면, 헤어지고 각자의 길을 택할 수밖에 없다는 것이다.

모든 사람은 단점이 있기 마련이다. 진심으로 한 사람을 사랑하라. 상대의 장점을 보려고 노력해야 할 뿐 아니라, 상대의 단점도 포용할 수 있게 노력하라.

에필로그

이 책은 마흔일곱 개의 각기 다른 이야기들을 담고 있다. 하지만 각이야기는 하나같이 우리에게 또 다른 울림을 주리라 믿는다. 사랑하는 독자들이여, 당신이 이 책에서 오랫동안 잊고 있었던 감동을 느꼈다면, 더 많은 사람과 나누고 즐길 수 있기를 바란다.

사람의 인생에서, 금전, 지위, 명예, 감정 등 우리를 노리는 유혹은 너무나도 많다. 돈 때문에 가던 길을 멈추고, 명예를 좇느라 쉴 새 없이 뛰고, 지위를 탐내느라 불면에 시달리는 사례를 우리는 적지 않게 목격한다. 옛 우화에 정직한 산양이 이리의 달콤한 유혹의 말에 빠져 쉽게 함정에 빠진다는 말이 있다. 산양의 물에 대한 욕망이 마치 희뿌연 구름이 되어 두 눈을 가리게 되면, 정직하기만 한 산양은 그저 눈앞의 사소한 이익만을 좇게 된다. 결국, 타인이 성공하는 데에 희생양이 될 뿐, 스스로는 그 욕망 속에서 자멸하고 만다는 것이다.

이렇게 기회가 넘쳐나고, 유혹이 넘쳐나는 시대에, 행복을 좇는 사람이 자신의 눈을 속이려는 사회현실을 마주했을 때에는, 반드시 외로움을 견디고, 유혹을 이겨낼 수 있어야 한다. 시종일관 자신의 지조를 지켜야 한다. 끝까지 자신만의 선은 지켜낼 수 있어야 한다. 자신의 원칙과 입장을 저버려선 안 된다. 욕망이 마음껏 부풀어지게 해서는 더욱 안 될 것이다. 외로움을 견디는 것, 유혹을 이겨내는 것, 스트레스를 받아내는 것, 결론적으로는 이 모두 마음속의 굳건함이 필요한 일들이다.

소위 말하는 '사람은 재물을 위해 죽음을 무릅쓰고, 새는 모이를 위해 죽음을 두려워하지 않는다', '홍등가는 영웅의 무덤이다'라는 문장에서도 알 수 있듯, 인간의 본성이 본디 그런 것이다. 사람에게는 누구나 욕망이 있고, 그것을 피할 수 없다는 얘기다. 하지만 욕망이 무한대로 팽창하게 된다면 그것은 곧 '탐욕'과 같고, '탐욕'은 악의 우두머리가 될 것이다. 그것을 없애는 것만이 좌절을 피할 수 있는 길일 것이다.

물론, 이야기는 사람이 쓰는 것이다. 하지만 이런 이야기도 결국에는 삶을 기반으로 한다. 언제 타인의 이야기가 우리의 이야기가 아닌 적 있었던가? 나는 타인의 이야기를 읽으며 우리가 또 다른 자신을 발견하게 될 것이라 믿는다. 이 지면을 통해 나는 이토록 감동적인 이야기를 써내려 간 작가들에게 깊은 감사의 말을 전한다. 그들이야말로 이 책이 세상에 나올 수 있게 만들어 준 장본인이다. 동시에, 이 책을 읽고 있는 당신에게도 고마움을 전한다.

무무

자주 흔들리는 당신에게

2쇄 발행 · 2019년 2월 20일

지은이 · 무무
옮긴이 · 방수진
펴낸이 · 김종해
펴낸곳 · 문학세계사
주소 · 서울시 마포구 신수로 59-1, 2층(04087)
전화 · 02-702-1800
팩스 · 02-702-0084
이메일 · mail@msp21.co.kr
홈페이지 · www.msp21.co.kr
페이스북 · www.facebook.com/munsebooks
출판등록 · 제21-108호(1979. 5. 16)
값 15,500원

ISBN 978-89-7075-889-3 03820

이 도서의 국립중앙도서관 출판예정도서목록(CIP)은 서지정보유통지원시스템
홈페이지(http://seoji.nl.go.kr)와 국가자료공동목록시스템(http://www.nl.go.kr/
kolisnet)에서 이용하실 수 있습니다. (CIP제어번호: CIP2018036301)